A. N. BRUNO

A ESCOLHA DE GUNDAR

LIVRO 1

EDITORA
Labrador

Copyright © 2018 de A. N. Bruno
Todos os direitos desta edição reservados à Editora Labrador.

Coordenação editorial
Diana Szylit

Projeto gráfico, diagramação e capa
Felipe Rosa

Revisão
Milena Varallo
Maria Isabel Silva

Dados Internacionais de Catalogação na Publicação (CIP)
Angelica Ilacqua CRB-8/7057

Bruno, A. N.
  A escolha de Gundar / A. N. Bruno. -- São Paulo : Labrador, 2018.
  242 p.

ISBN 978-85-87740-40-3

1. Ficção brasileira 2. Ficção fantástica I. Título.

18-1931   CDD B869.3

Índice para catálogo sistemático:
1. Ficção brasileira

Editora Labrador
Diretor editorial: Daniel Pinsky
Rua Dr. José Elias, 520 - Alto da Lapa
05083-030 - São Paulo - SP
+55 (11) 3641-7446
contato@editoralabrador.com.br
www.editoralabrador.com.br

A reprodução de qualquer parte desta obra é ilegal e configura uma apropriação indevida dos direitos intelectuais e patrimoniais do autor.

A editora não é responsável pelo conteúdo deste livro. O autor conhece os fatos narrados, pelos quais é responsável, assim como se responsabiliza pelos juízos emitidos.

Para meu pai, em especial, para minha mãe, para Rafa, minha amada, para Artur, meu primeiro, e para Paulinho e Fred, da minha parede de escudos.

✠ SUMÁRIO –

PARTE UM 10
PARTE DOIS 19
PARTE TRÊS.. 38
PARTE QUATRO 61
PARTE CINCO... 71
PARTE SEIS... 81
PARTE SETE.. 92
PARTE OITO 99
PARTE NOVE..113
PARTE DEZ...118
PARTE ONZE..136
PARTE DOZE 144
PARTE TREZE 170
PARTE CATORZE.....................................179
PARTE QUINZE..211
PARTE DEZESSEIS 227

SUMÁRIO

Esta é a história tal como a ouvi de Altem, filho de Altem, o guerreiro vermelho.

PARTE UM

Meu nascimento começou em um outono perdido no tempo. O vento gelado só era percebido pelo tremor duro dos pinheiros e dos eucaliptos. Um frio úmido, que grudava na pele, que passava por qualquer espaço aberto. Era branco e rígido.

Grudent era uma cidade pequena ao norte de Voltermar, onde os navios costumavam ficar encalhados. Uma menina brincava perto das pedras ao lado de uma taverna cheia de um silêncio cansado, entrecortado por tosses e cuspes arrastados. Nós estávamos chegando de um treinamento às margens do rio Findar. Continuávamos todos os dias fazendo os Movimentos de Guerra. Homens são seus músculos e seus movimentos, foi o que eu sempre disse. Mesmo inteligente, ninguém sobrevive sem reflexos e sem treinar seus pulmões. Cansei-os bastante aquela manhã. Havíamos tomado banho no rio rezando por uma cerveja escura e amarga. Se houvesse queijo, rezaríamos agradecendo. Se houvesse carne defumada, rezaríamos três vezes agradecendo à Goldenna. Mandei Gomertz buscar frutas e mel.

A menina estava com um cachorro grande, que teimava em tirar sua pequena bota. Ela devia ter uns 12 anos, não mais. Ria, lindamente. Caiu no chão. Fazia tempo que não ouvia algo tão doce. Fiquei me lembrando de Finstla, das minhas paredes de pedra que cercavam o povoado, das ladeiras em que cresci, da lama em que me sujava, da minha cidade.

— Capitão Gundar parou. Está ficando velho — disse rindo Burtm, caçoando de mim, sem os dentes da sua direita. Era meu melhor arqueiro, mesmo que fosse o mais velho de nós.

— Se você perdesse mais alguns dentes, Burtm, talvez até ficasse mais bonito. — Todos riram. Era bom chegar a uma taverna, mesmo uma pequena como aquela. O efeito da placa de bem-vindos já me fazia sentir o calor da lareira provavelmente fumegando lá dentro. Hung, Vartem, Yalom, Clud e Vismert, irmão de Gomertz, entraram batendo um sino na porta e falando alto. Burtm, meu primeiro sargento, ficou comigo.

A menina estava abaixo de nós, em um segundo patamar, com poucas árvores. Seu cabelo brilhava entre vermelho e dourado, um arco-íris de cores quentes. Uma túnica verde bem amarrada ao corpo e calças de montar, compridas, e botas curtas, de menina. De onde estávamos era possível ver a pequena cidade lá embaixo, com suas talvez sete casas de madeira e chucre, simples, com telhado de madeira podre. Apenas uma rua as ligava. Não havia muros nem barricadas. Três ovelhas pastavam mais longe, à nossa esquerda, ao leste, banhadas de um sol tênue. Era possível ver dali toda a falésia, que seguia até as montanhas brancas ao fundo, em direção norte. Depois da falésia, ao horizonte, o mar.

Um segundo sino tocou. Pensei se seria na taverna e o que os homens estariam aprontando. Empertiguei o semblante, mas logo percebi que as árvores tinham desviado o som de forma esquisita. Quem batia o sino era um boticário que estava saindo de sua tenda de acampamento, instalada a poucos metros mais abaixo de onde a menina estava. Seus cavalos estavam amarrados nas árvores mais ao longe, junto a uma charrete grande e velha, coberta com uma lona que devia ter sido branca algum dia. Ele tocava o sino como forma de alertar quem estivesse próximo que estava abrindo os trabalhos de cura. Acho que eu nunca tinha visto um homem tão alto. Magro, de cabelos longos e soltos e sujo como um rato, usava o casaco pesado e comprido dos boticários, em que guardavam em bolsos internos os inúmeros frascos de poções e unguentos. Seu casaco ia até seus pés e brilhava com contas de pedras e cores escuras. Ele trouxe para fora da grande tenda uma mesa e depois veio arrastando uma cadeira. Bateu a cabeça de leve no sino ao entrar e sair. A menina já estava desde o início olhando atentamente na direção da tenda, sentada no chão. Seu cão também.

— Entre agora, Burtm. Avise os outros sobre o boticário e mande um dos homens aqui para fora. Sem alarde — falei sério.

— Ei, ei, oh!... — Foram gritos de dentro da taverna, dos meus homens e de Burtm, como se algo os tivesse incomodando seriamente. Eu mal vi quando passou pela porta e por mim um sujeito alto, escondido sob um capuz. Eu nunca o tinha visto. Devia ser uma cabeça mais alta que eu, passou como um furacão, quase me derrubando. Só consegui ver um duro manto que o cobria dos ombros até as pernas; parecia de couro, mas era mais suave e maleável. Caminhou decididamente até o boticário descendo a encosta. Quando saltou, ainda descendo, consegui ver a parte superior de um escudo em seu braço esquerdo, que estava parcialmente coberto pelo manto.

— O que aconteceu, senhor? Quem é esse sujeito? — Chegou Gomertz, com um favo de mel em uma das mãos e chacoalhando a outra, cheia de picadas. Gomertz era meu primeiro tenente, meu braço direito, o homem que sabia dissuadir qualquer inimigo em uma luta, cortando e decepando a mão de qualquer um que tentasse levantar contra ele sua espada. Nós tentamos apelidá-lo de Ceifador de Mãos, mas ele não gostou e ameaçou fazer um colar com as nossas. Usava a armadura de placas de Finstla, como os outros, com as insígnias raspadas, e um manto simples nas costas. Havia uma espécie de pó espesso no ar agora, voltando a subir, um pó que estava aparecendo nas últimas semanas cada vez mais cedo, mudando a cor do mundo para um pálido amarelado e turvo.

— Gomertz, quero que fique aqui e vigie esse boticário. Não os vejo por estas bandas há mais de cinco anos. Os boticários fazem a Estrada do Rebanho Azul e depois tomam a Via de Pedra, antiga, pelo sul. Nunca passam por aqui. Ninguém se importa com o povo do Plano sobre o Mar o suficiente para subir até aqui — eu disse, me aproximando dele para me fazer ouvir em voz baixa e me direcionando para tirar o favo de mel de sua mão. Nós estávamos bem longe de casa. Longe de minha Finstla. A passagem do Plano sobre o Mar era o melhor caminho para Instlag, nosso destino. Eu vinha aqui uma vez por ano há muitos anos, para ir até o templo na falésia, em Unirm, ao nordeste dali. Iríamos para Instlag se os caminhos e o relevo ainda fossem os mesmos. — Vou tentar descobrir mais sobre ele na taverna — puxei o favo e entrei. Assisti de relance a cara dele de decepção quando começou a lamber os dedos com mel.

 A taverna era muito menor do que eu imaginava. Tinha um cômodo enorme sem porta montado dentro dele que servia como depósito de lenha, o que não era usual. Vismert passou por mim indo ao encontro de Gomertz. Havia uma mesa grande no fundo à direita, onde estava uma velha com avental e cabelo amarrado, descascando batatas e cenouras e jogando-as em uma panela. No centro da taverna, logo abaixo do cume central do teto, onde havia um buraco para a fumaça sair, estava um monte de lenha, tão úmido que chegava a ser brilhante e que um anão tentava teimosamente acender com feno. Meus homens estavam sentados em duas mesas, com cervejas nas canecas, e pude ver de relance que dois deles já estavam com as mãos nas espadas curtas das cinturas. Só Burtm estava de pé próximo ao depósito de lenha. Ele se aproximou.

 — Senhor, o sujeito que saiu, bem mal-encarado, não, não gostei, não gostamos nem um pouco — Burtm me disse. — Ele conversava em uma língua estranha com o anão. A senhora ali é a mandachuva da taverna. Quando pedimos cerveja, ela logo veio dizendo que queria paz, que não queria encrenca. Disse que nesse horário não conseguiríamos nenhum divertimento. Quando o sino tocou, o sujeito levantou e saiu andando rápido, esbarrando nas mesas e empurrando cadeiras. Ele estava com um escudo enorme, eu nunca vi um tão grande, usava o manto de um jeito estranho, enrolado na cintura como uma saia. Também tinha uma espada na bainha com um punho dourado.

 Chupei dois favos de mel e cuspi uma abelha. Joguei o favo para os homens. Passei olhando duro o anão que me devolveu o olhar, soprando a madeira molhada e o fogo. Fui até a velha. Lembro-me de me sentir muito jovem, e sempre fui muito forte. Por mais que tivesse trinta e uma primaveras, me sentia com toda a energia do mundo, embora naquela época já fosse uma energia triste. Mesmo assim, meu rosto ameaçador, os músculos e os movimentos de guerreiro e o respeito dos meus homens intimidavam e traziam olhares desconfiados e movimentos esquivos.

— Só temos cerveja então? — perguntei à velha. O anão fez um som rouco com a boca.

— Nesse horário é o melhor que temos. Talvez eu possa chamar algumas meninas, mas nesse horário sai mais caro, e a maior parte delas foi embora.

— Quero saber sobre comida: não sobrou nada, então? — O lugar parecia vazio, havia só algumas garrafas atrás dela.

— Se isso for uma ameaça, senhor, eu receio dizer que, mesmo que use da força, não vai achar nada. Tudo acabou e a terra não dá quase nada, nem para nós. Essas são as últimas três batatas. Se quiser, pode comê-las inteiras como comeria uma maçã. Eu acho que nem me lembro do gosto de maçãs. Eu nem sei por que continuo aqui. Deveria ter ido embora, como todos já foram.

— Todos? — perguntei, inclinando a cabeça para o povoado, lá embaixo, ao norte.

— Ficaram só algumas famílias aqui, senhor. Todos trabalham, mas cada Vento que vem do oeste está pior nos últimos meses. Não damos mais conta de reconstruir as casas e a terra não vence a nos dar o mínimo. Praticamente todos os animais morreram também. Estamos pensando em ir embora. O pouco ouro que as meninas fazem serve para quando mercadores passam por aqui, quase nunca. Acho que falei mais do que precisava... Se vocês pagarem pela cerveja, já estará ótimo. E então vocês podem ir. Essa sopa fica de cortesia, provavelmente vamos todos estar mortos em pouco tempo. E ela vai ficar rala mesmo, é quase só água fervida.

A parte de trás do depósito estava desmoronada. Havia tanto pó no balcão que mais parecia um cobertor. Mesmo passando um pano, o pó cairia como uma placa novamente sobre a madeira. Não tinha percebido que através do desmoronamento entrava bastante luz de fora. Os homens tinham aberto as botas. Fiz sinal para que as apertassem. Percebi que pelas tábuas caídas da parede ao fundo da taverna era possível ver de relance a barraca do boticário. Ele dava um remédio para a menina. O cão e o sujeito do escudo estavam ao lado, de pé.

— E esse sujeito que saiu daqui, está com vocês? — perguntei para a velha.

— Está e não está. Se estiver, você me deixaria em paz?

— Velhota, acho que começamos com o pé esquerdo aqui. Deixe eu me apresentar: meu nome é Gundar, capitão Gundar. Esses são meus homens, estamos indo para Fruocssem em busca de trabalho — menti. — Dizem que lá as muralhas já estão tão altas quanto eram e que a comida não falta. Mas vou ser sincero: além desse sujeito grande, estranhei também esse boticário por essas bandas. Achei que todos eles teriam ido para o sul, mesmo que a maior parte tivesse morrido. E a senhora vai entender se eu disser que sobreviver hoje é uma arte que tem muito a ver com pressentir ameaças. Sujeitos grandes com grandes escudos são ameaças potenciais, certo? — me inclinei para ela, que devolveu olhos apavorados. A última frase falei mais alto para que todos dentro ouvissem. Notei que o boticário entrou na barraca e começou a remexê-la. O guerreiro abriu o manto e expôs um escudo enorme que deveria ter mais ou menos minha altura, de metal, com insígnias que eu nunca vira.

A velha então correu para o fundo da taverna, para uma porta mais próxima do declive onde estava a barraca do boticário, gritando. Pulei o balcão em direção à porta, os homens quebraram garrafas e mesas no caminho ao saírem da taverna. Não sei como Gomertz fez, mas quando passei pela porta por onde a velha havia atravessado, ele a estava segurando por um dos braços. O guerreiro do escudo já olhava feroz para nós, a menina havia sumido e o cão estava parecendo maior e mais ameaçador, ao lado da barraca do boticário. Tinha o pelo farto, marrom claro, com orelhas cumpridas, mas que se levantavam altas e engraçadas, rosnava com os dentes como picos apontando para o céu e para o centro da terra. Parecia um lobo. O guerreiro mostrava os olhos negros como um poço. Só os olhos por cima do escudo, nos encarando, atraindo para um fundo de morte e ameaça. Apenas um salto para a dor se concretizando. A voz profunda do boticário ecoava enquanto ele saía da barraca. Era mais alto do que eu imaginava, e muito magro. Tinha uma barba escassa, negra e comprida.

— Eu sempre digo que em tempos difíceis como os de hoje, ainda é melhor conversarmos e tentar nos ajudar do que simplesmente nos matarmos e facilitar a tarefa da natureza — ele me olhava e eu devolvi o olhar. Minha mão já estava na espada. Gomertz ainda segurava a velhota, que tremia. Meus homens estavam a minha volta. O boticário fez uma pausa longa, olhando para cada um de nós e respirando pausadamente. — Eu também ouvi dizer que Finstla perdeu importantes guerreiros. Defensores, talvez, das muralhas, mas que se incomodaram com alguma coisa, será que eu consigo me lembrar da história? — disse com uma cara entre a ameaça e o escárnio. — Algo a ver com o príncipe, talvez, com o príncipe confiscar bens, trabalho, comida?

Continuei calado. Sem expressão, sustentando o olhar.

— Ou eu posso estar enganado — continuou o boticário. — E pode ser que ninguém aqui tenha nada a ver com isso.

— Depende, boticário, depende primeiro desse escudo — eu disse me referindo ao guerreiro —, depende da garantia de que ele não irá atacar. — O guerreiro olhava atentamente cada um de nós, quase todo o corpo escondido atrás de seu escudo. O cão rosnava baixo. — Costuma-se dizer também que uma boa amizade só se começa com a devida apresentação, não?

O boticário olhou ao redor e fez um muxoxo, como se aquilo não tivesse andado como gostaria:

— Bem... Meu nome é Agurn, filho de Aturn, filho de Aturn. Sou um velho boticário, apenas tentando aprender mais e levar meus conhecimentos para melhorar a saúde das pessoas. Confesso que gosto mais de ajudar as pessoas na guerra. Tudo é mais ensanguentado e feroz lá. Mas, agora que o mundo está acabando, tudo parece uma guerra mesmo, então estou feliz. Viajo para o leste. E vocês?

Na realidade, ele não parecia tão velho assim, talvez chegasse a umas quarenta primaveras já. Tinha a pele enrugada, a barba e o cabelo com mechas cinzentas. Nenhum manto o protegia. Carregava uma faca grande na bainha da cintura e com ela alguns vidros com líquidos. Como será que aquilo não se quebrava?

— Bem, por que não mantemos mesmo a calma agora? — eu disse olhando para todos, mas principalmente para o guerreiro. — Por que não nos sentamos e contamos mais sobre quem somos, com calma e em paz? Meu nome é Gundar, filho de Gurundar. Não somos de Finstla, mesmo que eu também tenha ouvido sobre os problemas de lá — menti. — Esses são meus companheiros, Hung, Yalom, Vismert, Burtm, Gomertz e Clud — pensei rápido e não falei sobre Vartem, que devia estar mais atrás escondido, tomando alguma posição estratégica. — Velhota, será que podemos soltar você? — eu disse em desafio olhando para o guerreiro. — Nós somos de Carlim, mas estamos indo para Fruocssem. Queremos trabalho lá. Nas muralhas.

Todos nós olhamos para o céu nesse momento.

— De novo, não... — disse Yalom. Mais uma vez, o dia se desmanchou em segundos. No oeste, o segundo sol pareceu se encostar ao primeiro. Quando isso acontecia, parecia trazer chuva por lá e logo o céu todo se enegrecia como uma indigestão. Eu odiava dias assim, tudo parecia perder o ritmo. Os dias, os meses pareciam não mais poderem ser contados. E a verdade é que desde que tudo começou não tínhamos mais certeza da passagem do tempo. Alguns dias se mostravam mais curtos e outros mais longos que o costume. Uma vez, eu juro, cheguei a achar que uma noite durou o equivalente a dois dias inteiros. E aquela indigestão dos sóis muitas vezes trazia o frio e, várias dessas vezes, o Vento. Havia nuvens no céu escuro, muitas, numa correria no negro pálido, deixando passar uma pouca luz opaca em alguns momentos. Eu me abaixei, oferecendo a mão para o cão cheirar, mesmo a distância:

— Acho que talvez seja melhor entrarmos na taverna, mesmo que apenas parte dela esteja de pé. Talvez ao lado de um fogo e com algo para comer nós possamos nos apresentar melhor e trocar notícias. E tem a sopa da velhota que precisa do meu estômago, claro.

O cão saiu de uma postura agressiva, olhou para um lado e para o outro, mas não deixou de bufar e olhar desconfiado.

— Vejamos se primeiro você solta a "velhota". E então eu lhe devolvo esse aqui. Ele não foi tão rápido quanto vocês. — O anão atrás de nós arrastava Vartem pela perna. Ele estava caído, meio acordado, com uma faixa de sangue na cabeça.

Os homens nem pensaram. Desembainharam as espadas e abriram um círculo em volta do anão. Com o susto, o cão pulou sobre mim, mordendo meu braço esquerdo com força e me puxando para o lado da barraca. Sorte que as placas de aço protegeram em parte meu braço, mas notei também que ficaram presas em seus dentes. De relance, pude ver que o guerreiro nem precisou desembainhar a espada para nocautear Vismert e Gomertz, com movimentos poderosos para a esquerda e para a direita com o escudo enorme. Burtm aprontava uma flecha para atirar na nuca do guerreiro, que aí sim trouxe suas mãos até o punho dourado da espada na cintura, iniciando um leve giro para atacar o arqueiro. Yalom passou a sua espada no manto do guerreiro, sem nenhum efeito. O anão pisou na cabeça de Vartem antes de levantar uma lança que provavelmente havia escondido perto da porta da taverna. Fez um corte no braço de Hung que tentava alcançar seu flanco, afastando-o. Eu tentava abrir a boca do cão enorme, com a outra mão, já anestesiado de tanta dor. Começou então a chover. Quando a espada do guerreiro começou a fazer o som raspado da bainha, saindo em nossa direção, foi que ouvi uma nota suave, um som que me interceptou por completo, como uma nota de uma música. O boticário quebrou um vidro no meio de nós, gerando um clarão como um relâmpago. Em meio àquela nota, gritava:

— Parem já com esse desperdício absurdo! — o som finalizava. — Seus animais sujos, bostas de cavalo! Estávamos rumando para conversar e trocar informações! Desde quando acham que sozinhos vamos sobreviver muito tempo?

—— PARTE DOIS ——

    O teto da taverna mal nos protegia da chuva. Os pingos gelados nos pegavam em qualquer posição que estivéssemos e faziam os homens gemerem e reclamarem. Pelos buracos no teto era possível ver o pó e o Vento no lusco-fusco do céu, que passava cada vez mais rápido em direção ao mar a leste. Eu havia entrado na taverna com a mão no punho da espada, de mau humor. Vartem e Gomertz tinham acordado com alguns tapas na cara. Vismert, com um talho no rosto feito pelo escudo do guerreiro, continuava respirando, mas não acordou com os tapas e o arrastamos para dentro, para perto do fogo. Tivemos de empurrar a fogueira para mais longe do buraco do teto para que não apagasse. A fogueira era pequena, mesmo assim era bom ficar perto dela. O calor era um carinho de mãe. A sopa foi colocada em posição para ferver.

    Há quanto tempo eu não via um boticário? Uns dez anos talvez? Ou um pouco menos? Curandeiros errantes, esquisitos, soturnos. Chegavam em suas carruagens ao som dos sinos, carregando vidros de unguentos, líquidos, pedaços de animais, de árvores, de tudo em todas as formas que a natureza poderia oferecer. Pequenos frascos e vidros eram carregados nos bolsos dos casacos, nas túnicas, nas capas. Sempre ávidos por conhecimento, ouviam atentos todas as histórias. Acampavam e viviam conversando com plantas e colhendo suas folhas para produzir seus remédios. Cobravam caro por suas curas, mas alguns eram bondosos e não cobravam nada. A primeira vez que precisei de um deles eu tinha 20 anos. Sofri uma queda de uma escada de pedra, nas proximidades do castelo de Finstla, e quebrei o osso da perna esquerda. A ponta quebrada quase rasgou a pele. Confesso que chorei angustiado, mais pelo medo de não voltar a andar ou precisar de muletas do que pela dor. Tive a sorte de um boticário, Hurmenvan, lembro o nome até hoje, estar na cidade na época. Ele me desacordou com um chá e colocou o osso no lugar, fixando-o com pedaços de madeira. Ensinou-me exercícios para quando tirasse a madeira para recuperar o movimento e fortalecer a perna. Se ele não estivesse lá, eu teria ido para a mão das Normas, mulheres mais velhas que recebiam algum conhecimento sobre a arte de curar, de geração em geração. Mas elas, com certeza, teriam amputado minha perna.

— Não acredito, eu ainda vou me vingar desse desgraçado... — era Gomertz, o Ceifador de Mãos, confessando em voz baixa para mim o gosto de sua derrota para o estranho guerreiro sentado à nossa frente. O guerreiro era grande, tinha ombros largos, cabelos compridos, soltos na frente, presos atrás em uma longa trança, a barba curta, bem talhada. Usava uma cota de malha bem-feita, mas muito suja, ombreiras de metal e proteções simples na barriga. Botas altas até os joelhos feitas de um couro suave. A sua capa era grossa como uma lã dupla misturada com couro, verde-escura, e o envolvia da cintura até os joelhos, subindo pelo peito para cair por sobre o ombro esquerdo até de volta às panturrilhas, como uma concha. Com facilidade, ele podia retirar e colocar os braços para fora de sua capa sem ela cair, pois ficava presa no ombro. Sobre ela, em volta do pescoço, um tecido de capuz, agora abaixado. Tinha olhos negros, preocupados e distantes que me procuravam na maior parte do tempo. Na cintura, carregava a espada de punho dourado, com o término com finos fios de metal que seguravam uma gema amarelada.

O escudo era formidável. Devia pesar como um bezerro de engorda, mas era capaz de proteger uns dois homens comuns com alguma facilidade. No entanto, o guerreiro carregava-o até com alguma desenvoltura no braço esquerdo. Ele o encostou na mesa atrás de si e de relance pude ver os desenhos, feitos com muito esmero e detalhe. Era uma verdadeira obra de arte, com relevos e volumes como nunca vi em nenhum escudo. Nos relevos, um animal alado, desconhecido para mim, voava sobre o sol, e havia ainda um campo e montanhas. Abaixo, letras indecifráveis. Tudo isso com volumes e riscos trabalhosos. Provavelmente feito de uma peça única, maciça, dura e resistente. Uma obra que nunca se via e menos ainda se fazia.

— Os desenhos e os escritos no escudo, o que são? — perguntei, apontando o escudo com o queixo. O guerreiro continuou me encarando por um tempo, mas abriu a boca, numa voz grave e baixa, quase etérea, como se saísse de um espírito muito distante do corpo, muito mais profundo.

— São o Equilíbrio, são a presença de todos os principais elementos da existência trazendo, ao inimigo do Equilíbrio, a ordem, mostrando que todas as coisas têm o seu lugar. Desculpe-me por seus amigos, acredito que você seja o líder desses homens. Vocês não me deram opção quando ameaçaram a senhora ali e o anão.

O anão ajudava a velha com a distribuição de mais cerveja, num mau humor terrível. Poderia arrancar nossas cabeças a qualquer momento. Foram as moedas de Yalom que o convenceram a deixar todo o desentendimento inicial um pouco de lado.

— Equilíbrio? — perguntei. Nunca havia ouvido falar disso. Inimigo do Equilíbrio? O guerreiro fez um trejeito contrariado.

— Sim, o Equilíbrio.

— Que é...? — insisti, curioso. Em uma mesa atrás do guerreiro, o boticário dava um líquido verde escuro para a menina beber. Ela estava sentada, e o cão ao seu lado quase ficava de sua altura. Foi quando percebi seus olhos e suas orelhas, grandes e em movimento, como que fazendo esforço para ouvir minhas palavras e os pensamentos que me escapassem pela pele, pelo olhar. O guerreiro torceu a cabeça, estranhando. Sua voz profunda me respondeu, quase um eco por dentro de seu corpo.

— A natureza tem uma tendência natural ao Equilíbrio. Isso significa que o Equilíbrio é o convívio natural entre as forças opostas da natureza na sua totalidade. O homem tem uma tendência natural a destruir esse Equilíbrio na tentativa de criar mais segurança, o que, de fato, não há. Homens morrem, homens são apenas parte. Homens deixam de destruir esse Equilíbrio quando tentam viver valores de bondade e oração, usando a força contra o mal e quando ameaçados.

— Que tédio, seria muito mais interessante que capitão Gundar nos contasse um pouco de sua história, não? — disse o boticário para mim.

— Por exemplo, onde você estava quando o mundo começou a acabar?

— Qual é o seu nome? De onde você vem? — perguntei ao guerreiro, ignorando o boticário. Eu estava realmente curioso com aquilo.

— Meu nome é Escram. Você disse que vem de Carlim. Quais as notícias de lá? Alguém vem da Estrada do Poente? — respondeu o guerreiro, parecendo preocupado. Ele desviou de minha pergunta sobre de onde vinha, mas suas palavras pareciam calmas. Mesmo escondendo o que perguntei, ele não parecia mal-intencionado. Talvez eu tivesse exagerado na velocidade com que permiti que minha curiosidade disparasse as perguntas. Eu estava assustado com esse estranho guerreiro. Nunca vi alguém vestido assim, nem com armas assim, muito menos falando desse jeito e sobre esse tal Equilíbrio. Não, eu não sabia de nada vindo pela Estrada do Poente.

— Não, ninguém pela estrada, pelo menos não há cerca de uma semana, quando saímos de lá.

O guerreiro ficou desapontado e envergou para trás as costas sobre o encosto da cadeira, desolado. O uivo do vento aumentava lá fora. A chuva abrandara um pouco.

— Nobre guerreiro e capitão Gundar — desdenhou o boticário, aproximando-se do desmaiado Vismert com um vidro aberto nas mãos —, será que não poderemos participar da sua história de como vem sobrevivendo às tempestades? — Ele se baixou e colocou o vidro sob o nariz de Vismert, segurando sua cabeça. Todos na taverna olhavam tensos. Vismert acordou quase que imediatamente. Vartem e Yalom vieram levantá-lo e orientá-lo sobre o que tinha acontecido.

Tudo começou há três anos. Ainda me lembro de cada detalhe daquela tarde. Fazíamos uma ronda externa, pelos campos fora de Finstla, a sudeste, eu e meu pelotão. Um som fino veio do céu e depois outro, como uma labareda se abrindo, a oeste. Olhamos aterrorizados o sol se dividindo em dois, rachando como dois halos de luz, um caminhando para o norte e, o outro, ficando quase onde estava. O céu enegreceu para um brilho fraco, que fazia confundir as coisas. Meu cavalo empinou e pulou, eu caí e mais outros dois ou três cavalos dos nossos fizeram o mesmo, nos abandonando e correndo para a floresta. Os sons aumentaram e ficamos sem saber o que fazer. Os homens pediam ordens, que eu não tinha. Foi quando o novo sol ao norte deu um estranho pulso de luz, um trovão redondo e, novamente, o som do rachamento do ar veio do oeste, primeiro baixo, depois se espalhando. Os pulsos de luz começaram a aumentar de intensidade e nós começamos a recuar para lugar nenhum, mantendo o corpo voltado para os sóis. O resto foi o terror. A gritaria e o correr quando o Vento veio destruindo tudo, do oeste para o leste, varrendo, arrancando árvores, pedras, levantando terra, pó, deslocando montanhas e movendo placas enormes do chão. Acordei soterrado, com apenas o tronco para fora da terra e o calcanhar torcido e doloroso. O vento ainda uivava por cima de mim, com muito pó, e o brilho do sol atenuado, opaco, amarelado como uma moldura de quadro envelhecida. Não havia ninguém perto de mim aquela hora. Demorei quase uma hora para entender que eu tinha sido levado por talvez quatro quilômetros para o leste, mais distante de Finstla.

Achei que não conseguiria voltar no mesmo dia, arrastando-me e tentando me proteger do Vento, que algumas vezes me fazia ficar deitado no chão, com lágrimas, sem esperança e me perguntando o que seria aquilo. Mesmo assim, mesmo pedindo aos deuses que me protegessem e ajudassem a chegar em casa, o Vento me levantava, me girava, brincava com meu corpo como se eu fosse insignificante. E, para ele, era mesmo. Achei que morri mais de uma vez. Achei que o mundo ia acabar, que os deuses queriam inspirar tudo de volta para suas enormes narinas. Um gigantesco fim.

Os caminhos, o relevo, as árvores, tudo mudou de lugar, como se a própria terra tivesse implodido. Nem sei como encontrei o caminho de volta. A cidade estava quase toda destruída. Perdi muitos dos meus homens naquele dia. Perdi minha filha, que desapareceu. Procurei-a por dois anos. Ainda tenho pesadelos, ainda ouço minha filha rindo para mim, aquela risada de quando me trazia o pão de ló de meu aniversário. Tinha dez primaveras. Fico úmido e amargo até hoje sem deixar ninguém perceber. Sobreviver era a única coisa que passou a vigorar na mente de todos. Sobreviver criou algum tipo de casca fina na profunda ferida daquele dia. Eu não conseguia morrer, por mais que no fundo desejasse. Os ventos continuaram, às vezes mais fortes, às vezes mais fracos. Deixavam de vir por semanas e depois urravam e destruíam. Os sóis deixaram de passar sobre nós e subiam e desciam sempre da mesma direção. Ninguém sabia o que era aquilo.

Sobreviver nos tornara desconfiados. O quanto será que eu poderia confiar nesse boticário? E nesse guerreiro? Resolvi mentir:

— Carlim foi quase toda destruída. Tentamos reconstruir boa parte das casas com pedras maiores nas bases, mas, além do Vento, fomos atacados por hordas e hordas de Mendigos das Estradas e depois por Exilados de Graiham, a Cidade Amarela. Achávamos que Graiham era aliada e que poderíamos contar uns com os outros. Abrimos as portas, mas fomos traídos, não sobrou quase ninguém em Carlim. As mulheres e crianças remanescentes ainda duraram um ano, mas morreram por doenças. Decidimos dar a cidade por morta e saímos. Enterramos todos. Nem era preciso, porque o Vento faria isso por nós. Mesmo assim o fizemos e agora estamos indo para Fruocssem. Você pode ir até Carlim para confirmar minha história — insisti em minha mentira. Antes do Vento, Carlim, Finstla e Graiham, a Cidade Amarela, eram três reinos ao sul, um cinturão de beleza e prosperidade, separados pelas florestas e rios que vinham de longe, das geleiras de Fruocssem, ao norte. Carlim ficava entre Finstla, a leste, e Graiham a oeste. Finstla era parcialmente protegida pela encosta de uma falésia, que se iniciava ali e ia até o extremo norte, numa larga curva, até as praias geladas de Fruocssem e Millemisam, aos pés das montanhas.

O boticário sentou mais distante de mim, perto do fogo e da mesa em que a velhota estivera cortando mais uns poucos legumes para completar a sopa:

— Enfrentaram os Mendigos e Graiham, mas perderam as crianças e as mulheres. Os velhos também, imagino. Mas como? Se vocês estão vivos, vocês não os protegeram? Ou vocês fugiram? — perguntou o boticário, numa voz estridente, mirando um olhar agudo sobre mim. Eu não sabia dizer se estava brincando. Os homens atrás dele tomavam cerveja, assistindo a conversa com uma atenção dissimulada. Fiquei com raiva, além de desconfiado.

— Graiham veio com um exército. Levou tudo, matou quase todos, nos prendeu numa antiga mina, não sem antes derrubarem as pedras que sustentavam a passagem da porta — falei sério —, nós cavamos nossa saída por semanas.

— Duvido — respondeu o boticário, fechando um olho.

— Seu boticário de merda, como você ousa falar assim comigo? — levantei gritando e desembainhando até a metade a espada da cintura. Não continuei, pois pensei que estava perto demais do guerreiro do escudo. — Quem você pensa que é? E de onde você e o mestre Escram se conhecem? Para onde estão indo? — O boticário não esboçou nenhuma reação diante de minha investida.

— Um pouco de verdade nos faria bem agora, capitão Gundar, de Finstla. Desertor! — ele me olhou de baixo para cima. — Guerreiros vestidos com placas de aço semelhantes, todos com os emblemas do peito riscados. Os escudos também, com tintas raspadas. Sujos, fora de casa há bastante tempo. Desconfiados, perseguidos talvez. E o que não dizer do sotaque, com a voz arrastada e nasal no fim das frases? Vocês são de Finstla, chega de mentir — falou rígido, me olhando nos olhos, mesmo eu estando de pé devolvendo o olhar com a espada.

Não havia mais como mentir.

— Finstla é quem abandonou seus valores — embainhei a espada e sentei. — Nós abandonamos o projeto de um príncipe que invadiu Carlim e fez exatamente como contei. Fez nós, a guarda real, matarmos todos, e tirou tudo da cidade. Por vingança, ele dizia. Dizia que o Vento era culpa de Carlim. Um idiota. Depois de invadirmos a cidade, nos recusamos a matar inocentes. Salvamos quem pudemos até sermos descobertos. Desertamos. Fomos pegos por causa dos cães. Nos prenderam em uma mina em Carlim, para morrer. O resto é verdade.

Burtm estava de pé. Tinha vindo devagar em direção ao caldeirão da sopa. Parou e fez um olhar dolorido e distante quando me ouviu falar essas últimas palavras, que trouxeram um silêncio triste e incômodo ao ambiente. Depois olhou para baixo, tentando se desviar do pensamento, e veio mais perto se atrever a experimentar um pouco da sopa com uma colher de madeira que ele mesmo carregava consigo, sob o olhar raivoso do anão e da velhota, mais atrás. O cão fez um som agudo ao ver a cena. Fome, certamente. O som de albatrozes lá fora, talvez fugindo do vento forte, me fez lembrar que a falésia estava próxima e ela encontrava o mar lá abaixo. Lá os navios encalhavam, batiam e ficavam. Um cemitério de madeira, peixes e espíritos perdidos. Ótimo para os pássaros famintos. Finstla, mais ao sul, se protegeu em parte do Vento pela falésia, mesmo com tantos mortos. Carlim também teve alguma sorte até ser destruída por Finstla, mas o mesmo não aconteceu com Graiham, que desapareceu pelos Ventos. Froucssem, diziam, no norte, estava quase intacta e reconstruía suas muralhas sob o frio.

Mas pior que os Ventos era o que as pessoas se tornaram. Depois que tudo foi arrastado, os homens enlouqueceram. Sobreviver a tamanha destruição e morte pode enlouquecer. Homens se juntaram e dominaram as estradas, os Mendigos das Estradas roubavam e matavam, tudo justificado pela necessidade de sobrevivência. As cidades e os vilarejos não tinham mais cuidado para se relacionarem. O que se podia ter de vantagem ou roubar, era feito. Tudo se justificava. Não se podia mais confiar em ninguém. Apenas pequenos grupos eram aceitos em alianças desconfiadas e muitas vezes temporárias. Reinos se voltaram uns contra os outros, guerras apareceram em tentativas oportunistas de poder, segurança e vingança. Defendi Finstla o quanto pude. Cheguei a acreditar, por um momento, que toda a culpa era de Carlim, e não dos Ventos. Quando a loucura tomou seu ápice, eu e esses homens desertamos, fazia cerca de três meses. De onde vinham esses Ventos destruidores? O sol dobrado? As longas noites e os longos dias? Ninguém sabia.

— Mestre Agurn deve saber de onde vem esses Ventos — falei em tom de pergunta, pensando que um boticário sábio provavelmente teria uma resposta.

— Bons ventos para quem sabe aproveitá-los, capitão. Não tenho ideia, mas me daria muito prazer saber.

— Goldenna quer nos destruir — falou Yalom.

— A imaginação é a completude da estupidez. Mas talvez seja verdade — comentou Agurn.

— Para onde vocês vão? — perguntei.

— Voltar para a Congregação.

Então reparei na menina mais uma vez. O guerreiro passava a mão carinhosamente em seu manto-saia, e, mais atrás, ela pousava um estranho copo de vidro sobre a mesa. Mas a mesa não estava lá. Inclinei o rosto para ver mais de perto e focar melhor, mas era claro que a mesa estava para trás e à direita da menina. O mesmo aconteceu com uma capa que ela segurava nas mãos. Ela a abrira e a colocara sob o encosto de uma cadeira imaginária e ali a capa ficava parada, no ar. Assustado levantei devagar, como se não quisesse nada em especial, como se estivesse indo buscar alguma coisa. Passei ao largo do guerreiro, devagar, que me olhou e empertigou o corpo, protetivamente, me analisando. Fui atrás até a menina. O cão me olhou e desviou o olhar, depois bateu com o rosto na perna da menina para lhe chamar a atenção. Ficou então com a cabeça sobre seu colo, me olhando de esguelha, mas com um pequeno ponto de sua boca querendo levantar e mostrar um dente. A menina entendeu a mensagem do cão e me procurou com os ouvidos e a testa. Era cega.

O copo flutuava à minha frente. Passei a mão, com medo, por baixo do copo. Não havia nada por baixo nem por cima, nada. O guerreiro girara um pouco na cadeira para observar o que estava acontecendo.

— Isso vai ser interessante... — comentou baixo o boticário, posicionando melhor sua cadeira e sentando-se novamente. Peguei na capa, nada a segurava. Nada que eu pudesse sentir.

— Qual o seu nome, menina? — perguntei.

Ela virou a testa, mostrando um pouco mais de uma orelha para mim. — Sou Minuit.
— Como você faz isso? — perguntei.
— Faz o quê?
— Flutua as coisas.
— As coisas não estão flutuando.
— Estão sim — peguei a mão dela, mas soltei rapidamente, pois o cão latiu agudo e alto, bravo, assustando a todos. Burtm, no momento seguinte, riu de alívio; minha mão estava no alto, me protegendo.
— Se me emprestar sua mão — continuei —, você vai perceber que não há nada concreto abaixo do copo e nem segurando sua capa no ar, aqui à sua frente.
— O copo e a capa estão onde deveriam estar, como a mesa e a cadeira, basta prestar atenção —respondeu dando um risinho furtivo e se movimentou sinalizando para o cão retirar sua cabeça do colo dela. Depois se levantou soltando o ar como se estivesse indo para um desafio preguiçoso. Tinha o corpo em amadurecimento. Misturava as curvas de mulher com um corpo ainda de menina, tinha a desproporção de uma jovenzinha. Era linda. Seria talvez ainda mais linda na próxima primavera. Seria um problema para os homens. Se houvesse uma primavera.

Passou pelo guerreiro e pelo boticário com uma desenvoltura que eu não esperava de alguém cego, acompanhada pelo cão, que seguiu a sua frente. Vi que ao andar bateu uma bota na outra, propositalmente, causando um brilho azul fugaz depois do qual ela riu um riso curto. Foi até o caldeirão também.
— A sopa já cheira bem —disse. Todos olhavam para ela agora.
— Você é cega? — perguntei.
— Você acha que o que você enxerga é real? — devolveu. Afundou então a mão na sopa fervente.
— Por Goldenna! — gritei em desespero, acompanhado pelos meus homens horrorizados por aquilo.

A menina não fez nenhum reflexo de dor e afundou a mão com

ímpeto, retirando-a depois em concha e bebendo um curto gole, dando o resto para o cão, que lambeu. Falou então, bem baixinho, quase para o cão, quase para si mesma, mas bastante claro, enxugando as mãos nas calças. — Vocês me cansam.

— O que é isso? — eu disse olhando para ela, para o boticário e depois pra Escram. — Algum tipo de maldição? Alguma mensagem dos deuses? Magia?!

O boticário respondeu:

— Capitão Gundar, veja: se você tem suas habilidades de luta e guerra, afinal, era da guarda real de Finstla e invadiu os altos muros e os fossos sanguinários de Carlim, outras pessoas podem ter também suas habilidades, suas características, não? Mas será que o que você está vendo é real mesmo? — perguntou petulante, abrindo um sorriso. — Talvez essa menina idiota não devesse fazer isso e está simplesmente criando uma ilusão para brincar com vocês — e olhou raivoso para a menina.

Era muito real.

— Deve ser algum truque — eu disse. — Vocês são artistas mambembes?

— Não acredita em magia, capitão Gundar? — perguntou Minuit.

— Isso são contos infantis, canções e passagens históricas mal explicadas. Canções falam de guerras de exércitos gigantescos, do bem contra o mal, de pessoas com poderes fantásticos andando por aí e salvando o mundo, fazendo parte de um grande enredo para cuidar de todos nós. Isso é ridículo. Pior ainda são essas histórias de fadas de orelhas pontudas, imortais, escondidas nas florestas, no final do arco-íris. Gigantes. Monstros. Não existe magia. Isso é só um escape das pessoas da realidade. Histórias. Diversão antes de dormir. Algumas até inspiradoras, admito. Algumas que gosto de ouvir. Principalmente as histórias de verdade, a história de pessoas. Mas nunca vi algo assim. Só os mambembes, com seus truques, viajando entre cidades. Se existiu alguma coisa assim de magia, foi há milhares e milhares de anos, esquecido e esgotado.

Mambembes. Eram só eles. Brincadeiras e o esconder das mãos e de partes dos objetos, com grandes cores e grandes falas. Ilusões da visão. O povo e os reis e lordes sempre adoraram. Eu também. Eles alegravam, fizeram parte de minha infância. Eu até gostaria de acreditar que houvesse tais magias, talvez pudesse acreditar que o mundo fosse diferente, mais belo, mais misterioso. Uma esperança, uma esperança de ter poder. De poder mudar as coisas. Mas nada, nunca vi nada de magia. Além de defender Finstla, por anos fiquei protegendo o transporte de mercadorias dos reis de Finstla para outras cidades. Nada. Só histórias maravilhosas, antigas como a noite. Histórias sobre a grande batalha dos Exércitos das Raças, sobre o bem contra o mal. Sobre reis que andavam entre gente comum até se revelarem, sobre objetos mágicos que passavam de mão em mão até serem finalmente utilizados pelo bem de todos. Algumas vezes eram guerreiros, outras vezes, reis, outras, homens comuns. Sabia algumas delas de cor. Nós as recontávamos e as aumentávamos, noites e noites, e íamos dormir sorrindo. Mas aquilo, aquela menina, não era isso.

— Capitão Gundar... — foram ao mesmo tempo as vozes do boticário, que me chamava, e de Gomertz, que vinha do fundo da taverna. Gomertz foi mais rápido em continuar. — Há cavalos vindo de nordeste, galopando no Vento.

Não era apenas isso. Quando me atentei, achei ter ouvido patas de cavalos já do lado de fora da taverna, perto de nós, do outro lado que Gomertz apontava, nos cercando. — Homens, atenção agora! — falei, tentando achar um volume de voz que ficasse dentro da taverna, mas avisasse a todos. Alguns foram para o fundo da estalagem, eu virei a cadeira para a porta, mas me mantive sentado. Poderiam ser apenas pessoas em busca de abrigo. Fiquei olhando para a porta que mostrava apenas pó soprando e terra, pedaços de árvores e galhos. Vi então uma cauda de cavalo chicotear pela porta, ouvi seus passos em direção à esquerda, um relance que se perdeu novamente no pó. Mais nada.

Foi quando jogaram a primeira guirlanda. Guirlandas eram vidros ou tochas intoxicados de uma substância negra que pegavam fogo quando sob atrito. A primeira veio pela porta rapidamente, fazendo-me ter de desviar e cair da cadeira. A segunda e a terceira desceram pelo buraco no teto, mas, quando caíram no chão, já era nítido outras estarem acesas, queimando o teto de palha e galhos de fora para dentro. Todos se desesperaram, a velhota deu um grito, o anão pulou a mesa grande e trouxe sua lança. Alguns dos homens tentavam apagar a guirlanda em vão.

— Sair, homens, sair! Escudos na porta! — gritei, tentando encontrar a menina Minuit, para que ela ficasse em uma posição protegida. Escram roubou meu olhar:

— Não se preocupe com ela — disse, responsabilizando-se, encaixando o escudo no antebraço.

Uma lança veio de fora, firme, mas pouco reta, fincando-se no escudo de Vismert, que já se posicionara na porta.

— Desgraçado! — gritou.

Ficou desconcertado, não sabia se tirava a lança ali fincada ou se mantinha a posição. Decidiu manter. Ele, mais dois homens e eu nos posicionamos na porta com os escudos formando uma parede. Nós protegíamos uns aos outros na parede de escudos. Era a mais formidável forma de guerra, desde que homens fortes e confiantes estivessem dispostos a colocar seu escudo protegendo a direita do companheiro e assim por diante. A primeira linha ficava agachada, protegendo as pernas. A segunda linha protegia a cabeça. Usávamos os escudos grandes e redondos de Finstla, com a borda de aço, mas sem nenhum desenho, pois os havíamos raspado. Claro, não posso dizer que todos, quando viam as espadas e o inimigo enfurecido, ficavam tranquilos. Muitos tentavam fugir. Ou faziam coisas estúpidas. Esses morrem. Se não for pelo inimigo, é porque são abandonados pelos companheiros. Numa parede, ou se luta ou se luta. Muitas vezes se morre. Fiquei na segunda fileira. Para matar e para comandar, sustentando meu escudo para proteger a cabeça do companheiro à minha direita. Mais atrás, os homens fizeram uma parede menor, protegendo a velha e as nossas costas. O anão fechava o flanco.

— Avançar! — gritei. A saída seria empurrar pela porta. Claro que era uma armadilha. Mas já dera certo: era morrer pelo fogo ou tentar escapar pela espada.

Do batente da porta vieram mais duas ou três lanças, jogadas com firmeza e pesadas. Duas delas ficaram presas nos nossos escudos, deixando-os pesados e puxando-os para baixo.

— Nós vamos morrer, senhor! — alguém gritou na parede.

— Cale a boca! — respondi, tentando pensar.

— Avançar! — gritei novamente, e do susto das lanças tentamos novamente passar pelo espaço estreito da porta. O fogo já se espalhava por todo o batente e em direção ao teto. Bem acima de nossa segunda parede de escudos, o teto estava em chamas, línguas brutais de medo e calor. Quem diabos fez isso e por quê? Tínhamos sido tão cautelosos. Nos últimos três meses, não fomos interceptados por ninguém de Finstla, eu imaginava que o príncipe havia desistido de nos caçar. Chamei dois homens da segunda parede:

— Chutem o batente em chamas na parte de baixo. Vamos protegê-los com os escudos, abrir mais as portas e sair todos por aqui! — falei para eles. — Venham mais perto! — chamei todos dentro da taverna. Dependendo de quem estivesse lá fora, morreríamos todos de uma vez. Mas pelo menos teríamos alguma chance.

Começaram a chutar os batentes que não mostraram resistência, caindo em chamas. O inferno continuava a aumentar acima e atrás de nós. Escram posicionou o escudo um pouco mais na minha diagonal. Olhava atentamente para fora. Começamos a sair em linha, mas fomos empurrados por outra parede de escudos, de fora, que gritava, e acertaram uma ponta de espada no pé de Clud, que partia o batente inferior da porta. Fomos obrigados a recuar. Quando percebemos que estávamos ficando atrás de uma cortina de fogo e fumaça formada pelo batente da porta derrubada, vi Escram passar veloz por nós, com escudo em punho, alto, com pouco mais que sua testa por cima. Empurrava tudo à sua frente como uma torrente de pedra e arrebentou o restante da entrada.

— Venham todos, atrás de Escram, refaçam a parede de escudos lá fora! — gritei tossindo, tentando correr, e vi Minuit à minha frente grudada no cinto de Escram. O cão a seguia.

No meio da fumaça do lado de fora, percebi que meu lado esquerdo estava aberto, sem encostar-se a nenhum escudo. Eu mal via o que estava lá fora devido às lágrimas nos olhos pela fumaça. Tomei um chute forte na barriga e quase caí no chão, quando pude ver Escram disparando sua espada por cima de minha cabeça e cortando meu agressor na mandíbula, que gritou e jorrou sangue. Escram de novo foi empurrado, por um conjunto de escudos que nos atacavam naquele lusco-fusco, e desviou de mim indo para trás; foi quando vi que Gomertz manteve sua perna onde estava para derrubar Escram, que caiu com o ombro e a cara no chão, em cima de um fogo próximo. Com certeza ele não deixaria passar em branco o que Escram fez a seu irmão Vismert.

— Venham, parede de escudos, agora! — gritei de novo, e conseguimos nos juntar perto da porta, à frente de Escram.

— Será que eu esperava você por aqui, Lobo? — Era o boticário, atrás de nós falando alto, com um capuz pontudo puxado sobre a cabeça, deixando uma silhueta sinistra por dentro. — A Congregação deve estar bastante humilhada com a minha, digamos assim, independência... — riu.

Pude então ver as sombras naquela luz pálida e no Vento, um pouco mais ameno, mas constante. Deviam ser uns vinte homens, todos com armaduras leves e escudos, lanças e espadas. Um desses homens, mais magro, alto e forte, estava no meio. Só ele usava um elmo. Foi ele quem respondeu:

— E eu cansado de procurá-lo, Agurn. Ou você volta conosco de bom grado, ou volta morto e arrastado. Mas a verdade é que estou irritado em gastar minhas habilidades de busca com você. Prefiro muito matá-lo agora a tentar capturá-lo.

— Que diabos são esses homens, Agurn? — perguntei, dando um passo à frente e conseguindo que minha linha de escudos me seguisse.

— Capitão Lobo é um dos chefes da Guarda da Congregação, a ordem que nos forma boticários. E não só — riu. — Lobo, como o próprio nome diz, é um cão, que portanto segue ordens, de olhos baixos e rabo entre as pernas. E também não tem a menor ideia de por que precisa estar tão longe de casa me procurando.

— Voltar de bom grado? Você não estava voltando para a Congregação? Ou está fugindo da Congregação? E por que estaria fugindo? — indaguei. Diziam que o Castelo da Congregação havia sido poupado do Vento também, mas como os boticários haviam sumido até então, eu duvidava.

— Eu não quero voltar — falou Minuit.

Do lado do mar, ouvimos novamente os albatrozes, primeiro mais aflitos e depois passando sobre nós em voo. Achei que era algum tipo de presságio, mas não consegui decifrar se era positivo. Escram já se levantara e se posicionara em nosso flanco. Pensei por um momento, depois falei:

— Bem, Lobo — eu disse —, pode ficar complicado nesse momento você capturar o boticário, porque ele está conosco. Nós não vamos entregá-lo e vamos levá-lo conosco por enquanto. Se mais adiante nós nos despedirmos dele, aí sim você pegá-lo ou não é problema de vocês. Mas isso não vai ser hoje. — Afinal, eu não entregaria ninguém exceto se tivesse convicção do que estava acontecendo.

— Estamos em muito mais homens que vocês e temos lanceiros nas árvores mais atrás. Você não seria estúpido de... — Um som no céu fez nossos olhos se arregalarem. Era um som de madeira, algo gigantesco que estalava sobre nós. Som de cordas arrebentando, algo enorme sendo forçado a se desfazer em pedaços. Olhamos para cima e havia um navio enorme viajando pelo ar, sofrendo no Vento. Vinha do mar, tinha sido levantado da água, porque ainda respingava, subido a falésia e vinha voando. Era o Vento, só poderia ser, mas eu nunca tinha visto aquilo, nunca.

Quando o navio já passara por nós indo em direção às montanhas, ouvimos um mesmo som sofrido em pedras, desmoronando e caindo em pedaços. Areia e pó caindo do céu, mas não era possível ver mais nada no meio das nuvens e do pó. O Vento aumentava. Foi então que a parede de escudos de Lobo começou a se dobrar em direção a nós. Seria nosso fim, estávamos em menos homens, sendo flanqueados e cercados. Lobo aproveitou que estávamos olhando o céu para, enfim, chegar até Agurn.

— Minuit, mais para trás! — gritei, lembrando que a menina poderia ser ferida ou mesmo morta, mas na realidade ela já andava longe, com seu cão, sobre um pequeno monte à nossa esquerda. Devia ter passado próximo do resto da taverna, dando a volta na luta, guiada pelo cão.

Escram passou por mim como um furacão.

— Parede de escudos! — gritei, mas ele não ouviu e fui apertado por meus homens, tornando a parede mais grossa. Escram atingiu a ponta da linha de Lobo com uma força descomunal, empurrando terra e escudos para todos os lados, desmanchando a parede e estocando um e outro guerreiro, virando para atingir mais. A linha de Lobo se desfez, com homens se curvando para trás, tentando se afastar.

— Atrás de Escram, vamos abrir esses bostas! — gritei, tentando fazer com que a raiva nos desse mais força. Andamos de lado e nos juntamos protegendo a direita de Escram, que encostara seu escudo no chão agora e esperava, olhando o movimento do inimigo. Parecia estar atrás de um muro de um alto castelo. Entendi uma coisa então.

— Escram, continue girando pela esquerda deles, batendo com o escudo e girando a espada, nós te protegeremos. Onde a linha deles for se rompendo, nós os matamos.

Escram acenou positivamente com a cabeça e começou sua dança da morte. Batia com o escudo e girava a espada. Os homens de Lobo não encontravam nada e recuavam; alguns caíam e, quando caíam, nós estávamos lá para cortar suas gargantas e tripas. Empurrávamos os inimigos e pisávamos em caídos até uma nuvem de terra cair sobre nós. Quando ela se esvaneceu um pouco, conseguimos ver que também navegava no céu, vindo do mesmo lugar que o navio que passara sobre nós, uma torre de pedra e a entrada de um castelo ou templo, ambos virados de cabeça para baixo. Arregalei os olhos. Se aquilo caísse, seria o fim. Passavam mais devagar que o navio. Bem devagar. Era impossível, mas estavam ali. Pedras cinzentas e gigantescas, com musgos verdes, madeira e dobradiças, flutuando devagar. E choveu sobre nós.

Corremos como ratos aquele dia, para todas as direções. As pedras e os muros do portão e da torre devem ter afundado no chão pelo menos uns dez metros, em terra e pó. As árvores, a taverna, tudo foi destruído, assim como o grito dos homens. Corri como um rato para o meio da mata mais próxima, na direção de onde havia visto Minuit. Escram e Gomertz me acompanharam. Agurn correu também na direção dos guardas, que também corriam. Quando o som diminuiu, me joguei para frente como um último esforço, virei e olhei para trás. A nuvem de pó dos escombros era enorme. Fixei o olhar procurando Vismert, Yalom, qualquer um, mas nada se mexia. Deixei a cabeça cair em desolação. Tudo de novo. E a dor profunda em meu coração reacendia.

— Capitão, veja... — disse Gomertz, depois de algum tempo, que estava próximo de mim, caído no chão, olhando em direção à taverna destruída.

Ergui a cabeça. Era Agurn que vinha devagar, esguio, olhando algo que carregava na mão. Se aproximou devagar, distante e indiferente. O que trazia na mão era um olho arrancado de uma órbita.

— Talvez Lobo sinta falta de ver usando esse aqui. Mas como ainda lhe sobra o faro, vai saber voltar para casa.

Enraiveci como um demônio, levantei e bati em Agurn com o escudo, depois o segurei, o derrubei e caí sobre ele; minha espada já atravessada na frente de seu rosto:

— Agora você vai me contar o que está acontecendo aqui, quem é você e por que a Congregação o persegue em vez de ajudá-lo. E vai contar agora, porque eu não vou admitir ter perdido todos meus homens por causa de um idiota sem sentido como você! — balancei a espada na cara dele. Ele era sujo de perto, havia um pretume nas dobras de sua pele. Senti algo frio no pescoço. Era a espada de Escram:

— Matá-lo não vai resolver os problemas nem trazer seus amigos, capitão Gundar. Eu protejo esse homem e exijo que se afaste devagar. — Vi a espada de Gomertz se aproximar do pescoço de Escram, pelo reflexo nos olhos de Agurn:

— Capitão, quanto você quer esperar até ouvir o que Agurn tem a dizer? Ou será que já não precisamos desse grandão aqui?

A voz aguda de Agurn começou a balbuciar baixo, mas firme:

— Ela pode nos salvar dos Ventos, seu capitão idiota. Ela pode mudar tudo — ele virou o rosto devagar sob a espada, apontando com os olhos para Minuit e o cão, escondidos atrás de um arbusto que se balançava com o vento. Voltou o olhar para mim, de lado. — E você poderia me ajudar. Talvez até conseguíssemos trazer sua filha de volta.

—— PARTE TRÊS ——

Sonhei sobre quando comecei a amar Goldenna, a deusa do Pôr do Sol. Eu tinha uns 5 ou 6 anos. Minha mãe veio à minha cama, que ficava no melhor canto da lareira, e se abaixou trazendo um colar. Ela era muito jovem e eu me lembro de passar minha mão em seu rosto, tocar a pele macia, os pelos transparentes e brilhantes e ao mesmo tempo passar minha outra mão em minha bochecha. A sensação era a mesma. Achava que éramos iguais, que ela era tão jovem quanto eu. Uma túnica escura, o cinto de tecido prateado, os cabelos presos para trás por uma fita, ela veio com seu olhar de amor, delicada, e se abaixou à minha cama sob um faixo de luz do sol.

— Essa é Goldenna — disse, mostrando o colar —, ela é a deusa do Pôr do Sol. Ela é a mais forte de todas as deusas e todos os deuses. E você sabe por quê? Porque ela pode trazer luz ou colocar tudo no escuro. — Olhou para o colar e depois para mim, docemente. — Um dia, o deus Mitir, deus das Armas e da Guerra, quis roubar seu poder. Ele subiu em uma nuvem e tentou convencê-la de que ela estava doente e de que ele poderia protegê-la. Na verdade, ela estava muito triste, porque tinha perdido uma estrela que tinha sido presente de sua mãe. Ele a colocou para dormir, mas quando já aproximava sua mão para tirar o poder dela para si, ela acordou e trouxe a noite. No escuro, o deus da Guerra não sabia o que fazer, girava suas armas como um redemoinho, gritando: "Seu poder será meu, Goldenna! Não há como escapar! Eu posso passar a eternidade aqui à espera de luz!". Ela tirou o pedaço de nuvem em que ele estava de pé. Ele caiu e ela nunca mais deixou que as nuvens permitissem que ele subisse aos céus. Por isso, aqui há a guerra e no céu há paz.

Eu amava Goldenna, sentia um calor no peito sempre que pensava nela e em suas façanhas. Aquele colar ficou com minha filha desde seus 9 anos. Quando lhe contei a mesma história, ela chorou por três dias, de medo, mas depois, abraçados, ficamos olhando o sol encerrar seu trabalho e ela não desviou o olhar. Minha filha era linda como minha mãe, as mesmas covinhas quando sorria, a mesma pele brilhante. Trazê-la de volta. A ideia me fazia querer chorar, me aquecia, me fazia flutuar. Poder ouvir sua voz, ter o seu abraço, vê-la envelhecer e descobrir as coisas da vida. Contar suas histórias. Contar suas histórias para seus filhos. Me ensinar a viver. Não consigo imaginar alegria maior, algo que poderia me dar mais sentido e me fazer menos solitário.

Finstla tinha estátuas de deuses em cada esquina, diversas delas. Algumas eram de deuses com metade do corpo de animais, outras de deuses que eram homens ou mulheres maravilhosos. Uma vez, viajei para Graiham e lá havia uma estátua gigantesca de Mitir, deus da Guerra, atrás de uma montanha. Subíamos até um platô escondido no cume onde o enorme rosto da estátua nos olhava diretamente. O corpo ficava escondido, montanha abaixo e, para não termos vertigem, tínhamos de nos rastejar até a borda. Lá embaixo, sempre à sombra, estavam os pés do deus protegidos em suas enormes botas. Seu rosto austero sempre me deu calafrios, mas sempre me inspirou a proteger a mim e aos meus, assim como Goldenna fez.

Sentia no meu corpo o peso da espada desde os 10 anos de idade. Em Finstla, ganhávamos uma espada de madeira aos 7 anos e, depois, a de aço. Isso porque a justiça e a proteção de cada casa era feita pela força e pelas alianças familiares. Isso porque qualquer casa poderia ser invadida por qualquer um e, portanto, todos tínhamos de nos vigiar e proteger. O soberano cuidava apenas das ameaças fora das muralhas. Não conheci meu pai, que morreu em uma discussão sobre os deuses em uma taverna qualquer. Minha mãe dizia que ele era muito briguento, que gostava de desafiar as pessoas e por isso foi além do que seus punhos aguentavam; dizia também que ele era o maior contador de histórias sobre Goldenna que ela já conhecera, que acreditava que ele conseguia conversar diretamente com ela, e era para ele que a deusa contava suas histórias. Era assim que ele ganhava suas moedas de ouro, com seus conselhos e contos. Mas morreu deixando-a grávida, e era eu quem estava em sua barriga.

Meu tio, irmão de minha mãe, nos acolheu em sua casa e nos protegeu desde então. Foi ele quem me deu minhas primeiras espadas. Foi para ele que contei que matei meu primeiro homem. Um sujeito que insistia em dizer ter se deitado com minha mãe, pouco tempo depois de ela morrer por causa de um corte na mão. Eu tinha 15 anos e me lembro de não ter dado muito tempo para ele voltar atrás no que dizia, sentado na beirada de uma fonte, na praça central de Finstla. A água vermelha de sangue. Nunca sabíamos realmente se quem saía de casa voltaria. Mesmo assim, cada história de cada pessoa e a forma como morria formavam a honra de cada um e de sua família. A melhor morte e o melhor além da vida era a vida mais honrada e a morte mais bem justificada. Ele morrera como o idiota que era. Merecidamente.

Nurhm para mim eram as montanhas geladas do norte, o Plano sobre o Mar, a falésia a leste e as três cidades um pouco mais ao sul. Lembro-me das entradas das cidades. Graiham era linho e pedra. Mercado e barulho. Cheiro de comida e especiarias. Colunas pontudas e sempre de bandeiras altas contra o sol. A cidade crescia para fora dos muros. Sinal de tempos tranquilos. Carlim era de campos verdes e vento ameno, pois ficava em uma planície. Era espalhada, suave, convidativa e tinha o melhor acolhimento a forasteiros que eu conhecia até então. O melhor vinho, os melhores doces, a maior paz. As construções eram baixas e as pessoas amavam a terra, as plantas e o ar. Era fortemente protegida pelas muralhas e pelos fossos em volta dela, mas se dizia que as pontes levadiças há muito tempo não eram levantadas, e talvez nem fosse possível que levantassem mais. A enorme construção do fosso levou duzentos anos, desviando-se um rio. Atrás de Carlim havia uma cachoeira enorme, aos pés da muralha, por onde o rio continuava e dali de cima dos muros a vista da queda d'água fazia o coração palpitar.

Já Finstla era pedra e maresia. Protegida pela falésia e pelo mar, na alta encosta. As pedras eram brutas, mas o calçamento era brilhante e polido. Todos os lugares tinham árvores, o sol pela manhã era forte, mas à tarde as pessoas já andavam com seus mantos. Na hora dos mantos, os navios começavam a chegar ao porto, lá embaixo, e os transportes puxados por animais e pessoas começavam a subir as escadas e rampas em direção ao portão formado pelos deuses do Mar, de um lado, e da Inteligência, do outro. Lembro-me que o deus da Inteligência, Wanddir, tinha um rosto voltado para o mar e outro para a terra. Diziam que ele era tão inteligente que podia ver tudo. Pena ele não ter aconselhado o príncipe Ghur, filho de Ghura. Ghur, senhor de Finstla, que em seu ódio estúpido destruiu Carlim. Eu destruí Carlim. E por isso um lado meu se arrepende, profundamente. Sim, as pontes levadiças de Carlim haviam se levantado. Mas não todas. E eu destruí Carlim.

Minha mãe dizia que eu era inteligente e que por isso deveria tentar trabalhar como escriba de Ghura. Ela até conseguiu um padrinho para mim, Adum, um escriba que gostava de como ela fazia os detalhes de suas roupas, pequenos desenhos contínuos nas bordas. Ela passou a costurar para ele, escondida, e ele era generoso conosco por ter a exclusividade da criatividade de minha mãe. No Dia da Grande Escolha, quando todos os jovens de 12 anos eram colocados em praça pública para serem escolhidos por seus futuros mestres, o escriba Adum me acompanhou. No entanto, enquanto Ghura assistia aos festejos e a música nos encantava, Adum me perguntou se eu realmente queria ser um escriba. Alguns homens encenavam lutas de espadas ao nosso lado e soldados se espalhavam por toda a praça. O som das lâminas se batendo, as bainhas gemendo, a visão dos escudos e armaduras vieram como uma flecha em mim e eu respondi finalmente, com medo:

— Eu sempre quis ser um guerreiro, senhor. Quero ser da Guarda Real de Finstla.

— Ele não é mais o mesmo. É uma sombra triste do capitão que já foi um dia — acordei ainda meio que sonhando com essas lembranças e com essa fala de Burtm sobre mim. Vinha embalado ritmicamente na charrete de Agurn. Já era noite e me assustei de ter dormido tanto. Eu estava logo atrás do banco do condutor e escutava o boticário conversando com Minuit enquanto conduzia os cavalos. Puxei levemente a cortina que me separava deles e vi o céu claramente, que continuava agora sem Ventos, enfim. A lua ainda estava baixa, indicando o início de noite. Era engraçado falar isso, porque, desde que os Ventos iniciaram, os dias enlouqueceram, alguns durando muito mais que antes, outros muito menos, gerando noites sem fim e dias parados. Sol e lua subiam e desciam sempre pelo mesmo caminho, deixando de dar a volta sobre nós. Não houve mais estações de chuva ou de frio. Nossa única confiança era caminhar guiados pelas constelações quando a noite vinha. As três estrelas, os Marcos, que nos apontavam as direções à noite, diziam que estávamos indo para o nordeste. Burtm viu eu me mexer e me encarou. Ao lado dele estava Gomertz. Ambos estavam com o rosto pesado, irados e distantes. Tínhamos perdido todos com a queda daquele castelo sobre nós. Yalom foi o único que encontrei ainda gemendo coisas sem sentido, com ambas as pernas esmagadas. Não chamei ninguém, me despedi dele, fiz uma oração, encostei a mão em seu ombro com carinho e enfiei minha faca em sua garganta. Assim ele sofreria menos. Já tinha feito muito por todos nós. Burtm e Gomertz estavam desolados. À minha frente, o cão estava de pé, olhando a cortina e encarando as falas abafadas do lado de fora. Dentro da charrete era uma bagunça de caixas e vidros com líquidos e coisas para todos os lados, iluminada por um candeeiro de ferro pendurado sobre nós, balançando. Escram estava do outro lado, no fundo da charrete, olhando para fora. Burtm insistiu na conversa que iniciamos antes de entrarmos no transporte de Agurn:

— Senhor, é uma idiotice estarmos aqui, não conhecemos nenhum desses sujeitos. Nem pudemos enterrar nossos mortos... — disse para mim.

— Nós os queimamos, Burtm. Era perigoso ficarmos ali muito mais tempo, expostos.

Não achamos guardas vivos, mas os sobreviventes poderiam voltar para tentar cumprir a missão e agora estávamos com menos gente, não valia a pena arriscar.

— Sim, senhor, mas não é certo, não é certo... Fomos nós todos quem sobrevivemos, somos uma família, não podemos fazer isso com os nossos. Se o espírito deles voltar e não encontrar o corpo, como ficará?! O senhor gostaria que isso acontecesse com o senhor?

— Burtm, isso é uma ameaça? — perguntei.

— Não, senhor — ele disse, assustado, empertigando o corpo —, mas não estou contente de estarmos aqui, por mim estaríamos voltando para Finstla. Pedimos perdão e vivemos os últimos dias lá, em casa — Gomertz jogou a cabeça para trás, exasperado.

— Vocês não entendem que não há Finstla mais para nós. Somos desertores, fomos enterrados vivos por Finstla! Nossa pena será a morte em praça pública se voltarmos, só isso! É o que querem? — falei irritado.

— E quanto à Fruocssem? — perguntou Burtm. Nós estávamos indo para Fruocssem até encontrarmos Agurn, Escram e Minuit. Esperava levar meus homens para as muralhas de lá, fazer novos juramentos e ficar protegido dos Ventos.

Mas, agora, novas possibilidades haviam aparecido.

— E o senhor acredita mesmo que Agurn pode nos salvar? Que sua filha pode ser trazida dos mortos? — perguntou Burtm para mim.

— Meu irmão também poderia ser trazido — afirmou Gomertz, me olhando. Gomertz chorou profundamente a morte de seu irmão Vismert, esmagado pelas pedras. Ficou com raiva, gritou, chutou o Vento e a vida. Deixamos que ele enlouquecesse o quanto precisava. Agora, ele pedia o irmão de volta, qualquer que fosse a feitiçaria ou a mágica que Agurn prometia.

— Sim, Gomertz. Na realidade, eu ficaria em paz só de poder dar um último abraço em minha filha, de despedir-me. E se os Ventos pararem, se conseguirmos que esses Ventos parem, eu morreria com a honra erguida de tudo o que fizemos em Carlim. Já bastaria.

Um último abraço em minha filha. Morrer orgulhoso novamente de meu nome e de meus atos.

— Ainda assim, no mínimo temos um tanto de carona para o norte — emendei, sem querer demonstrar que acreditava demais naquilo. Até porque não acreditava. Mágica ou só truques bem feitos? Tirar alguém da morte? Acabar com o fim do mundo? No fundo, era puro desespero. Mas quem sabe? Agurn falara que precisava levá-la até um local de poder nas praias a nordeste, no final das falésias. Enquanto isso, precisava treiná-la, e toda ajuda seria bem-vinda para que eles chegassem em segurança a seu destino.

E havia essa menina Minuit. Algo me fazia querer protegê-la. Algo me dizia que ela estava em risco. E eu não poderia deixar mais uma menina morrer. Também estava curioso para saber o que Agurn sabia sobre os Ventos e até empolgado com a possibilidade de acabar com todo aquele fim do mundo.

Burtm, com sua boca de metade de dentes, disse baixo:

— O senhor confia mesmo em mestre Agurn, capitão?

— Não, mesmo que ele tenha me pedido isso. Só confio em vocês. E vocês estão jurados a mim, por isso vão onde eu for — Burtm e Gomertz se mexeram, relutantes.

Empurrei de leve novamente a cortina. O céu estava mais escuro. Agurn e Minuit conversavam baixinho, encostados um no outro. Uma lamparina pendurada na carruagem os iluminava, assim como um pouco do caminho à frente.

— Menina Minuit, eu já lhe disse que provavelmente esse é o pior jeito de conseguir mudar uma coisa de lugar, inclusive a luz. Dizem que antigamente eram necessários outros objetos para que se pudesse persuadir as coisas, mas alguns livros contam que mais antigamente ainda isso podia ser feito com apenas o treino, o pensamento e as sensações. Mas precisa ser com o corpo todo. Eu só vejo você treinar com a audição.

— Eu gosto de me melhorar assim — ela respondeu, teimosa.

— Você precisa usar seu corpo ou não vamos conseguir nada. Visão e audição são pouco para o quanto você precisará de energia. O vento está cada vez mais denso, você sabe o que isso significa. Se a natureza conseguir formar coisas novas, só o que somos não vai nos salvar — ele virou para ela atentamente por alguns instantes. — Viu? Na verdade, você tem medo. Medo de arriscar usar e maximizar seu poder! Ser você mesma! Que desperdício toda essa possibilidade em você! Vamos, use seu corpo todo, respire, sinta!

— Meu corpo é morto em relação a como eu vejo o mundo.

— Deve ser mesmo, porque você não usa seu corpo para nada, só pra carregar a cabeça. Segure aqui as rédeas e sinta os cavalos. Consegue perceber a estrada?

— O som na relva é diferente do som da terra batida sob nós. O ar acima de nós é mais frio que o calor acima. As árvores ao redor se tocam pelas folhas de outono, algumas caindo, outras brincando. Nas árvores e na terra, sem o Vento, existe alguma paz.

— Eu poderia ouvir você descrever a natureza assim de modo tão bonito por um ano todo, Minuit — falou com desdém —, agora chegue para lá, pois eu quero pegar meu Grimoir e ler uma coisa para você — Agurn se abaixou e continuou, com a voz abafada: — Você fica aí em suas poesias mentais, "sentindo" as coisas e não me escuta para nada... Pare a carruagem agora!

Ela puxou as rédeas com força e fomos todos empurrados para frente de supetão. O cão bateu a cabeça no suporte anterior da charrete fazendo um barulho seco, Burtm e Gomertz se tornaram um amassado único. Escram pulava para fora da charrete pelos fundos, puxando o enorme escudo.

— Tire a mão daí! — disse rindo Burtm para Gomertz. Esse senso de humor de Burtm ainda me faria muita falta.

Saímos todos da carruagem e fomos até o assento para os condutores. Agurn estava agachado, com os fundilhos virados para a lua, olhando por baixo de onde Minuit sentava com as rédeas dos dois cavalos na mão:

— Onde está? Onde está!?

— Que houve? — perguntei. Escram estava ao meu lado olhando a cena.

— Que houve? Onde está? — disse com sarcasmo, imitando minha voz. — Se você perdesse algo importante, falaria o quê? Perguntaria o quê? Para quem? De que forma? — Agurn pulou o banco de madeira e entrou na carruagem lona adentro, desaparecendo. Minuit ouvia atentamente, ainda segurando as rédeas dos cavalos. Lá dentro, Agurn começou a empurrar livros, vidros e caixas, o som de madeira em madeira se arrastando e vidros se batendo. A lamparina dentro da charrete balançava enlouquecidamente.

— É inacreditável, inacreditável! Como você não percebeu nada, Minuit, como? Você vai ter que treinar muito mais!

Ficamos olhando a cena. Minuit por fim desceu do assento do condutor, seu cão também saltara para fora e veio para perto, cheirando seu calcanhar e roçando sua perna. Ela passou a mão ternamente em sua cabeça e em suas orelhas.

— É inacreditável! Últimos passos, memória, o que cada parte de meu corpo fez e onde coloquei o que coloquei... — Agurn continuava falando lá dentro.

— Qual o nome dele? — perguntei para Minuit o nome do cão. Ela virou o rosto em minha direção:

— Ru.

Estiquei a mão para ele, que levantou orelhas enormes, depois as relaxou e as direcionou para trás e para o lado. Colocou a língua para fora, arfando. Tinha a pelagem não muito longa, bastante sedosa e alta. As orelhas tinham pelos enormes e desproporcionais. Ele cheirou o ar mais distante de minha mão, depois esticou o nariz para perto, mas não mudou as patas de lugar. Manteve a cabeça baixa e o olhar dele vinha dali, redondo. Talvez estivesse menos desconfiado com minha presença. Talvez meu cheiro dissesse que eu não era tão mal assim. Quis direcionar a mão para sua testa, mas ele foi para trás e desviou. — Não tenha medo, Ru, não vou te fazer mal. Nem à Minuit.

Venha mais perto — Ele deu um passo atrás, pequeno e arrastado.

— Como chamavam os dois idiotas... Burtm e Gomertz! Mesmos nomes dos príncipes castrados da Era Branca, venham aqui agora! — gritou Agurn. Ambos me olharam irritados, provavelmente me dizendo que queriam estourar com o boticário. Respirei fundo, olhando-os, tentando compreendê-los e mandando-os obedecer. Eles foram.

— Vocês mexeram em alguma coisa aqui? Mexeram? Abriram alguma caixa? — gritou Agurn.

— O senhor nos deu guarida na carruagem e agora vem nos acusar? — falou Gomertz.

— Que diabos é isso, Agurn? Não vou permitir que você acuse meus homens! — eu disse, estufando o peito. Dei um passo à frente.

— Minha avó costumava fazer isso. Oferecia o jantar e depois dizia que tínhamos roubado frutas do jardim — disse Burtm, olhando para dentro do transporte.

— Mas você tinha roubado ela, não tinha? — apostou Agurn. Burtm ficou em silêncio.

Eu dei mais um passo, cortado a meio por Escram, que justapôs seu ombro na linha do meu, me bloqueando. Olhei para cima para encará-lo.

— Sim, e daí? As frutas eram boas e o jantar dela era sempre pouco — respondeu Burtm.

— Subam aqui e me ajudem. Rápido. Uma sacola azul brilhante, com detalhes em dourado. — disse Agurn, estendendo uma mão. — E abram suas sacolas, quero ver o que estavam planejando levar de mim! — gritou Agurn com desprezo. Eles subiram e continuaram discutindo.

— Você é desprezível, Agurn, se acha que pode falar com as pessoas assim! — Ele não me deu ouvidos. Escram continuava me encarando. Respirei fundo. O que será que valia mais a pena? Deixar para trás esses dois, Escram e Agurn, ou tentar ver minha filha uma vez mais? Descobrir o que era tudo aquilo?

— Quem é esse idiota, por que você permite que ele desrespeite as pessoas assim? — perguntei.

— Você já ouviu falar de Marthi? — Escram perguntou, mais como uma afirmação.

Parei de piscar:

— Aquele que Não Esquece.

— Sim.

— O que você quer dizer com isso?

— Quando conheci Agurn ele era chamado de Marthi e nos visitava regularmente. Ele curava a todos e tudo. Conhecia tudo sobre cada um, sobre todas as plantas e todas as condições. Chegávamos a dizer que se estivéssemos em suas graças, ele é quem decidiria quando morreríamos. Nenhuma doença ou infecção progredia se ele não quisesse. Vinha todos os anos até desaparecer. Ficamos nos perguntando se havíamos feito algo errado, se fora assassinado ou se ele não poderia curar a si mesmo e assim havia morrido. Ele não voltou mais. Anos depois, um bardo contou pela primeira vez sobre a Batalha da Congregação e disse que, para os boticários se salvarem da Grande Horda, a entrada da Congregação havia sido explodida.

— Dizem que foi Marthi, Aquele que Não Esquece, quem a explodiu — eu disse —, e que ele foi capaz de ressuscitar um exército.

Escram ficou me olhando, esperando algo.

— Mas isso é impossível!

Escram piscou, assentindo, me deu as costas e foi até Minuit, que estava agachada a alguns metros de nós. A voz dele parecia um empurrão macio nos ouvidos, falando baixo:

— A oportunidade rouba a atenção, o medo rouba a oportunidade — disse outra coisa que não que pude entender —, não há nada acontecendo fora de você. Você é forte, vai conseguir atingir todo seu potencial — Ele apertou seu ombro com carinho. Ela lhe sorriu, amparada.

Agurn pulou para fora da charrete, pela parte de trás, balançando o casaco com os vidros, os cabelos soltos. Veio do escuro dizendo:

— Bem, é isso. Nosso querido idiota Lobo nos roubou. Roubou meu Grimoir e o Livro do Receio. Vamos ter de voltar para a Congregação. Não podemos chegar a nosso destino sem isso.

— Mas você não disse que estava sendo perseguido pela Congregação? Lobo não tentou matar a nós todos? — eu disse. Escram se levantou.

— Sim, e daí?

— Como e daí? Ninguém que não tenha permissão nunca conseguiu entrar na Congregação sem uma batalha. Ainda mais com um guardião querendo nos matar.

— Sempre há um jeito para os destemidos.

— Você arrancou o olho de Lobo!

— Agora ele vai perder o outro. Tenho aliados na Congregação e poderemos entrar escondidos — respondeu Agurn, sorrindo de lado e com raiva —, mas a porcaria é que vamos perder um tempo precioso! Se os Ventos aumentarem e acabarem com tudo... E o Vento está mudando, está mais denso, trazendo presenças... Nós não poderemos acampar — disse olhando para todos —, vamos ter de andar dia e noite, vamos ter de fazer turnos na condução, teremos de comer cru e frio. Precisamos chegar à Congregação o quanto antes. Vamos pelo sudeste, passando ao largo de Voltemar, descendo a encosta de Brem. Será que vocês aguentam? — riu com essa última frase, se dirigindo para a carruagem.

— E, capitão Gundar — Agurn disse de costas, ameaçador, subindo no assento do condutor —, pare de tentar ouvir as aulas de Minuit sem pagar nada por elas — E bateu as rédeas nos cavalos.

Foi uma noite terrível, escutávamos as madeiras da charrete gemendo e estávamos incomodados em ficar tanto tempo sentados naquele lugar fechado. Eu não dormi mais nada. Fiquei tentando me lembrar das histórias de Marthi, o boticário, aquele que conseguia cuspir fogo com palmas, aquele que tudo lembrava. Mas há muito tempo não ouvíamos sobre ele; na realidade, todos sabíamos que ele havia morrido. Será que Agurn era Marthi? Mas como? E será que ele poderia acabar realmente com os Ventos, com o fim do mundo? Apagamos a lamparina interna para tentar dormir um pouco, mas nenhuma posição permitia isso. Agurn havia mudado de direção, voltava agora para o sul, em meio ao campo aberto. Não estávamos mais de carona. Era minha curiosidade e minha apreensão que mantinham meus homens em direção ao desconhecido. O pior, no entanto, era Minuit. Ela vinha ao lado de Agurn, sobre o apoio do condutor, em pé, desde que começamos a voltar por onde viemos.

— Você vem aqui, em pé, Minuit, se equilibrando — havia dito Agurn, enquanto começava a voltar seu transporte pelo caminho por onde vínhamos. Ele puxou uma caixa rasa de dentro da charrete e a abriu ao seu lado. Lá dentro, cacos de vidro quebrados de todos os tamanhos, brilhantes. Uma forma de Minuit não sentar no banco. — Tome o frasco azul todo, que você tem no bolso. Você estará de pé, Minuit, toda esta noite, se preparando para o exercício de amanhã. Você vai abrir sua mente. E quero que você preste atenção em cada parte de seu corpo em conexão com tudo e em cada momento — falou esta última parte mais alto, golpeando para acelerar seus cavalos.

Duas horas depois, Minuit gemia e arfava, cansada, com a mão nas costas e de olhos fechados, numa dança de espasmos musculares tentando lutar contra os solavancos e buracos da estrada e contra o ritmo irregular dos passos dos cavalos. Ru não subiu em nenhum momento na charrete, ficou caminhando a seu lado, arquejado, tenso. Tentei chamá-lo para dentro, mas ele não quis me ouvir. Quando o primeiro gemido da menina ficou mais forte, ele latiu alto e dali em diante latiu a cada dez minutos, bravo, incomodado, até que se cansava e por vezes soltava um ganido. Várias vezes pensei se ele perceberia caso alguém estivesse nos seguindo, quando parava olhando a mata e depois voltava a andar.

— O que isso significa, Agurn? Que tipo de idiotice é essa? Ela é só uma criança! — eu disse. Ela não aguentaria aquilo. Era fraca, magra, cega, era um absurdo.

— Faça o que quiser, capitão, mas ela vai dessa forma. Ela precisa aprender algumas coisas, e agora de maneira acelerada. É uma menina muito teimosa, mas inteligente. Cada passo dela é um caminho para que você veja sua filha novamente. Faça sua escolha, capitão: ou ela esforça suas perninhas e sua mente hoje ou ficará mais difícil você rever sua querida e amada filha. Aliás, se você achar que não tem fôlego para aguentar ver Minuit em seu processo, talvez nossa sociedade possa ser rompida já. Posso me proteger sem você.

Os gemidos foram aumentando. Meus pensamentos se misturavam com um enjoo assustado pelos latidos.

— Minuit, você pode sentir a vibração do vento? Pode sentir o calor no vento frio? Pode sentir a linha de energia que nos liga a quilômetros daqui? — Agurn falava baixinho.

— Escram, esse idiota vem fazendo isso com ela desde que vocês se conheceram? Por que ele está fazendo isso?

— Não sei quando começou. Por vezes temo por ela. Mas eu já passei por coisas piores para ser quem sou. Bem piores.

— E quem é você, afinal? — perguntei. Eu tinha de descobrir.

— Em tempo, e se capitão Gundar for merecedor, terei prazer em contar.

Burtm e Gomertz balançavam na charrete, de olhos meio abertos.

A manhã chegou com Minuit desmaiada de tanto sono sob nossos pés. Quando a madrugada atingiu seu ponto mais frio, Agurn parou de falar com Minuit e a mandou para dentro da carruagem. Ela entrou, exausta, nós a ajudamos, demos água e eu coloquei meu manto sobre ela para protegê-la do frio. Ela dormiu em segundos. Achei que vi um brilho azulado em seus olhos, mas que logo sumiram, justo antes de fechá-los e dormir. Ru subiu na charrete, batendo em várias caixas e empurrando, procurando espaço e vindo deitar ao lado da menina. Passei a mão sobre seus cabelos. Meus homens me olharam algo contrariados.

A charrete parou então ao lado de um braço de rio estreito, com muitas pedras do outro lado. Agurn disse:

— Vamos parar um pouco aqui, pegar água e dar de comer e beber aos cavalos. Mas não descansem, precisamos continuar, precisamos estar logo em Mch-Har, na Congregação. Não descansem, suas lesmas velhas! — e foi urinar no lado oposto ao rio.

A Congregação era um lugar que eu nunca havia visto pessoalmente. Bem ao sul do cinturão das três cidades, dizia-se que ficava numa ilha, no encontro de dois rios, portanto, era toda cercada por um fosso profundo e toda sua volta tinha altas muralhas. Dizia-se que era impenetrável e que as pessoas, quando muito doentes, faziam uma peregrinação até suas portas. Quem fosse aceito, quem pudesse pagar o que os boticários exigiam, poderia ser curado. Caso não se fosse aceito ou não pudesse pagar, a natureza se incumbia de matar. Lá dentro, diziam que ficava a mais extraordinária biblioteca já conhecida. Todo o conhecimento adquirido pelos boticários, em qualquer lugar de suas viagens, era trazido novamente para a Congregação. Lá eles eram formados para depois saírem pelo mundo.

Amanhecera e estava agradável, com um brilho confortante e alguns pássaros cantando aqui e ali. A água gelada me despertou para memórias boas da vida que tivera. Bebemos água e Gomertz tirou algumas frutas e toucinho defumado da sacola. Nosso pão estava no final.

— Vamos precisar caçar o jantar — disse Burtm.

— Tenho certeza de que você vai gostar de fazer isso, Burtm — eu disse.

Havia árvores em abundância por todos os lados. Estávamos em uma pequena clareira e a trilha continuava mais ou menos no curso do rio até se perder no meio do profundo das folhas e se desviar para sudeste.

Agurn voltou e trouxe de dentro da charrete uma Minuit ainda acordando, com olhos semicerrados.

— O ar, Minuit, o ar está quente, como se fosse primavera, e estará perfeito para você se entender com a luz. Não há tempo, coma alguma coisa, beba água e lave o rosto no rio.

Quase engasguei e vomitei quando percebi o que Agurn estava fazendo com Minuit em seguida. Ele a subiu sobre a lona arredondada da charrete, deitou-a e amarrou seus braços e pernas abertos, com o rosto e o corpo voltados para o céu azul. Mas também a colocou de uma forma como se ela pudesse a qualquer momento cair e por isso ela precisava se segurar na lona com as pequenas mãos. Se escorregasse, a corda puxava o punho oposto, com violência.

— Isso é um absurdo! O que você está fazendo? — vociferei.

— Hoje é o dia da luz, Minuit, o dia da luz. Sinta o céu e mexa com ele, ele é você. Liberte sua mente, Minuit, liberte! — ele gritou — Você só vai sair daí à noite — disse baixinho.

— Seu idiota, você vai matá-la! — eu disse. Ru latia, desesperadamente. Não tinha como uma menina tão frágil aguentar aquilo.

— Escram... — chamou Minuit.

Escram subiu na lateral da charrete com agilidade e colocou o rosto próximo da boca da menina.

— Proteja Ru, cuide dele, sim? Se algo me acontecer e eu não... — ela não conseguiu continuar.

— Sim — ele respondeu, sombrio, de um lugar onde nada mais existia exceto aquele pedido —, termine logo.

Fiquei observando. Escram desceu e Agurn já estava voltando a dar ordem aos cavalos para puxarem a charrete. Dessa vez, decidi continuar a pé, ao lado da carruagem. Escram, uma cabeça mais alto que eu, foi do outro lado. Gomertz e Burtm voltaram para dentro do transporte. Minuit gritou breve quando a carruagem caiu em um buraco maior.

— Fique calada a partir de agora, Minuit — disse Agurn, soturno e retilíneo, olhando a estrada à frente.

Ela calou-se, voltada para o céu.

Os sóis ferveram nesse dia. A manhã avançou devagar, a cada passo, e nós para dentro da floresta. Ficamos horas sem nenhuma clareira. Os olmos, carvalhos, pinheiros e, principalmente, eucaliptos se alternavam e ziguezagueavam. O chão estava forrado pelas folhas caídas, secas e quebradiças pelo sol. Às vezes eu achava que o sol mais ao sul era o mais quente e que ele queimava de propósito minha nuca, sempre. Parecia que era mais vermelho um tom. Por isso, o amanhecer ficava vermelho por mais horas, transformando as nuvens em uma miríade de cores, do vermelho claro ao laranja amarelado, lindo, mas cheio de mistério. Qualquer coisa poderia vir do céu.

Quando o sol chegou em seu momento mais quente, Burtm e Gomertz saíram de dentro da charrete, irritados com o calor e puxando as placas da armadura para algum ar lhes tocar o corpo. Começaram a andar ao meu lado. Ru perambulava às vezes, mas marchava conosco a maior parte do tempo, orelhas levantadas, esperando alguma respiração de Minuit. O rosto dela voltado para o sol o tempo todo, de olhos fechados. Eu temia por sua pele. Ela poderia ter uma queimadura horrível ficando daquele jeito. Já havíamos deixado o rio há tempos, indo para sudeste. Foi quando vi a trilha se alargando mais à frente que ouvimos Minuit novamente depois de tanto tempo. Um gemido, uma voz fina, um som longo quase. Depois o som se foi. Fiquei olhando para ela enquanto andava, a lona balançando, chacoalhando-a, a mão fechada, delicada e firme, segurando-se sem descanso. Outro gemido agudo, baixo, quase uma nota musical. O rosto balançando em um não ou como se houvesse algo nela. Ru andou mais adiante, ficou de pé tentando ver melhor, dando saltinhos. Fez um som agudo, em resposta à sua companheira. Comecei a respirar mais rápido, procurando apoio nos olhares dos demais, sem conseguir nada. Todos andavam absortos na estrada.

Ela gemeu mais uma vez, um pouco mais alto. O sol nos fritava como uma panela no lume alto, o suor no rosto caindo sobre os olhos. Quando estávamos à cerca de trezentos ou quatrocentos metros de distância, percebi as primeiras cruzes e mastros. Com pessoas penduradas.

Continuamos andando em direção a elas, que pareciam tremular, se mexer. Na realidade, eram os corvos e as moscas que disputavam espaço sobre a carne. Os maiores voavam para o alto e voltavam. Saltavam por toda a volta dos corpos mutilados. As árvores à nossa direita ficaram mais rarefeitas e, à esquerda, uma longa descida ao lado da estrada começava a se formar.

— Mendigos das Estradas — disse Burtm.

Eles empalavam e crucificavam pessoas, mutilando-as e deixando-as expostas para mostrar que o espaço aberto era deles. O que a loucura por sobreviver fez conosco? O povo dizia que eles cavalgavam corvos, de tanto que eram acompanhados por eles. Coloquei a mão na espada. Não teríamos a menor chance se encontrássemos um grupo de Mendigos. Não no número em que estávamos.

Minuit gemeu então mais alto que antes, mais contínuo. Virei meu rosto para ela e fui surpreendido por perceber uma aura trêmula ao seu redor. Algo como uma vibração do ar, como um vapor transparente. Ela suava em gotas escorrendo pelo rosto e o cabelo avermelhado emplastrado. Fomos chegando mais perto dos corpos e do espaço aberto. Minuit gemeu alto.

Depois mais alto.

Mais alto. Então gritou. O ar pulsou ao seu redor. Me afastei procurando um ângulo melhor e alguma proteção, instintivamente:

— Agurn, tire ela de lá agora! — gritei. — Agora! — A mão na espada e os corvos aumentando seu som. Se fossemos abordados, seria ainda pior com ela ali em cima.

— Tire! — rugi.

Agurn saltou da charrete soltando as rédeas no banco do condutor. Se aproximou rapidamente de mim, com os olhos curvados para dentro, irado e focado:

— Assista, capitão, assista! — ele fez um movimento muito mais rápido do que eu esperava e agarrou meu pescoço pela parte de trás, levantando meu rosto para Minuit. — Ela vai dominar a luz! — Minuit gritou como que assustada, de olhos fechados apontando para o céu.

Bati com o corpo no ombro e no braço do boticário, desvencilhando-me:

— Você não é melhor que os Mendigos! — acusei — O que você está fazendo com essa menina?! Vai matá-la? Vai pendurá-la em uma cruz de cabeça para baixo como eles? O que, por todo o mal, você está fazendo, seu imbecil?! — tirei metade da espada para fora, tentando fazer com que o som da bainha o amedrontasse, mas fui abafado pelo som de um novo grito de agonia de Minuit, que parecia tentar se soltar. Tínhamos chegado agora aos corvos que voavam de bando em bando com meus gritos e os da menina. Passávamos pelos corpos completamente mutilados. Eram guerreiros em boa parte, mas também havia camponeses e pessoas comuns que talvez tivessem se recusado a oferecer alimento ou trabalho. Ou oferecer suas próprias mulheres. Alguns braços faltando, olhos, bocas e pernas em outros, pedaços de gente dando avisos da força das estradas, da violência de um lugar de ninguém.

Agurn me olhou, agudo:

— Há três anos, o mundo mudou com a chegada do Vento. Chegou com a destruição do mundo, mas também com a mudança. E sabe qual mudança foi essa, capitão Gundar? Foi a chance de voltarmos a controlar a realidade por meio da vontade. E sabe o que é isso, capitão? Depois de milhares de anos, estamos vendo novamente a magia. As coisas não fazem mais o que deveriam fazer, a natureza está mais selvagem e inquieta. O mundo pode estar acabando, os imbecis podem estar se matando, mas nós estamos assistindo o retorno de uma era dourada e juvenil, uma era de brilho, em que o homem e a existência eram grandes! Magia, capitão, magia! — ele ria, no final da fala.

As árvores pareceram chicotear à nossa direita, como se os galhos estivessem sendo quebrados. Voltamos o olhar para lá, Escram saltou sobre o banco do condutor e segurou as rédeas, parando os cavalos. Ficamos um tempo atentos à floresta ao meio-dia. Ao nosso lado, a aura trêmula sobre Minuit se expandia em uma luz, oscilando com os gemidos mais rápidos e intensos dela, repuxando-se. Gritou uma vez mais, dificultando conseguirmos perceber alguma coisa na floresta. Ela continuou gemendo, e aquela luz, aumentando:

— Está vendo algo, Gomertz? — perguntou Burtm, com o arco na mão, olhando a floresta.

Minuit gritou em dor, alto e apavorante, e tive de apertar os olhos contra a luz que ela emitia ao seu redor, até que a luz explodiu.

Ficamos cegos por um tempo. Quando consegui abrir os olhos, vi tudo duplicado e o sol me dificultava manter os olhos abertos. Eu desembainhei a espada tentando perceber algum som ao redor, uma bota andando, uma voz, sons de metal. Mas não ouvi nada além de nós. Quando reparei, Agurn já estava soltando as cordas que prendiam Minuit e pedindo a ajuda de Escram. Ela estava desacordada. Eu corri para ajudar. Escram a segurou no colo, levou para dentro da charrete e a deitou ternamente enquanto Ru pulava para dentro e lambia seu rosto uma e outra vez, e depois deitou ao seu lado, olhando para fora. Agurn saía da charrete:

— Parabéns, Minuit, parabéns, menina. Você dobrou a luz! — e riu.

Pouco tempo depois, retomamos a estrada. Gomertz e Burtm foram caçar e procurar frutas, mas também foram tentar ver se havia alguma ameaça nos arredores. Olhei para Minuit. Que poder seria aquele? O que será que aquela explosão de luz significava? Retorno da magia? Será que era verdade? Mas a magia não existe, nunca existiu, que bobagem era aquela? Não era possível, mesmo assim, algo havia acontecido. Decidi ficar com Minuit na carruagem. Ela misturava um ar frágil, mas sisudo, e com a testa proeminente como uma pessoa sábia, dura, mais velha. Eu não tinha reparado nisso antes. Não resisti e acabei por fazer um afago em seus cabelos, que estavam novamente sedosos, livres da molhadeira de suor. Ru não ligou para minha mão nesse momento, apenas olhou.

Cuidei de Minuit por algumas horas até que a carruagem reduziu a velocidade. Eu abri a cortina:

— Agurn, o que está fazendo? Por que está parando?

— Não estou parando. Olhe à frente, nós temos um problema.

Virei o rosto e vi à frente que a trilha tinha se afilado em uma crista estreita. Saí pela apertada abertura para o banco do condutor, sentando ao lado de Agurn, e vi mais claramente que toda a terra dos dois lados da estrada tinha deslizado e soterrado as árvores bem abaixo de nós, por pelo menos uns trinta metros. Talvez nem coubessem os dois cavalos que nos puxavam. Nem as rodas. A trilha estreita se alargava novamente em uma curva para a direita, à frente, mas talvez dali a uns dois quilômetros.

— E se deixarmos a carruagem? — perguntei.

— E você já viu um boticário sem ela?

— Mas nós não cabemos...

— Vá lá e tire um dos cavalos — respondeu Agurn —, amarre-o no estribo, na frente do outro. Vamos ver como andam seus dotes como arrieiro. Depois nos puxe pela frente, ajustando o traçado dos cavalos por ali. Eu faço minha parte com eles por aqui. E preste atenção nas rodas!

— É melhor darmos a volta. Procurar um platô e dar a volta nessa crista. São só alguns quilômetros! — argumentei.

— Não temos tempo, capitão, não podemos nos dar ao luxo. Ou chegamos e saímos logo da Congregação ou todo nosso esforço será em vão e estaremos mortos. É isso que você quer?

Ele era um idiota. Mas poderíamos tentar.

Escram pulou para fora da charrete e me olhava detrás da carruagem desamarrando e amarrando novamente o cavalo, Manso.

— Isso, Escram, vá aí atrás e preste atenção nas rodas! — gritou Agurn.

Recomeçamos a andar devagar. Eu ficava olhando para frente e para trás a todo instante, tentando calcular a posição exata do queixo do cavalo para que a carruagem passasse no espaço de terra. Fui ficando cansado, era um exercício repetitivo, ao mesmo tempo um vento gelado começou a nos cortar sobre aquela crista. Percebi que, com o frio, eu estava mais devagar em conseguir ajustar o animal no passo certo.

— Ei, Gundar, parece que conseguimos uma garantia de emprego para você: caso não continue como capitão, você pode ser arrieiro! Domador de cavalos em ribanceiras! — disse Agurn, se divertindo.

— Mestre Agurn, você ainda vai me pagar por essas insolências! — disse, rígido, de mau humor e querendo realmente dizer o que dizia.

Na realidade, eu não gostava nada de alturas. Resistia a elas. Ficar muito tempo sobre uma aparente queda livre, de pé, nunca me foi algo agradável. Eu olhava dali de cima a descida íngreme. Algum tremor, alguma coisa, fizera com que ambos os lados da estrada desmoronassem terra e pedaços de árvores, arbustos e tufos de grama. A primeira queda devia ter uns dez metros quase diretos pelo menos, continuando depois no fundo verde escuro de terra e restos de plantas destruídas. Meus passos ficavam instáveis se eu olhasse muito lá para baixo. Ainda não atingíramos a metade da crista.

O vento aumentou, frio. Não era o Vento de outra hora, o vento dos cataclismos, mas era o vento do espaço desprotegido, da falta das árvores, gelado. Olhei para o norte e bem lá no fundo estavam as montanhas de neve. Observando-nos. Suspirando sobre nós.

Os cavalos ficaram assustados, acelerando sobre mim. Acho que perceberam a mudança, o tempo frio nos empurrando, a queda vertiginosa logo à porta. Eu já não tinha mais tempo para conseguir organizar o lugar certo por onde eles tinham de passar. Os cavalos vinham sobre mim, a todo momento o nariz de Manso em meu rosto. A roda direita escorregou, mas ainda pegou em uma pedra mais abaixo e voltou para a trilha. Depois mais uma vez. O terreno ficou fofo, a terra fraca sob os pés deixava marcas profundas.

— Seu idiota, o que está fazendo aí? — gritou Agurn, me olhando.

— Se você consegue melhor, venha aqui! — respondi gritando de volta.

Agurn levantou-se para olhar Escram às nossas costas. Ru apareceu na pequena janela, pela cortina, o rosto e as orelhas altas, bem ao lado de Agurn, fazendo peso para a direita da carruagem. A roda dianteira esquerda encontrou um degrau para baixo, depois outro, puxando a charrete toda, e depois o cavalo de trás. E depois o da frente, a carruagem se tombando na ribanceira. Tive a sensação de que aquilo não acabaria bem.

— Segurem, segurem, idiotas! Salvem pelo menos Minuit! — era Agurn, já como um inseto na parede, se segurando na carruagem, com os cavalos procurando algum terreno firme onde pisar enquanto terra atrás de terra ia se desfazendo com todo o resto. Eles relinchavam, bufavam e, quando percebi, eu estava puxando o arreio do cavalo para cima, para onde eu estava, enquanto Escram também agarrara a ponta da charrete e tentava puxá-la. Ru latia e gania. Fazíamos força como loucos, eu e Escram, gemendo, urrando, o vento frio nas costas.

— Nós vamos cair! — gritou Agurn.

E o chão sob os nossos pés também desmoronou.

—— PARTE QUATRO ——

Às vezes me pergunto se o destino são acidentes ou se os acidentes é que fazem o destino. Eu desacordei quando bati a cabeça no fundo da charrete, rolando junto com ela barranco abaixo. Tudo ficou escuro, como estava escuro quando acordei com a perna presa sob o transporte, numa clareira funda, em meio a raízes grossas e um número infindável de árvores ao redor. Tentei puxar minha perna, mas alguma coisa tinha feito um rasgo fundo em minha coxa, que tendia a abrir quando eu puxava. Talvez tivesse de levantar a charrete. Comecei a empurrá-la, pensando em aliviar a dor, girei a perna e comecei a puxá-la devagar, com esforço, com dor, até que consegui retirá-la dali.

Era uma laceração grande, mas menos profunda do que acreditei em princípio. Insistia em brotar em sangue. Comecei a olhar ao redor, mas não via ninguém. Será que tinham me abandonado? Será que me deram por morto?

— Minuit? Escram? — chamei, não consegui algo muito maior que um sussurro. Ainda sentado no chão, tirei um lenço que carregava e enrolei na perna, amarrando-o em volta da coxa. Provavelmente precisaria costurar a pele. Levantei com dificuldade. O lusco-fusco do final do dia dificultava ter certeza do que estava ao redor.

— Agurn? Escram? — tentei novamente. — Minuit?

Arrastei-me um pouco para mais distante da charrete. Todas as rodas estavam quebradas, junto com o fundo que estava partido ao meio, tombada de lado com a lona também deformada pela queda. Era possível ter um vislumbre da linha da crista de onde caímos lá em cima, bem distante, contra o céu que enegrecia.

Dei a volta, olhei para dentro da charrete e vi Ru, caído de lado, com Minuit sobre ele. Provavelmente rolaram juntos, enrolados. Ru se mexeu, arfando, um pouco arqueado como que protegendo seu flanco direito. Talvez uma costela partida. Deu a volta em Minuit e lhe lambeu o rosto, cheirando a vida nela.

— Minuit? — eu disse, fazendo um difícil movimento para dentro da charrete. Ela acordou, finalmente. Estendi a mão para ela:

— Você está bem? — perguntei. Ela estendeu a mão em minha direção, suave e suja de terra, me olhando.

— Não acredito que você está vivo — disse.

Uma mão pousou em meu ombro, pesada. Soltei Minuit e brandi minha faca tirando-a rapidamente da cintura, dominando a mão da pessoa e procurando seu pescoço. Era Escram.

— Que susto, Escram! Porque você não fala alguma coisa antes de tocar as pessoas assim? — ele não respondeu. Guardei minha faca e ajudei Minuit a sair debaixo da lona.

— E mestre Agurn? — perguntou Minuit. — Ouço um batimento de coração embaixo da carruagem.

— Você não está machucada? — perguntei.

— Acho que não.

Olhei para Escram, me levantei com dificuldade e procuramos um apoio que tivesse menos pontas, menos farpas, menos pregos, onde pudéssemos apoiar as mãos para levantar o transporte. Minha coxa ardeu e verteu algum sangue quando fizemos esforço. Agurn estava caído ali, desacordado. Minuit veio em nossa direção e com movimentos duros tirou ele debaixo daquele peso enorme de restos de madeira, couro, caixas e vidros.

As cigarras começaram a cantar. Um chacoalhar rítmico com fundo contínuo. O dia acabaria em breve. O entardecer parecia mais rápido que o comum. Agurn respirava. Minuit passou a mão em seu rosto.

— Ele não está sofrendo mais, vai acordar em breve. Um pouco de fogo nos deixará melhor.

Escram pegou Agurn no colo sem muita dificuldade e procuramos um terreno um pouco mais plano por perto. Quando achamos, Minuit e Escram começaram a recolher pedaços de madeira para lenha; ela seguia as indicações de Ru, que andava devagar, às vezes mancando um pouco. Eu peguei mais alguns pedaços, arrumando-os junto às folhas secas. Minha coxa doía e eu queria costurar o rasgo nela. Sentei e comecei a bater fagulhas com minha pederneira.

Quando tínhamos um fogo contínuo e estávamos ao seu redor, peguei uma agulha e linha de minha bolsa na cintura e levei a agulha ao lume. Mestre Agurn ainda estava desacordado. Pensei em Burtm e Gomertz. Depois dessa queda, não sei se eles seriam capazes de nos achar em meio às árvores. Eles tinham ido para o outro lado da crista. Minuit se levantou, veio até mim e falou se abaixando:

— Sou melhor que você para fazer isso — falou, se referindo à costura. — Beba, vai ajudar com a dor — continuou, estendendo a mão e me oferecendo um frasco de vidro grosso, com um líquido amarelo escuro dentro, leitoso, que tirara de Agurn um momento antes.

— O que é isso?

— Você confia ou não confia? — disse ela.

— Mas você não enxerga... — respondi.

— Eu não preciso ver como você para ver mais de você em você — ela retrucou.

Não me mexi e fiquei olhando para ela com as costas rígidas para trás. As meninas dos olhos dela olhavam além de mim. Ela começou a retirar o pano com que eu tinha envolvido o ferimento.

— Beba logo.

Bebi o líquido amargo e áspero. Senti um arrepio quase imediato e uma moleza enorme no corpo. Em pouco tempo estava quase fechando os olhos, me mantendo apenas acordado pela expectativa de minha perna. Coloquei os cotovelos no chão, procurando uma posição mais confortável, até que senti a primeira agulhada: fina e justa, rápida e certeira.

— Você é muito sozinho, capitão Gundar — ela falou.

Pensei que estava mesmo. Todos tinham sumido. Tudo tinha acabado. Talvez nunca mais visse Burtm e Gomertz. Deitei olhando as folhas das árvores da noite enquanto a menina me costurava.

— Até que enfim, flor do campo — acordei com Agurn me olhando, um meio riso no rosto iluminado pelo fogo.

— Quanto tempo eu dormi?

— Cerca de duas ou três horas — respondeu.

Minuit acariciava Ru, deitado. Todos estavam em volta do fogo. Minha perna estava enfaixada novamente com meu lenço, quase sem dor.

— Capitão, temos um problema grave — continuou Agurn, que entalhava desenhos com uma faca em um pedaço de madeira comprido —, perdemos a charrete, os cavalos, tudo. Tudo! Agora vamos ter de fazer o resto do caminho a pé. Nem sei como. Tudo culpa sua.

— O quê?! — perguntei.

— Se você tivesse mantido minimamente os cavalos sobre a crista, nós estaríamos lá agora! — apontava o final do caminho em que estávamos, lá em cima, levantando-se com dificuldade, apoiado no pedaço comprido de madeira forte. Devia ter mais ou menos a altura dele, algo como um forte cajado. Mancou um ou dois passos para o lado, procurando equilibrar-se.

— Você é um idiota convencido, Agurn. Aquele caminho estava se desfazendo sozinho. Eu o avisei. Nós tínhamos que ter desviado dali de cima desde o começo. Você é quem não pensa nas consequências dos seus atos.

Percebi que estava de pé também, sem nenhuma dor na perna, olhando para ele ferozmente. Olhei novamente a ferida e desenrolei o lenço lentamente. Ela estava fechada, seca e limpa. Um trabalho primoroso com certeza. Só fiquei com vergonha da calça arriada. Por sorte, Minuit não devia ter percebido aquilo, mesmo estando atrás de mim. Escram e Ru olhavam meu traseiro e nossa discussão.

— Aí está uma das suas utilidades: apontar o melhor caminho, não é capitão? Eu o devia ter escutado — falou o boticário. Fiquei na dúvida se ele estava concordando comigo.

Puxei as calças e começava a me sentar quando o barulho das cigarras se interrompeu. Eu e Escram olhamos para a floresta escura e fechada ao redor procurando um motivo. Houve um farfalhar de folhas à nossa frente e depois tudo se interrompeu. Nem cigarras nem folhas. Nada. Minuit e Ru ficaram de pé. Peguei o cinto da espada no chão e o coloquei na cintura. Senti falta de Burtm e Gomertz. Escram pegou seu escudo e eu também recolhi o meu que alguém havia colocado ao meu lado. O barulho das cigarras voltou atrás de nós. Mais distante. Eu e ele fizemos um sinal com a cabeça para irmos investigar o motivo, o que estava acontecendo.

Caminhamos devagar, passo a passo. Desembainhei a espada. Os pés desviavam das raízes e os olhos teimavam em ficar no chão, mas precisavam distinguir a escuridão. Fomos até o limite da luz da fogueira do acampamento. Andamos em círculo espreitando a noite, mas não havia nada.

Foi quando vi uma espécie de facho de luz esverdeado, formado de pequenos pontos em uma linha quase vertical, no fundo da mata fechada, longe das tochas. Dali veio um farfalhar de folhas rígido, rápido. Depois parou. Em seguida, se apagaram e voltaram a se acender mais atrás, mais abaixo e mais borrados, aparentemente em algum declive do relevo.

Procurei o olhar de Escram, mas ele já tinha buscado um pedaço de madeira na fogueira para usar de tocha e estava de costas para mim, andando para o flanco da luz, se aproximando dela devagar, com os olhos fixos, atrás de seu escudo gigante. Procurei fazer o mesmo, cercando-a pelo outro lado, olhando o guerreiro se distanciar na meia-luz. Segurei com firmeza a espada para medir seu peso. Andava devagar como um gato espreitando a presa. O escudo de Escram brilhava mais forte em alguns momentos pelo reflexo da fogueira mais atrás. As luzes à frente se apagaram, paramos, e logo se acenderam no mesmo lugar. Eu e Escram voltamos a nos aproximar dali.

Antes de estarmos com o raio iluminado pela tocha sobre o facho de luz verde, Escram e eu nos olhamos. Fui em frente para iluminar a pele brilhante de alguma coisa que acabou se levantando ferozmente, nos empurrando para trás. Uma espécie de braço ou arma atingiu Escram lateralmente, empurrando homem e escudo para muito distante dali. Ele sumiu na mata ao mesmo tempo que aquilo trovejou um som como mil trompas gigantescas roncando com fúria. As luzes verdes giravam a, pelo menos, duas vezes a minha altura, sumiam em meio às árvores que estalavam e quebravam em volta daquilo que se mexia, destruindo e rasgando. Pensei em fugir, mas dar as costas para aquele furacão não seria a melhor solução. Me joguei para o lado, rolando no chão, procurando dificultar algum golpe sobre mim e torci para não ser visto.

    O ar foi sugado em uma respiração imensa e duvidosa e pareceu se afastar um pouco. Comecei a dar passos curtos para trás. Depois respirei fundo, me virei e comecei a correr para onde estavam Minuit, Agurn e Ru. Quando vi o início da fogueira deles, as árvores começaram a se mexer à minha esquerda, alguma coisa se movia entre os galhos altos arrebentando tudo em direção ao fogo. Corri mais rápido, tropeçando, vi Ru puxando Minuit pela calça querendo tirá-la de lá, os três de pé me olhando fixamente.

    — Corram! — gritei sem que ninguém obedecesse, sem qualquer efeito diante daquele monstro que chegou rugindo, ensurdecedor. Era um som gutural, uma explosão de ar como um enorme urso com uma garganta do tamanho de um poço. Fiquei surdo e paralisado por instantes. A luz iluminou alguma coisa que misturava uma árvore que se mexia como gente, enorme, com lama, terra e pedaços de pele de cobra, recobrindo principalmente as articulações entre os galhos dos ombros e dos cotovelos, das pernas e dos joelhos. Não tinha rosto algum. Eu nunca tinha visto nada daquilo. Nunca. A fúria em som, em cobra, em madeira, em lama. Os galhos sobre ela tinham folhas que fluoresciam verdes e brilhantes. Vi Escram perto do que seria a perna daquele monstro, com a espada levantada para um golpe, quando ele foi varrido para longe novamente pelo braço daquela coisa em meio a mais um urro, que saía de um galho imenso em seu corpo.

    Escram sumiu na mata escura de novo golpeado. O monstro caminhou dois passos dentro da clareira estremecendo o chão.

    — Uma presença, Minuit! Uma presença da magia! Veja que maravilha, Minuit! — gritou Agurn, com a mão em seu ombro. Ru latia enlouquecidamente de raiva olhando o inimigo. — Veja, que coisa linda a natureza, a magia, criou! Selvagem! Único! Terrível como um trovão! A magia e a natureza estão dando frutos! — ele ria. Minuit tirou uma faca comprida e fina que carregava na cintura e apontava para o som. Eu me aproximei dos dois em um movimento rápido, saltando sobre uma raiz enorme. A perna seria o melhor lugar para atacar, alguma parte principal que o sustentasse e que eu pudesse alcançar, esse seria o alvo. Mas não tive tempo para achar e levantei a espada para decepar qualquer coisa que estivesse ali naquela perna.

— Não! — gritou alto Agurn atrás de mim. — Não o destrua, não o machuque, temos de entendê-lo, seu idiota, vai piorar a situação! — Abaixei a espada com força sobre a árvore firme, já vendo um ponto da pele escamosa para estocar em seguida, quando fui revidado por um chute da outra perna do monstro, que me jogou para trás de Agurn. A madeira era dura demais e minha espada ficou presa. Fiquei desarmado.

O monstro então começou um movimento longo de cima para baixo com seu braço-galho, arrebentando toda a vegetação sobre nós. Agurn pulou para trás e eu, desesperado, me lancei sobre Minuit, jogando-a para o outro lado. O monstro socou o chão formando um buraco onde antes era terra dura. Precisou se reposicionar para levantar o braço e pisou quase em cheio na fogueira que tínhamos, o que foi o suficiente para atiçar fogo em uma ramagem mais seca de sua perna. Levantou-se procurando inimigos, girando de um lado para outro, quando Escram veio correndo da mata escura com o escudo à frente acertando em cheio uma das pernas do monstro, desequilibrando-o. O tronco envergou para trás e para o lado, fazendo com o que o bicho tivesse de esticar o braço comprido velozmente para a parte escura da floresta, derrubando galhos. O tronco parecia que iria até o chão com um som de grito agudo, mas os braços o sustentaram ainda numa altura acima de Escram, que olhava, esperando o que aconteceria.

A árvore então começou a levantar o corpo, no início mais devagar, depois mais rápido. Escram olhava, escudo e espada nas mãos. Quando estava mais ereto, desceu o braço-galho de cima para baixo, com violência sobre Escram, que aparou o golpe com o escudo ao mesmo tempo que esquivava-se para o lado. Os urros ensurdecedores voltaram.

— Parem! — gritava Agurn — Não o destruam! — Voltei a tentar cercar a perna do bicho. Encontrei buracos no tronco, preenchidos por olhos de íris côncavas, lá em cima. Provavelmente por onde a coisa nos via.

— E como você sugere que façamos isso? Ele vai nos matar! — eu respondi, sarcástico, meneando a cabeça.

Foi quando a perna do monstro se moveu para trás, procurando formar um ângulo para atacar Escram e me pegou em cheio. Os galhos furaram minha bochecha e minha têmpora. Saltei para trás sentindo o sangue quente escorrer sobre mim. Um pouco mais da perna do monstro pegava fogo e iluminava Escram, que tentava manter um ritmo de esquiva e ataque cada vez mais difícil. A perna enorme em chamas era a principal sustentação do monstro, com menos movimento e lá estava a minha espada, acima do fogo, fincada na madeira e na lama. Saltei até lá e puxei-a com toda a força, arrancando-a. Agurn pulou sobre mim e me derrubou.

— O que você está fazendo? — gritei, tirando ele de cima de mim.

— É preciso entender primeiro — disse —, não podemos matá-lo!

— E o que você sugere?!

— Abaixem as armas, ele deixará de se sentir ameaçado e então vemos o que acontece.

O monstro golpeava violentamente Escram.

— Ele é quem vai nos matar, imbecil! — falei levantando.

Olhei então para o guerreiro que me devolveu o olhar profundamente, como um pedido, levantando o rosto como uma comunicação. Girei a espada na mão como um sim para o convite, procurei sua diagonal do outro lado do inimigo e segurei o punho da espada com as duas mãos. Usei todo meu corpo para um corte rígido de baixo para cima, das pernas ao tronco do monstro e tirei um pedaço de madeira grande, com lama, com tudo, como eu queria. Escram, do outro lado, começou a fazer o mesmo. Estávamos girando agora, esquivando e tirando pedaços e desviando dos contragolpes. Entramos em algum ritmo quando percebi que o monstro desviou a atenção dos nossos ataques e da nossa dança para olhar para outro lugar no chão, na fogueira ou perto dela.

A árvore então pisou com firmeza na cabeça de Minuit, afundando-a no chão e mantendo o membro ali.

— Não! — gritei. Ru uivou e chorou. Todos sentimos o fim de qualquer esperança. Sem a menina, sem mais nada, só o vazio. Só o universo parado em susto e tristeza. Mas o monstro atacava. Eu e Escram aumentamos a cadência dos golpes, com raiva e ódio e tristeza, mas percebi que minha espada já perdia o lume, não cortava como antes.

— Goldenna... — falei, baixo — me leve para minha família, me leve daqui...

Um som oco então atingiu o monstro. Outro fez-se agudo em uma árvore mais distante. Vi uma flecha presa ali. O som se repetiu e parou no monstro-árvore. Outra flecha que se fincou no principal dos olhos da árvore. O monstro tirou o pé de Minuit, cambaleou fazendo um movimento débil com o corpo todo, mais lento, mais fraco, virando-se. Do outro lado, vi Burtm.

Ele preparava mais uma flecha, Gomertz descia do escuro, correndo com a espada. Acordei do torpor para entender que era hora de atacar ou morrer. Uma força me veio de um lugar desconhecido. Escram batia com firmeza sua espada na árvore, tirando pedaços cada vez maiores. Gomertz veio ao meu lado e batíamos as lâminas como lenhadores. O monstro se ajoelhou em um urro baixo e grave. Gomertz se desviou e com um movimento forte e em um salto arrancou um braço daquilo. Eu cortei de cima para baixo e arranquei seu outro braço. A árvore parou e, por fim, caiu, queimando.

Esta é a história tal como a ouvi de Astam,
filho de Astlam, a voz.

—— PARTE CINCO ——

Ele ficou com os olhos curvados e vidrados quando viu o rosto dela enterrado na terra e sentiu um cheiro de sangue saindo de sua orelha. Fez um som agoniado, mordeu o final da língua em desespero, olhou para todos que agora tinham parado completamente em busca de um movimento dela, logo após aquele bicho finalmente cair e parar. Deu um pulo para trás, ziguezagueou e foi mais perto de seu corpo, cheirando, procurando um sabor quente que indicasse sua quantidade de vida.

Foi quando ouviu o barulho agudo e chacoalhado de algo ali perto. Olhou para o lado e viu saindo a essência do monstro-árvore, um bicho rastejante, cilíndrico e brilhante, deslizando pelo chão para longe. Tinha um cheiro frio e uma cor ameaçadora, era grande e forte nos movimentos e rastejou rapidamente para o escuro da floresta. Sem pensar, ele mostrou e trincou os dentes e correu a fim de perseguir e acabar de matar aquilo. Ouviu um grito chamando seu nome, mas já estava sob os arbustos baixos de um caminho entre as árvores e depois começou a saltar sobre as raízes e a desviar delas, rápido como uma flecha, completando-se com a natureza e tendo a leveza da velocidade.

Viu sob a luz fraca da lua o brilho da pele rastejante se esgueirando pelo chão, acelerando mais que ele. Pensou em acabar com aquilo, em proteger, havia ódio, raiva, mas o bicho ainda conseguia ir mais rápido virando para um e outro lado com curvas fechadas, aproveitando as raízes maiores das árvores. Chegaram ambos a um declive longo, acelerando, e correram e correram até que perdeu de vista seu perseguido.

Respirando rápido, ele não conseguia perceber o cheiro frio do bicho brilhante. Lambeu o nariz para melhorar sua sensibilidade e sentiu o odor ao lado de onde estava. Andou encurvado naquela direção com o canino à mostra. Andava sem som e se abaixou um pouco mais, tentando manter-se invisível. O bicho surgiu sem aviso e passou na sua frente se afastando rapidamente, sumindo. Ele gritou, gritou, gritou. Novamente, lambeu o próprio nariz e começou a cheirar. Nenhuma direção clara, parecia estar por toda parte, por todo o redor.

O bicho então saltou e fincou dois dentes compridos na traseira dele, bem acima da perna direita. Fundos e dolorosos, parecendo chamas, como da vez em que um menino o empurrou em uma fogueira quando era ainda pequeno e bobo. Chorou alto, chorou. Virou de lado e viu que o bicho tinha orelhas enormes que se abriram como se desenrolassem do corpo, uma língua comprida e fina, que balançava rápido como um beija-flor no escuro. Sua silhueta foi ficando cada vez maior sobre ele, assustadora, seu corpo doía, mas ele precisava acabar com aquilo, precisava viver.

Ficou de pé com esforço, e o bicho o atacou com vontade, procurando novas mordidas. Ele foi mais rápido, conseguiu desviar enquanto procurava o pescoço daquele ser, que era muito escorregadio, causando dificuldades para fincar os dentes. Rosnou e tentou novamente, desviando-se dos golpes e das mordidas do bicho cilíndrico, e então veio a dor e a fraqueza de suas pernas. Elas não obedeciam. Iam ficando mais pesadas a cada instante, a cada passo. Então uma mordida do bicho pegou em cheio o seu nariz, um dente maior raspou a lateral de sua boca. Sentiu dor, e ele só então pensou em fugir, mas não tinha forças, já arrastava as pernas de trás. Abaixou a cabeça, fechou os olhos e esperou a escuridão, pensando na sua menina amada.

Sentiu um ar frio nas costas, uma brisa muito leve que mexia os pelos. Voltou a si e por isso abriu os olhos. Era dia mais uma vez. Mas quanto poderia ter se passado até ele acordar? Quanto poderia ter mudado? Onde estariam todos? Expirou firme, levantando o rosto do chão. Estava encolhido, como se quisesse se tornar muito pequeno. Estava no meio de sangue e restos de pele e músculos. O cheiro forte era certamente o cheiro frio do monstro cilíndrico, inesperadamente morto e espalhado ao seu redor como se ele tivesse estado dentro do monstro e algo o tivesse destruído, molhado e derretido. Estava molhado em uma gosma, levantou a cabeça e viu mais e mais pedaços do inimigo espalhados pelo chão ao redor e nas árvores em volta. Começou a se limpar, mas o gosto era horrível e resolveu chacoalhar suas partes para se livrar daquilo. Sua perna direita ainda doía e pouco obedecia. Ele não conseguia fazer com que ela se levantasse completamente, ao sair do meio daqueles restos mortais, tropeçou e quase caiu. Olhou em volta, uma esperança lhe abateu de que ela, de que eles pudessem estar por ali, vitoriosos, mas não havia nada, não havia ninguém. O sol estava a pino, as sombras pequenas, tudo estava parado.

Andou um pouco para um lado e outro, mas estava fraco e sentou. O cheiro lhe indicaria para onde voltar, sentiu o ar, mas os odores estavam confusos, vinha-lhe apenas e principalmente um gosto de sangue, de seu sangue. Lambeu o nariz e o céu e a lateral da boca, e lhe doeu o machucado da luta anterior. Chacoalhou a cabeça e se entristeceu mais, porque entendeu que não saberia para onde ir. O faro doloroso, entupido e sanguíneo não conseguiria encontrá-la agora.

Mesmo assim, começou a andar mancando, sentindo o ar como podia. Seguiu mata adentro com o nariz bem alto e por vezes com a perna direita no ar, sem encostar no chão, devagar, desviando das raízes, tentando lembrar das curvas que fez à noite. Parou, sentou, abaixou-se desesperado. Voltou a andar, testa franzida, perna doída, devagar, quando ouviu o som rastejado do monstro novamente.

Ficou assustado, orelhas em pé. Um corpo em estátua olhando para todos os lados. Não via nada. Não sentia nenhum cheiro claramente. A memória da dor e da desilusão o inundou. Segurou um choro no último instante, que vinha saindo como um reflexo, como um pedido de ajuda, mas que certamente atrairia o monstro, atrairia a morte.

Nada aconteceu. Estaria confundindo os sons? Estaria iludido? Colocou uma perna à frente, devagar, milimetricamente. Sem som. Voltou a andar olhando por todos os lados. Passou a tentar andar abaixado, com a perna lhe dificultando pelo pouco movimento. Suava, tentava sentir para onde ir. Virou para um e outro lado, cada estalo na floresta levantava suas orelhas e o paralisava. Foi subindo o relevo até que sentiu o cheiro quente de fogo. Levantou e correu como pôde.

    Chegou finalmente onde haviam enfrentado a árvore, onde havia visto ela pela última vez. Não havia nada, ninguém. A fogueira já estava bastante fria, talvez um ou dois dias passados. Galhos e folhas se espalhavam. Ninguém, nenhum cheiro claro. Foi até os limites da pequena clareira e gritou. Gritou, gritou. Foi até o lado contrário, gritou, gritou. Enfiou o nariz no chão e procurou, procurou até que achou o sangue dela. Seguiu-o então, devagar. O pingo que havia sujado o chão aumentou de distância, gotejando provavelmente de um lugar mais alto. Foi levado até perto da fogueira extinta onde se empoçou e endureceu o chão. Dali mais um rastro do sangue que pingou, em menor quantidade, mais ainda distante um pingo do outro, até para fora da clareira, até onde algo havia sido queimado. Restos de madeira e palha e carne guardavam ainda algum calor. Ali, um último pingo de sangue dela. O resto do dia ele procurou mais, deu voltas maiores em busca de qualquer pedaço dela que indicasse aonde pudesse ter ido. Quando a noite veio, ele se aproximou do último calor da menina, aquele último pingo de sangue, e se deitou encurvado e pequeno, e só então chorou.

    As orelhas ficavam em pé durante poucos momentos dos próximos dias, assim como o corpo empertigado e o olhar distante, o resto passava encurvado em si mesmo. Olhava a floresta sem fim, que continha as mesmas árvores, as mesmas folhas. A fome o perturbava. Mais ainda a sede. Mas ele resistia e muito raramente ia até um pequeníssimo braço de água que corria entre pedras frias ali perto. Em seguida voltava. Voltava e se enrolava sobre o frio desalento dos restos de madeira e carne dela. Não havia mais seu calor, não havia mais quase nada que a identificasse, o cheiro de sangue já era mais memória que realidade.

Os sons não o assustavam mais. Pedras caíam, galhos quebravam, pequenos animais ou outras criaturas ainda passavam ao largo dele, mas agora não se mexia demais. Abria os olhos e mostrava os dentes. Às vezes, um barulho ameaçador, mas ele faria absolutamente qualquer coisa para não sair dali. Qualquer coisa. Depois o barulho sumia, a desconfiança também e ele ficava ali deitado, apenas.

Seu faro melhorou. Um dia abriu os olhos e a floresta realmente se coloriu. Respirou fundo, molhou o nariz e as folhas verdes piscaram para ele, mais verdes ainda, os insetos cheiraram a rodopios, o ar gelado da manhã formava uma nuvem de caminhos, os troncos das árvores guardavam marcas dos cheiros dos animais que ali passavam às vezes. Ele levantou, olhou o mundo, levantou uma orelha. Deu dois passos e se virou novamente para o sepulcro queimado dela, se abaixou e colocou o rosto ali novamente. Foi a primeira vez que mudou de posição depois de tanto tempo. Ficou ali, de novo, parado. Estava bem magro e nunca, nunca teve tanta fome. Os olhos abertos de vez em quando, entendendo o que não via antes na floresta, a vida, a velocidade e o passar das coisas. E então cheirou a maçã.

Estava caída na floresta ali perto. Deu a volta nos restos da menina, contornou as árvores, achou a fruta e a mordeu delicadamente. Trouxe-a devagar, dando passos leves, se esqueceu da mordida que tomara na perna. Bem devagar, contornou novamente o sepulcro e a depositou sobre a menina, com reverência. Sentado, chorou um choro que só ele ouviu. Depois partiu, sem coragem de olhar para trás.

Quis seguir a direção da água. Descendo as pedras ao redor, às vezes saltando o riacho avolumado e molhando as patas. Não havia nenhum cheiro que lembrasse nenhum deles. Freou e caçou pela primeira vez em dias, mas não conseguiu nada, o rato foi mais rápido. Seguiu, sem muito ânimo, até que avistou o casebre perdido. Junto, o cheiro inconfundível de um humano.

O casebre tinha o frio das pedras das paredes, a sujeira e o abandono das janelas quebradas e remendadas, o pó do descuido. Ficava abaixo de duas grandes árvores, protegendo-se do sol que passava apenas em fachos de luz como estrelas retas. O cheiro do humano vinha com alguma parte de medo, de urina e meses sem banho.

    Caminhou devagar, com as orelhas em pé, tentando não fazer barulho. Chegou provavelmente por trás, pois não havia nenhuma porta, apenas duas janelas. Começou a dar a volta e, do outro lado, percebeu que a casa ficava bastante próxima a uma encosta que ia até o fundo do vale largo lá abaixo. Olhou para trás a porta abandonada, velha e agourenta. Entortou a cabeça e mudou as orelhas de lugar, porque lá embaixo, no vale, o som rítmico de passos e metal ecoava.

    Desceu algumas pedras da encosta e viu, apertando os olhos, um conjunto enorme de homens andando com passos pesados e rítmicos. Era uma infinidade de homens, quatro filas compridas, vestiam frio metal, carregavam bandeiras e lanças afiadas reluzentes. As filas não tinham fim e foram vindo, passo a passo, povoando e passando pelo vale abaixo sem deixar aparecer o último homem. Cavalos andavam de ambos os lados, montados por homens vestidos da mesma forma, cada vez em maior número. Uma trombeta tocou alto e ecoou por todo o vale. O som o assustou e entrou fundo em sua cabeça, e começou a gritar "Bravo, bravo! Bravo, bravo!", olhando lá embaixo.

    — Cale a boca, seu idiota, vai atraí-los! — ele parou de gritar e olhou a casa. Farejou. O humano na casa. Orelhas em pé, quis provocar. Gritou quase tão alto quanto antes, agora para a casa, com passos pequenos, olhando.

    — Imbecil! Pare com isso, eles vão acabar me achando! Vou te acertar com uma pedra se não calar a boca! — a voz sussurrou alto. Estaria acompanhado, finalmente! Um humano, alguém com quem estar, alguém para quem olhar, alguém com quem sobreviver. Rabo levantado, foi até a porta, sentou. Esperou. Nada aconteceu. Os passos lá embaixo diminuíram e pararam. Arranhou a porta. Deitou olhando para ela.

    O dia foi sumindo nas vozes que ecoavam do vale, distantes. Algumas risadas esparsas, mas de dentro da cabana nada. Nenhum som.

Levantou algum tempo depois e foi até a beira de onde vira todas aquelas pessoas de metal. Já realmente anoitecendo, viu que o exército acendia fogueiras e se espalhava sob coberturas de pele de vaca. Elas impregnavam o ar, numerosas como árvores, abrindo espaço e rindo e se aquecendo. A porta atrás dele abriu lentamente, rangendo.

A silhueta foi saindo pela porta e era realmente um ser humano malcheiroso. Parecia vestir todas as suas roupas, todas as peles que tinha, e saía pé ante pé do casebre, estalando tão poucos galhos e folhas quanto seu peso permitia. Segurava a respiração, o coração estava agitado. Ele foi atrás da silhueta, devagar, gostando de competir quem era mais silencioso. Na noite, ele era os olhos que iam brilhando escondidos na relva. O humano seguiu dando a volta na casa, segurando a respiração e ele foi rápido até chegar aos seus pés, bem próximo mesmo, mas não foi visto. A sombra procurava alguma coisa e se afastou da casa, olhando à frente atentamente. Estava armado com algo curvo na ponta, do mesmo tipo que humanos usam para cortar árvores. Encostava nos troncos sem pensar que identificava toda a floresta com seu cheiro. Como fazia para voltar? Por esse rastro? Olhava para trás muito poucas vezes e então parou quando apareceu o cheiro de um rato de rabo largo.

Tirou do bolso umas frutas secas, mas principalmente também tirou um cheiro delicioso de uvas frescas. Ele lambeu os beiços, o focinho e se sentou. A sombra agachou-se e depositou as frutas à frente de uma árvore, escondendo-se atrás. E esperou.

A noite ficou mais noite e a sombra ficou mais aflita, movendo-se mais vezes e com mais suor, mesmo parada. Ele decidiu se mexer também e ficou parado à frente da sombra agora. Na penumbra, pôs a língua de fora, e olhou o fundo negro de gente, que não reagiu, não o viu. Resolveu fazer outra aproximação. Saiu da frente da sombra e seguiu devagar os cheiros da noite, sorrateiro, voltando pelo caminho que viera. Achou, parou. E atacou, mordendo firmemente o rato do rabo largo, cujo pescoço com um estalo parou de se mexer quando ele o chacoalhou violentamente. A sombra ouviu e correu passos pesados e suados e veio com toda a energia, a arma acima da cabeça, e começou a baixá-la até que, num último segundo, parou e o viu, de olhos arregalados e solícitos, com o jantar na boca.

— Eu podia ter matado você, sabia? — disse a sombra. Virou a cabeça. Olhou. Baixou a mão sem a arma lentamente, para ser cheirada. — Que tal dividirmos isso aí?

Foi a primeira vez em tanto tempo que o tempo passou diferente. Porque foi nos olhos de alguém para estar junto, mesmo que não fossem os dela. A mão suja, grossa e malcheirosa fez um afago em sua cabeça. Finalmente.

— Faz tanto tempo que não consigo um esquilo. Só ratos pequenos. Não devíamos fazer fogo hoje, mas se fizermos um bem pequeno, só para assar essa ternurinha aqui... — pegou o esquilo, mordeu ainda mais forte, mas depois soltou.

Voltaram para a casa e a sombra abriu a porta pesada empurrando-a com rigor. Parou na porta, impedindo a passagem dele. Titubeou olhando ao redor, depois para ele. Abaixou-se:

— Vou confiar que você não fará barulho. Fique bem quieto. Se você atrair alguém, vou acabar com você. E eu estou com muita fome, por isso, não espere muito do jantar.

Lá dentro tudo era bagunça, de móveis destruídos, madeira e peles, e, no meio delas, pulando o que talvez fosse uma barricada, além daquela na porta, havia um fogão de pedras, pequeno e improvisado, e uma cama de peles logo ao lado. Já estava muito escuro, mas a sombra andava com muita agilidade, como se tudo visse. Acendeu o fogão com muito pouca madeira e soprava muito. Sentado, ele viu sob a luz nova do fogo que a sombra era um sujeito magro, perdido dentro de peles e capuzes, sem um dos caninos, sorrindo para ele. O cheiro forte do homem diminuiu e ele soprava e sorria:

— Você me lembra meu filho com esses olhos redondos. — Ele levantou as orelhas grandes e o homem mostrou mais dentes, com mais satisfação — Você é engraçado. Quem é você? Se ao menos pudesse falar. Eu nem me lembrava da minha voz. — Fez um afago em seu queixo e começou a tirar a pele do esquilo com uma faca. O calor do fogo ficava mais perceptível, o pó no ar flutuava, denso.

— É bom ter um amigo, sabia? Bem, pelo menos espero que você seja — disse, levantando a faca suja de sangue do esquilo e olhando para ele. Pôs a faca no chão e puxou a pele toda, da cabeça à cauda. — Eu nunca fui de ter ninguém, além de minha esposa e meu filho. Sinto muita falta deles. Foram embora quando fui pego por Mendigos. É esse o problema: além dos Ventos, além da morte que vem do céu, além do mundo estar chegando ao seu fim, as pessoas enlouqueceram e se atacam, roubam, matam. Por que elas não se ajudam? Por que... Como é seu nome? — ele deitara e olhava dali para cima, para o homem.

— Vou te chamar de Redondo, por causa dos seus olhos. Você está muito magro, como eu. Minha mulher me chamava de Gordo, mas eu sempre fui magro. Eu rezo, todos os dias, para que ela e meu filho tenham encontrado um lugar a salvo. Eu rezo para que os Ventos parem e eles voltem. E rezo para que os Mendigos não voltem. Eles arrancaram meus dedos, dois de cada mão, está vendo? Por diversão. E levaram tudo. Todas as vacas e bodes, os poucos que tínhamos. A colheita, tudo. Quando comecei a ser torturado, minha mulher já devia estar longe, com meu filho, graças aos deuses.

Colocou a carne em uma grade de metal, sobre o fogo parco.

— Finalmente vou comer carne. Finalmente. E você também, já deve estar a tanto tempo sem comer, não? — a carne começou a assar. Aos poucos o cheiro acre-doce foi subindo e molhando a boca dele. Levantou a cabeça e esperou e ficou olhando o homem, que olhava o fogo, perdido em suas memórias.

Foi quando a porta foi empurrada.

Esta é a história tal como a ouvi de Altem, filho de Altem, o guerreiro vermelho.

PARTE SEIS

— Eu disse que as coisas iam se complicar, não disse?

Agurn falou não muito alto, olhando para Minuit, sentado comigo no chão. Ela estava em meus braços, um fiapo de gente, de cabelos vermelhos e com sangue seco no pescoço. Ela abriu os olhos uma vez e depois os fechou. Respirava devagar e às vezes parava de inspirar somente para meu desespero. Eu passava a mão em seu rosto e temia, me lembrava minha filha. Agurn me acalmava:

— Não entre em pânico. A cabeça dela está inchada. Ela precisa tomar o remédio a cada quatro horas. Você cuida disso — olhei para ele duramente, mas já havia decidido obedecer antes de olhar. Assim que o monstro tombou, eu logo a tomei nos braços e fiquei chamando-a ininterruptamente, em desespero, segurando-a desfalecida. Trouxe-a até perto da fogueira, onde Agurn me calou e a examinou sem falar nada. Palpou sua cabeça, ouviu seu coração e tocou seus pulsos. Depois encostou sua testa na dela. Pegou um frasco de sua bolsa e o verteu em sua boca, segurando-a fechada.

— Ela vai sobreviver — ele me diz. Achei que ele ia se levantar, mas ficou. Gomertz girava sua espada no monstro sem vida, como um machado, irado, sem pensar, murmurando com raiva alguma coisa que eu não entendia.

— Ru! — gritou Escram, mas o cão corria para a mata fechada e saia de vista, latindo para alguma coisa.

— Para onde foi o cachorro dela? E se houver mais dessas coisas na floresta? E que porcaria é essa que nos atacou? — era Burtm, desviando o olhar de Gomertz e voltando-se para nós.

— Onde vocês estavam que demoraram tanto? — perguntou Agurn para Burtm e Gomertz.

— Caímos do outro lado da estrada. Demoramos para achar um jeito de subir e voltarmos até onde vocês caíram — respondeu Gomertz.

— Ei, capitão! Ele pode nos cobrar assim? — reclamou com raiva Burtm.

— O que está acontecendo, Agurn? — perguntei, segurando-me para não explodir. Fiquei olhando para Agurn que, sem levantar os olhos, começou a falar.

— Todos os deuses falam do fim do mundo, mas muito poucos falam do retorno da magia. Menos ainda tiveram coragem de falar dos nascimentos que poderiam ocorrer quando a magia ressurgisse. Incríveis! Incríveis! Ou pelo menos os homens que escreveram sobre tudo isso não tinham coragem, só alguns. A magia morreu há milhares de anos. Esses poucos disseram que, quando a magia ressurgisse, um grande cataclismo mudaria tudo ao nosso redor e a magia selvagem, natural, indomesticada, misturaria elementos, criaria coisas e monstros, nada seria como era, não mais. São as presenças. Com o que uma árvore poderia se misturar? Qualquer coisa próxima a ela? E as palavras? Elas ditas têm poder. Elas escritas têm poder. Ressoam na magia e provocam mais mudanças. Talvez o mundo acabe caso Nurhm não consiga aguentar a magia que está nascendo. Sabe do que vocês podem ter certeza? De nada — e riu sarcástico.

— Então é verdade quando diziam que monstros estavam atacando pessoas nos arredores de Finstla? Eram essas coisas? — indagou Burtm.

Poderiam ser Mendigos das Estradas, poderia ser o Vento. Poderiam ser essas coisas, pensei.

— Talvez — respondeu Agurn.

— E se ela morresse? Por que ela é tão importante? — Gomertz parara de atacar a árvore.

— Ela, meu caro — respondeu Agurn —, é o único ser que conseguiu controlar a magia por vontade própria sem ser impactada. Ela é o achado da Congregação. Ela é meu achado. Estou há tempos ensinando-a a desenvolver seus potenciais. Estou levando ela para os sóis e, quando chegarmos lá, ela já estará forte o suficiente para controlar toda essa energia, nos devolver a paz e garantir a sobrevivência de todos.

— Ela é só uma menina... — eu disse.

— Ela é forte, capitão, como nunca vimos ninguém. Ela vê muito mais que todos nós. Mas é jovem, sim, e por isso precisa ser domada, precisa ser ensinada. E não há mais tempo para fazermos isso dentro de quaisquer muros. Precisamos ir. Não são todos que concordaram comigo na Congregação, por isso, eles não devem estar muito satisfeitos comigo — abriu um sorriso irônico —, e aqui estamos nós, como todo homem se imagina: salvando o mundo. Só que, agora, literalmente.

— Isso é ridículo — disse Burtm atrás de nós —, nós vamos é morrer, essa é a maior chance que temos. Senhor — disse para mim —, vamos para Fruocssem como planejávamos, vamos procurar segurança, pessoas. Tenho certeza que nos darão abrigo lá.

— Pode ser que a retomada do Equilíbrio nesse momento de cataclismos seja a destruição deste mundo. Mas pode ser que essa menina seja a chave que a natureza precisa para voltar a se estabilizar — Escram falou com sua voz profunda.

— Capitão, o que esse sujeito está dizendo? — falou Burtm irritado. — A destruição do mundo é uma retomada de Equilíbrio? Então ele quer que o mundo seja destruído? Capitão!? — Escram permaneceu impoluto, olhando para mim, Minuit e Agurn. Um vento mais forte veio, soprando como uma parede rígida, ficou constante por instantes, depois se amainou.

— Burtm, Gomertz — eu disse —, vocês têm seus juramentos à Finstla e a mim e nós nos mantivemos juntos desde quando precisamos sair de lá. Eu também não queria que nada daquilo tivesse acontecido, preferiria ter continuado em minha cidade, mas vocês sabem muito bem que os Ventos e o fim do mundo estão acabando com a humanidade das pessoas e acabaram com nosso lugar ali. Hoje nós temos essa menina, que já mostrou poder, e que está sendo levada para algum lugar onde pode precisar de ajuda e proteção. Se alguém tão inocente precisa de ajuda, acho que esse é o ponto mais profundo de nossos juramentos a Finstla: proteger a humanidade, proteger os inocentes e aqueles que podem não conseguir se proteger. Não podemos deixá-la agora — Burtm apenas me olhou, condescendente.

— E o que quer dizer isso de "ir até os sóis"? — perguntou Gomertz.

— Precisamos ir até o limite onde a magia é mais forte. Os Ventos vêm da posição fixa do sol a noroeste, então é nessa direção que vamos. — respondeu Agurn.

— Ah, sim, então precisamos ir para o lugar de onde os Ventos vêm, onde a magia é mais forte e mais selvagem e, provavelmente, onde deve haver mais monstros gigantes como esse? — perguntou, chutando o monstro-árvore.

— É isso, exatamente. Está com medo? — provocou Agurn.

— O quê? Repita isso, seu boticário imbecil e eu vou...

— Ei! — gritei. — Agurn, se quiser ajuda é melhor nos poupar de seu humor e de suas provocações, entendeu? Burtm, Gomertz, chega de dúvidas, temos um dever a cumprir com essa criança agora. Vamos ajudá-la, protegê-la em seu caminho. Juntos somos mais fortes e não vamos nos abandonar. E, principalmente, vamos tentar acabar com esses Ventos, com essa erupção da magia que já nos tirou tanto. Se ela é a chave, vamos ajudá-la — baixei os olhos para a menina ruiva em meus braços. Ficamos em silêncio por alguns instantes. Agurn falou bastante baixo:

— Tocante, capitão...

— Então, senhor, precisamos sair daqui, precisamos continuar. E se houver outros monstros ao redor? — indagou Burtm.

— Até a cabeça dela dar sinais de que desinchou, não podemos carregá-la para longe, não podemos ficar balançando-a — disse Agurn.

— Você quer dizer que vamos ter de ficar aqui? — disse Burtm, assustado.

— Vamos nos distanciar um pouco, vamos sair da clareira. Eu a levo. Pela manhã, pensamos o que fazer depois de checarmos se ela está melhor. Faremos turnos, vigiando a área próxima. — Levantei muito devagar, olhando o seu rosto. Todos me seguiram, olhando, preocupados e pesarosos. Burtm ainda tomou uma flecha, deixando-a no arco, mas sem esticar a corda. Apagamos a fogueira e seguimos nos distanciando da clareira, mas não muito. Achei um espaço nas raízes das árvores e agachei, indicando que ali a colocaria para deitar.

Iniciei uma nova fogueira para aquecê-la. Burtm jogou dois esquilos no chão ao meu lado:

— Jantar, senhor, é o que eu havia caçado — parou alguns segundos —, ela vai sentir muito se o cão não voltar, senhor.

— Acho que sim, Burtm. Acho que sim.

— Ela não está acordando, Agurn, mas a respiração dela deixou de oscilar — eu disse.

Aquela noite tinha durado poucas horas. O dia amanhecia. Não conseguia manter os olhos muito elevados porque o Vento fazia rajadas intermitentes com aquela poeira toda, que pareciam como tapas no rosto. Agurn, de pé, ao lado da fogueira, examinava um frasco onde tinha colocado algum tipo de substância que tirou da árvore que matamos.

— Alguma paciência, capitão. Alguma paciência.

Escram, Gomertz e Burtm estavam espalhados ao nosso redor. Comemos vigiando todos os lados. E assim ficamos noite adentro, sem pregar os olhos, vigiando a escuridão da floresta e andando de um lado para outro. Começou a chover um pouco. Gotas esparsas e pesadas, algumas retas, algumas de lado.

— Por que vimos tão poucos boticários depois que o mundo começou a acabar, mestre Agurn? — era Burtm, falando de costas para nós.

— Boa parte de nós deixou de sair da Congregação quando os Ventos começaram. Alguns falavam no dever de irmos ao encontro dos necessitados, mas outros tinham medo dos Ventos e de sair dos muros da Congregação para a morte. Houve assembleias. Mas muitos também ficaram totalmente obcecados pelo que podiam fazer com a magia que nascia. Se fecharam em seus quartos e laboratórios estudando e testando, se enfurnaram nas bibliotecas... — Agurn se empertigou. — Ops! Falei demais — e riu. — O fato é que muitos ficaram medrosos, muitos se voltaram para o conhecimento e, por isso, poucos saíram. Atendemos quem era trazido. Isso trouxe ódio por parte dos reinos próximos.

— Que reinos?

— Adamth, Marcrham e Antorn.

Um galho quebrou mais forte à nossa direita. Todos olharam assustados, Gomertz se levantou e desembainhou a espada silenciosamente. Mais ao lado, um novo som de galhos estalando, como se estivesse tentando resistir a um enorme peso.

— Senhor, acho que vi uma luz, um brilho, ali! — apontou Gomertz. Eu não via nada. Estava dividido entre continuar ajoelhado ao lado de Minuit ou levantar. Optei por ficar com ela, mas de pé. Tirei a espada da bainha.

— Não vejo nada — respondi.

— Ali, senhor! Vi, mas não está mais.

Uma rajada de Vento e mais gotas de chuva. De outro lugar mais à direita ainda veio o som do farfalhar de folhas mais intenso e mais galhos se rompendo.

— Senhor, há alguma coisa à nossa volta! — disse Burtm.

Agurn andou na direção do som, tentando enxergar.

— Agurn... — chamei, mas não fui atendido.

Escram também deu alguns passos naquela direção. As nossas costas, o mesmo som, porém mais distante. Estávamos cercados. A chuva aumentou em pingos mais constantes, pintando o chão. Mais perto de mim, ouvi o som na mata, virei e dobrei os joelhos com a espada em posição, mas não via nada. Minuit gemeu atrás de mim. Estava acordando. Abaixei e peguei sua mão, preocupado com os arredores.

— Minuit, sou eu, Gundar. Minuit...

— Senhor, há alguma coisa — Gomertz correu e deu uma espadada em nada, recuando alguns passos depois disso, mais próximo do grupo.

— Concentre-se — disse Escram. Os sons aumentaram como a chuva, esparsos, sem sentido, por todos os lados.

— Minuit? — Ela abria um pouco os olhos e gemia, mas não conseguia sustentá-los.

— Senhor, o que fazemos, senhor? — perguntou Burtm.

— Juntem-se mais perto, de costas, fechando os flancos. Escram e Agurn, vocês também. — Agurn segurava sua espada curta e um outro frasco de vidro em sua mão. Recuou alguns passos.

— Nossa menina acorda, capitão?

— Agurn, o que está acontecendo?

— A magia, capitão. O que será que ela pode trazer?

— Será que todos os desaparecidos de Finstla, quando não havia Ventos, foram por causa dessas coisas que a magia está criando? — perguntou Burtm.

— Inteligente, arqueiro, bastante inteligente, não esperava isso de você — respondeu Agurn. Minuit sustentou os olhos em mim.

— O Vento... Não estamos no mesmo lugar que antes, estamos? Onde está Ru? — estaquei diante da pergunta. — Ru?... Ru? — ela chamou. A chuva agora vinha firme e constante.

— Sinto muito, menina Minuit... — eu disse. — Ele correu atrás do monstro que a atacou e até agora não voltou...

— Ru! — ela gritou, soltando minha mão e virando-se, erguendo-se com dificuldade até conseguir ficar de pé. — Ru! — chamou.

E continuou chamando, cada vez mais alto, cada vez mais desesperada, segurando a cabeça com uma das mãos, como se contra alguma dor e a outra mão tentando dar eco a voz.

— Senhor, ela vai atrair a atenção sobre nós! — gritou Burtm.

— Senhor, vi alguma coisa novamente! — anunciou Gomertz, que correu para o escuro, pulando raízes e desaparecendo na mata. Ficamos por um momento sem ação.

— Gomertz, o que você está vendo? — perguntei. Minuit se esforçava para manter-se de pé, chamando seu cão por todos os lados.

— Minuit! — comecei a chamá-la. Escram correu com o escudo em riste, em direção ao local onde Gomertz desaparecera. — Minuit! — chamei novamente e segurei sua mão. Ela se desvencilhou e começou a caminhar, debilmente, como eu não tinha visto antes. Ela não percebia as raízes e ondulações do chão e por isso tropeçava.

— Sem o cão, ela não verá — disse Agurn ao meu lado, indo comigo atrás dela. Segurei-a pelos ombros, voltada para mim.

— Minuit, você precisa me ouvir, você não está sozinha. Nós estamos juntos, vamos te proteger, vamos te guiar. Não se afaste assim de nós. Sinto muito por Ru, não sei se ele vai voltar, sinto muito — e pensei que ela não enxergava nada, apenas sentia o vento terrível, a chuva gelada e minha voz. E me lembrei de Ru, com suas orelhas grandes, seu olhar delicado e seu pelo farto. Me lembrei de como a tratava. Lembrei que estava quase sempre encostado nela.
— Sinto muito...

Ela soltou o peso do corpo e chorou e gritou em desespero, encostando a testa sobre meu peito. A chuva e o vento aumentaram mais. Agurn se afastara em direção ao grupo novamente. Eu comecei a puxá-la para lá abraçada a mim.

— Senhor, ela está gritando, vai atrair mais monstros! — gritou Burtm. Consegui ver Escram, puxando de volta Gomertz pelo braço, que dava espadadas no nada. — Talvez seja o ar, o vento, senhor... Talvez o vento esteja querendo nos atacar! — explicou Gomertz.

— Não, Gomertz, não... — respondi. O som do farfalhar apareceu então mais alto, agora nas árvores, bem acima de nós. — Homens, se preparem! — gritei. Minuit chorava agudo, um gemido fino, com o rosto contra meu peito. Agurn atirou seu frasco de vidro na direção de onde o som parecia mais alto. O frasco se partiu em uma explosão de fogo que nos empurrou e cegou por instantes.

— Pronto, dali não teremos problemas — ele disse. Todos olhamos assustados para ele.

— Burtm, por que está saindo fumaça de sua armadura? — perguntou Gomertz. Parecia que ela queimava. Gomertz ia pôr a mão quando Agurn a segurou e direcionou seu olhar para a ombreira do arqueiro.

— É ácido. A chuva. Há ácido na chuva. Todas as armaduras têm fumaça.

— O quê?

— Corram, corram, precisamos procurar abrigo! — ele gritou. Ergui Minuit e a coloquei no colo de qualquer forma. Tentei fazer com que ela fechasse as pernas em volta de mim e comecei a correr para o lado oposto do fogo que Agurn havia criado. Tropeçava e me desequilibrava, enquanto Minuit aumentava o choro e os gritos por Ru.

— Não! Ru! Não! — ela começou a me bater nas costas e a se debater, querendo descer, querendo ficar.

A chuva veio ainda mais forte e agora o vento nos empurrava devido à sua força.

— Minuit, acalme-se, por favor, acalme-se, você não está sozinha, não me bata, nós vamos cair e vamos ficar expostos à chuva.

Algumas gotas em minha mão ardiam. Eu me desequilibrava. Minuit parou de me bater, o vento deixou de me empurrar. Continuei correndo, assim como todos. Minuit não parava de chorar e a chuva queimava nossas roupas e armaduras, éramos corpos de fumaça. Minuit me apertou e, parecendo ter se lembrado de alguma coisa, começou a chorar ainda mais e a gritar alto e desesperadamente. Talvez a chuva a estivesse machucando também. O vento então veio, como espíritos escuros com garras ferozes, como uma cavalaria empurrando tudo. Árvores caíram, galhos despencaram e nós fomos derrubados e jogados no chão como papel.

— Minuit... — eu a derrubei de lado e rolei. — Minuit!

Ela caiu. Fui até ela, virei-a e ela havia desmaiado novamente. Pensei em pegá-la e continuar correndo atrás de um abrigo, mas o vento diminuíra agora. — Minuit... — chamei novamente e ela acordou, virando parcialmente o ouvido em direção a minha voz. — Minuit, sou eu, Gundar... — ela fez uma nova expressão de choro, emborcando as laterais da boca e apertando os olhos, e perguntou baixinho:

— Ru?... — O Vento deu um novo tapa em nós, virei meu corpo para protegê-la e tive uma ideia.

— Senhor, precisamos procurar abrigo! — gritou Burtm.

— Minuit, Minuit, me escute, por favor — tentei falar baixo e próximo a seu ouvido, pausadamente —, eu realmente sinto muito por Ru. Também quando penso nele fico muito triste e sinto muitas saudades.

— Senhor! — fui chamado, mas levantei a mão pedindo silêncio.

— Minuit, ele fez a parte dele, ele a trouxe até nós. Ele te apoiou até que você pudesse chegar aqui. Ele vai estar sempre na sua memória, no seu coração, tudo o que ele te ensinou é seu. Ele sempre vai querer o seu melhor. E se você não procurar se acalmar agora, nós provavelmente vamos todos morrer, entende? E eu prometo, em nome dele, para sempre te proteger.

A menina fechou os olhos e os apertou, fez uma última curva com a boca em sinal de choro, depois enxugou as lágrimas e disse:

— Mas eu estou muito triste.

Eu a abracei o mais forte que pude. E ela me devolveu o abraço, apertando-me.

E o vento e a chuva começaram, enfim, a diminuir.

*Esta é a história tal como a ouvi de Astam,
filho de Astlam, a voz.*

— PARTE SETE —

Os olhos de Redondo, iluminados pela luz do fogo fraco, ficaram mais redondos e assustados assim que ouviram a porta se abrir. Só então ele sentiu o cheiro de cavalos do lado de fora e ficou mais assustado. O sujeito magro e maltrapilho, seu novo amigo, estacou com os olhos mais redondos ainda, olhando para ele.

— Eu disse, Porter, que havia alguma coisa aqui em cima. Eu ouvi os latidos. — Atrás da barricada de restos de móveis, madeira e pedras, Redondo observou a luz de uma tocha que vagou de um lado a outro, pelo teto do casebre.

— Pode haver alguém aqui, vamos checar — disse uma voz rouca e forte.

— Podemos passar a noite aqui, não? Estou cansado de dormir ao relento — disse a primeira voz.

— Eu estou mais preocupado em conseguirmos oferecer para o Sádico algum presente. Afinal, faz semanas que não damos nada. Desse jeito, de qualquer lugar que o ajudemos a conquistar, nós ficaremos com quase nada — disse outra voz, esganiçada.

— Castter, não é sempre que vamos conseguir achar algo de valor para oferecer a ele. Depois, ele está mais interessado em homens e muros, e nós não temos isso — respondeu a voz rouca.

A tocha, agora duas, caminhavam em sentidos opostos do casebre, para as laterais da barricada. Os passos amassavam o chão de madeira, que reclamava do peso dos homens. Redondo reconheceu o cheiro do metal afiado e do couro. Seu amigo se moveu muito devagar, ficando de cócoras. Tremia, seu coração disparava.

— Tem alguém aqui? — perguntou a voz rouca.

— Porter, você está sentindo cheiro de carne? — perguntou o esganiçado. — Se não há ninguém aqui, definitivamente havia. — Redondo levantou as orelhas quando ouviu o som de metal alisando uma bainha de espada. Longa. Afiada e aguda.

Os dois homens se dirigiram até a lateral do casebre, pesados e armados. Chegaram até uma janela parcialmente fechada por tábuas de madeira. Do outro lado, outro homem, de ombros muito largos e mais pesado, andava para outra janela lateral também pregada. As tochas dançavam, olhando e refletindo nas espadas.

— Ouvi dizer que o Sádico não está mais fazendo julgamentos. Achei que era porque ele havia se machucado ou estava doente. Mas depois deixaram claro que ele mudou de opinião sobre os julgamentos: crucificou desertores e cortou a cabeça de seus familiares, sem ouvir nada. Diz ter se cansado de desculpas, que todas são estúpidas e iguais. Ele apenas olha a pessoa e dá seu veredito. Ele diz que, uma vez com ele, para sempre com ele ou senão contra ele. Arrancou a pele de um oficial por questionar sobre uma direção — disse Castter, com sua voz esganiçada.

— Eu só espero que ele nos leve logo a Fruocssem. Dizem que lá os Ventos não chegam, que lá ficaremos a salvo. Acho que esse exército que ele reuniu já é mais que suficiente, não? — comentou Porter com seus largos ombros.

— Realmente, acho que devemos achar um presente para ele. Deve ter algo aqui nesse casebre que possa valer alguma coisa.

O homem dos ombros largos virou, assim como os demais. Procuravam pelos cantos da casa, olhando atentamente, girando as tochas como olhos para todos os lados. O de ombros largos veio vindo, cada vez mais perto, aproximando-se da barricada. Tocou com a espada sua parte superior, derrubando com ela alguns pedaços de madeira. Ainda não via atrás dela, mas agora vinha, devagar, com sua tocha se aproximando e dando a volta até chegar e iluminar a grelha acesa com o esquilo assando.

— Comida — falou. — Há alguém aqui. Vasculhem com cuidado.

Redondo havia sido arrastado pelo homem magro, que o segurou por cima do pescoço, para outro monte de entulho, lixo, pedras e madeiras, no canto mais atrás do fogão improvisado. Mergulharam ali abaixo, sumindo, misturando-se com os escombros, num espaço apertado, que provavelmente já havia sido preparado para aquilo.

— Hum, carne, há muito tempo não como carne — disse Castter. O primeiro homem que havia falado tinha uma voz mais suave.

— Acho que não há mais nada aqui. Talvez possamos ficar e descansar, descemos a encosta antes de amanhecer.

— Frig tem razão — disse a voz rouca de Porter. — E como teve a boa ideia de ficarmos, vai pegar o primeiro turno de vigilância.

— Eu não ligo. Mas esse esquilo ainda não está pronto, ainda está cru. Vou aumentar o fogo — respondeu Frig. O fogo então iluminou as armaduras de metal, montadas de peças velhas e gastas e outras novas e mais resistentes, restos de armaduras encontradas a esmo. Os homens eram fortes e cheiravam a suor de quilômetros e quilômetros de caminhada. Eram Mendigos das Estradas.

Os três acabaram dormindo em pouco tempo, esperando a comida ficar pronta. Por vezes o homem magro olhava para Redondo, que devolvia com um olhar inquisidor, quieto, movendo apenas as orelhas. Frig, o vigilante, estava encostado em uma parede. Resistiu um pouco mais de tempo, mas por fim também dormiu.

No entanto, o fogo aumentado era grande demais para o diminuto espaço, e um pedaço de madeira em chamas rolou caprichosamente para o lado, lambendo o chão e ali ficando. Redondo assustou-se, mas empertigou-se no mesmo lugar, aumentando a velocidade das orelhas à procura de sintonia e olhando alternadamente entre seu novo amigo e o fogo.

O homem magro percebeu seu movimento, provavelmente também vira as chamas aumentarem lentamente. Foi saindo pé ante pé dos entulhos, como um gato. Se aproximou dos roncos, das espadas e das armaduras. Tirou habilmente um de seus mantos das costas e veio olhando os homens respirando e girando no chão, a procura de uma posição. Sair da casa dependia de passar por aqueles sujeitos. Estava perdido. Sua única opção era jogar seu manto pesado sobre a labareda e tentar diminui-la.

Foi o que fez, receoso, tremendo. Redondo olhava atônito, batendo as pernas no chão, incrédulo, embaixo dos escombros. O fogo começou a tentar passar pelo manto e ele começou a bater no manto, com velocidade, mas sem som. Olhou desesperado para Redondo, que emitiu um som fino sem querer. O homem parou de se mexer assustado, olhando os homens ao lado, se acordavam, se se mexiam. Porter resmungou, mas seguiu na mesma posição.

O fogo cedeu. O homem começou a puxar seu manto e o segurou na mão, agora de pé, ao lado dos homens deitados. Olhou para a pilha de entulho onde Redondo estava e voltaria se não fosse estacado por um pensamento. Voltou-se para o esquilo. Por que não comê-lo? Estava ali ao lado, a sua espera, agora pronto. À espera de sua fome. De sua enorme fome. E se os homens acordassem e se acusassem do roubo podiam matar uns aos outros, poderiam ir embora.

Inclinou-se felinamente, segurando o manto. Abaixou-se, devagar, segurando o manto com uma das mãos e a outra se esticando para a comida. Pegou a ponta do animal e a levantou, devagar. Um pedaço de madeira da fogueira estourou. Ele parou, assustado. Nada aconteceu. Levantou vitorioso e deu passos cuidadosos voltando para o entulho de Redondo. Será que os homens brigariam mesmo entre si pela falta do alimento? Certamente era uma tática inteligente: se livraria dos homens e ainda por cima, comeria. Foi quando a lâmina encostou em sua garganta.

— Não tão rápido, seu rato ladrão.

Frig segurava a espada ali:

— Ei, acordem, peguei um rato e precisamos decidir o que fazer. Peguei um rato ladrão de comida.

O homem fez um sinal breve e rápido para que Redondo não se mexesse.

— Ora, ora, então realmente havia alguém aqui no casebre — disse Porter, o mais largo, provavelmente o líder do grupo. — Antes de te matarmos e ficarmos com qualquer coisa que você tenha, primeiro, vamos querer sua língua. Por isso, comece a falar — e empurrou o homem no chão, que caiu de joelhos. Castter tirava o esquilo de sua mão.

— Ladrãozinho, patife — e colocou o pedaço de carne sobre a grelha, sem perder a oportunidade de voltar um tapa com as costas da mão no rosto do homem, que caiu. Redondo mostrou dentes sem fazer som. O homem levantou devagar.

— Muito bem, comece a falar! Quem é você, o que está fazendo aqui? Essa casa é sua? — perguntou Porter, que, sem resposta, replicou com outro tapa, acertando-o entre a orelha e o pescoço, provavelmente resultando em tontura e em um apito agudo no fundo de seu ouvido. Redondo arranhava as patas no chão, ainda escondido. Pensou nela, em sua menina, que não veria nunca mais. Pensou nas mordidas na pata traseira e no focinho. Pensou nas lâminas afiadas. Pensou nela novamente. Em tantas cenas com o rosto dela.

— Levante, homem, e fale! — gritou Porter. — Fale! — acompanhou Castter. Pegou sua mão com violência. — Veja, Porter, ele não tem dois dedos de cada mão. Parece que outros Mendigos já passaram por aqui... Não é, meu caro? — O homem apenas olhava, com um início de gota de sangue saindo de seu nariz.

O homem levantou. Rápido como um raio, empurrou Castter sobre Porter, que se desequilibraram, derrubando fogão, carne, tudo. Tirou seu instrumento de cortar madeira da cintura, a lâmina brilhou sob a luz e desceu com determinação abrindo um talho gigantesco no pescoço de Castter. O sangue choveu em uma linha pulsante sobre todos. Castter agora agonizava desmontando-se sobre Porter, quando o homem saiu correndo, pulando com habilidade sobre a barricada e dirigindo-se à porta de saída.

— Pegue ele! — gritou Frig enquanto o homem saía da casa. Ali ele achou três cavalos, cortou a corda que prendia um deles à casa, montou como pôde e girou o cavalo. Uma mão então tirou seu pé do estribo e, segurando sua roupa pela cintura, o puxou para baixo com tamanha violência que a cabeça do homem fez um som oco ao bater no chão.

— Muito bem, seu maldito, agora vou ter um manto novo. E ele vai ser da sua pele! — disse Porter, que o jogara no chão. O homem levantou com dificuldade, e quando Porter girou sua espada a primeira vez, o homem já estava com sua arma em riste e conseguiu bloquear o golpe. Mais rápido, Porter gingou para o lado e subiu a espada. Hábil também ou movido pela sobrevivência, se esquivou e aparou um e outro golpe. Frig se posicionou ao lado de Porter e conseguiu desferir um golpe no ombro do homem que entrou fundo em sua carne. O homem gritou de dor e se dobrou sobre um joelho. Porter levantou a espada para vingar o amigo morto, e então foi derrubado pelas costas por alguma coisa que mordeu seu pescoço com violência. Não teve tempo algum de reagir quando as mandíbulas enormes e os dentes arrancaram sua traqueia e ele se afogou no próprio sangue em instantes.

    Redondo nunca havia experimentado sangue humano. Sentiu a fúria descendo em seu corpo como o sabor de milênios de selvageria e poder. Não poderia parar ali, não poderia resistir a tamanho prazer e força, e virou para sua próxima vítima, apenas a tempo de ser atordoado com um duro golpe na cabeça pela lateral de uma espada, e depois outro, e depois outro, até cair desmaiado.

Esta é a história tal como a ouvi de Altem, filho de Altem, o guerreiro vermelho.

PARTE OITO

A chuva, no entanto, não parou. Continuou fraca, em pingos inconstantes, grossos e tristes. Eu carreguei Minuit no colo, com carinho, muito apertada em meu peito e perto dos demais, até que achamos um espaço coberto e estreito abaixo das raízes enormes de uma árvore parcialmente arrancada do chão. Em diversos pontos, nossas armaduras e cotas de malha tinham afundamentos ondulados, frutos da chuva destruidora. O Vento parara. Minuit era uma menina em meus braços, cansada e chorosa. Mais de uma vez quis levantar de maneira abrupta, violenta, mas eu a segurei, indo mais para dentro da mistura de terra e raízes onde nos escondemos e mais abraçado nela, protegendo-a ainda mais.

— Quando ela chora, parece que chove mais — disse Burtm, astuto como sempre. Era verdade. Mas nada doía mais que vê-la tão desesperada. Depois de um tempo, exausta, Minuit dormiu. Mesmo assim, a chuva fraca continuou. Olhei para o enorme Escram ao meu lado, usando seu escudo para se proteger, cobrindo também a mim e Minuit. O escudo, diferente de nossas armaduras, não sofria em nada com a chuva. Olhei bem para seu rosto e vi uma tensão sobre os lábios, uma rigidez.

— Ela vai se recuperar, Escram — eu disse, sem convicção. Ele levantou, colocou o escudo sobre a cabeça e sumiu na vegetação.

— Escram! — chamei não muito alto para não acordar Minuit.

— Deixe ele — falou Agurn —, ele precisa desses momentos de vez em quando. Precisa disso para se reequilibrar.

Ficamos em silêncio por mais algum tempo, olhando a chuva, o céu, a floresta. A noite teimava em não vir. Poucas das gotas eram realmente ácidas, mas as ácidas faziam as folhas se dissolverem, pouco a pouco.

— Não poderemos dormir aqui, senhor, é perigoso. Primeiro por causa dessa chuva e, depois, pelo que mestre Agurn falou, qualquer monstro pode aparecer, qualquer formação enorme. Imagine algo que possa jogar essa água ácida sobre nós. Ou um monstro enorme que possa nos afundar na terra, arrancar nossas cabeças, sei lá. Precisamos sair da floresta — disse Burtm, procurando se escorar melhor na terra atrás de si.

Ele estava certo.

— Precisaremos ser mais coordenados na próxima vez. Atacar as pernas primeiro. Burtm, você precisa acertar os olhos da coisa — comentou Gomertz.

— Olhos, eu nem vi olhos! — respondeu Burtm.

— Agurn, como ela tem tanto poder? De onde ela veio? Como a conheceu? — perguntei. Ele ficou em silêncio. Ficamos todos. Até que Agurn resolveu falar.

— Quem a trouxe até mim foi Escram. Ela chegou pequena, tinha então 10 anos de idade. Uma menina linda de sorriso cativante. Ele a trouxe depois de tê-la encontrado no incêndio de uma casa, em uma cidadezinha a três horas de caminhada da Congregação. Talvez os pais dela tenham morrido no incêndio logo depois do início dos Ventos. Ela me contou que era cega desde o nascimento. Chegou com seu cão, que já era adulto. Um cuidava do outro, desde sempre, ela disse, e eu tive de aprender a falar com ele primeiro, compreendê-lo para poder me aproximar dela. O cão fazia tudo pela menina. Eram um só. Ele a guiava por toda parte — ele se acomodou mais em um canto escuro sob a raiz da árvore. — Mas ela via mais que todos nós. Logo no início, quando chegou, parecia ver além de nós, mesmo cega. Passou a nos mostrar elementos da natureza que nunca havíamos percebido. Para ela era algo óbvio, algo evidente. Ela sabia quando os Ventos estavam vindo, a direção e intensidade com que viriam. Conseguia mover objetos pela vontade, unir outros. Uma vez produziu uma lança unindo uma ponta metálica com a madeira, apenas com o toque das mãos. Ela chegou a nós junto com o retorno da magia. Fazia tapetes voarem, taças de ouro se fazerem a partir de montes de areia, insetos desconhecidos saírem das paredes de pedra. E nós mergulhamos naquelas possibilidades: ao mesmo tempo que ela cada vez era mais nossa "deusa", nós nos afundamos nos livros antigos, nas antigas canções e passamos a estudar a volta da magia. Há milênios ou mais a magia acabou. Os ditos elfos e os magos andarilhos se foram e apenas ficamos nós, homens, herdeiros de uma terra fértil e única, detentores apenas da própria humanidade, da inteligência e das histórias e canções. Produtores de castelos e de guerras. Detentores da capacidade de destruir tudo isso pela vaidade e pelo medo. Mas alguns livros falavam da volta da magia. Dizendo que ela tem uma parte humana e que por isso voltaria. Mas muitos também escreveram que temiam pelo homem. Tamanho poder poderia ser controlado por alguém tão frágil quanto o humano? Por isso, quando a magia voltasse, ficaria evidente seu retorno: seria o cataclismo, o fim do mundo. Será que algum humano seria capaz de controlá-la, de compreendê-la, de se comunicar com ela? Então veio a menina Minuit. Destino? Destino é uma palavra idiota para mentes que acham que vão entender o universo completamente. Não sei de onde ela veio. Não sei quem são seus pais, ela nunca me disse. Mas às vezes acorda gritando e fala sozinha, como se falasse com eles, como se discutisse com eles. Na Congregação, foi designada a mim. Ficou comigo porque sou o mais inteligente e estudioso da Congregação, só nunca fui boticário-mor, pois tenho realmente preguiça para questões mundanas de organização de tarefas e para lidar com a vaidade de reis. Comecei a tentar ensiná-la tudo o que os livros indicavam sobre ervas e química, alquimia e natureza, mas também o que eu estudava sobre magia. Ela foi se desenvolvendo aos poucos, cada vez mais capaz de ler e controlar essas forças, até que encontrei registros de que o Único Homem seria capaz de controlar a magia novamente. Nesses escritos e nessas canções, o mundo só poderia ser salvo caso o Único Homem passasse no teste final, contendo o cataclismo e renascendo como O Primeiro. Passei a ver em Minuit essa Primeira. Quando palestramos sobre o assunto, a Congregação rachou. Rachou porque muitos entendiam que ela era uma menina, que precisava mostrar a todos o que via sobre magia, e que, assim, com todos sabendo cada vez mais, talvez conseguíssemos ajudar um mundo onde os Ventos e terremotos pioravam e destruíam, e a magia enlouquecida produzia coisas. Mas outros, como eu, vimos que era ela quem poderia fazer isso por nós, com nossa ajuda. Ela é a Primeira. Estudei ainda mais e tenho certeza disso. Desapareci por semanas, anotando em meu Grimoir o que foi possível sobre o que ela precisaria pra ser a Primeira. Escram ficou protegendo-a até que voltei para fugirmos e para completarmos nosso caminho: levá-la aos sóis e torná-la quem ela é.

Seguiu algum silêncio. Eu olhava para ela até que perguntei, interrompendo Burtm, que começava a falar algo:

— E Escram? Quem ele é, por que a trouxe até você?

— Será que a magia está fazendo coisas sem percebermos, decidindo nossa vida por nós? Todos sabem que a Congregação é o reduto dos boticários, portanto, da cura. Ele diz que viu a casa em chamas, ouviu gritos da menina e o latido do cão. Sem pensar entrou e a retirou de lá. Pensou na Congregação, pois como um lugar que ajuda pessoas, achou que poderíamos ajudá-la.

— Eu nunca vi ninguém como ele — falei —, de onde ele veio? Porque continuou com vocês?

— Ele acredita em mim, viu do que ela é capaz. Ele já não tem mais nada, seus irmãos... — Escram voltou, ainda escondido sob o enorme escudo, sem uma única marca da chuva ácida. Seu rosto estava bem mais calmo, sem a tensão nos músculos. Leve, como quando o conheci. Decidido e firme, como sempre.

— Devemos seguir. A chuva diminuiu bastante, precisamos sair da floresta o quanto antes — Escram falou.

— Finalmente vamos sair daqui! — disse Burtm, já se levantando.

Andamos todo o resto do dia até cair uma pesada penumbra da noite. Assim que Escram nos chamou, achei que era uma ótima ideia o seguirmos, sairmos da floresta e do que quer que ela pudesse criar. Acordei Minuit ternamente, falando em seu ouvido, dizendo que estávamos lá, que tudo ficaria bem, mas que era importante seguirmos andando. Não podíamos ficar parados.

Ela acordou e olhou para cima em direção ao céu, primeiro sem reação. Depois pareceu que iniciaria um novo choro, mas seu rosto perdurou do mesmo jeito, apenas com uma dor profunda. Ela se levantou e uma lágrima rolou em seu rosto. Achou meu braço para se guiar e disse:

— Vamos.

Foi a noite mais longa entre as que estávamos tendo nas últimas semanas. Lembrei-me de alguns de meus homens que desapareceram em rondas pelas cercanias de Finstla, tempos antes de invadirmos Carlim. Como capitão da guarda, eu sempre mantinha um grupo perambulando pela encosta, vigiando se ao longe era possível avistar possíveis ameaças. Assim, tínhamos homens nas muralhas, mas também nas imediações. Eu não gostava quando falavam que tinham ido muito longe, pois não havia exército suficiente para o luxo de perder alguém. Mesmo assim, escondido dos outros, eu cumprimentava aqueles que haviam se afastado mais, porque, desse modo, eu conseguia ter uma noção maior do que acontecia à nossa volta. O terreno havia mudado em muitos lugares. O Vento e os tremores de terra, nestes dois anos, destruíram casas e muralhas, e também mudaram partes do relevo. Pequenos montes apareciam onde havia antes uma depressão. Rios desviados a montante secaram. Pedaços de muralhas, picos de castelos e pedras apareceram no lugar onde antes eram árvores e prados. De dia, nossa sorte era Fruocssem, a montanha gelada no extremo norte, nossa única referência de direção. Os sóis subiam e desciam em duas linhas altas e muito próximas uma da outra, um deles sempre atrasado em relação ao outro. Seguíamos mal utilizando esses marcos, como náufragos em um mar desconhecido onde antes era nossa terra, nossa Nurhm. O único mapa confiável é o que víamos um ou, no máximo, dois dias antes. Quando alguns homens sumiam nas escaramuças de proteção em Finstla, eu pensava que o Vento os havia pego e enterrado em algum lugar. Mas agora, diante desse monstro-árvore, fiquei pensando se poderiam ter sido mortos por uma coisa dessas em algum lugar. Por que eu não vira nenhum desses antes? Alguma coisa em mim torceu para que eles tivessem achado uma morte melhor que um terror assim.

    Olhei para Minuit, que agora dormia. Ela apertara meu cotovelo e minha mão durante a caminhada, andando sem confiança durante o dia. Tropeçou uma vez e outra e mais uma. Cada vez que caía, todos ficávamos preocupados, cada um de sua forma, mas esperávamos por ela. Todas as vezes ela tinha o rosto molhado por lágrimas. Andava encurvada, pesada, como se estivesse procurando abrigo no próprio corpo, como se algo tivesse tirado sua vontade de viver e ela estivesse obrigada a estar ali. O que não deixava de ser verdade, de alguma forma. Ao longo do entardecer, ela passou a tropeçar menos. Reparei nisso pela minha respiração, pois eu não parei mais, assim como os outros, por causa dela. Ela continuava. Vi então sua outra mão encostando nas árvores. Ela subia seus pés, dançava seu peso pelas raízes e arbustos, quase como se estivesse enxergando. Apertava meu braço com mais suavidade. Fomos chegando a um aclive longo, mas bastante íngreme, quase sem árvores, entrando por fim em uma pradaria num platô elevado. Saíamos, finalmente, da floresta e paramos para descansar e dormir.

    Essa pradaria não estava aqui antes, não subindo em direção ao mar. Antes, o que havia aqui era um vale suave, onde as encostas guardavam versões menores de árvores da floresta que abandonamos e também uma mata mais baixa, mais amarelada e acolhedora. Essa mata ainda existia, mas agora alguma coisa havia levantado a terra sob nós em uma nova subida que andamos por dias. A chuva finalmente passara.

    Foram ao todo cerca de três dias de caminhada a passos rápidos. As noites pareceram voltar a ser do tamanho de sempre, mas os dias um pouco mais longos que o costume. A Congregação não chegava nunca, os sóis queimavam nossas costas e nossas cabeças.

Minuit não falou uma palavra até ali. Ela envelheceu mais. Por trás da pele do rosto, agora havia uma camada dura de distanciamento. Mesmo afável na juventude e na forma de inclinar a cabeça para ouvir e para se relacionar, aquela camada anunciava dor e idade, perda e distância. Principalmente dor e distância.

Grande parte desse tempo nós caminhamos quase em silêncio. Por medo. Não víamos ninguém, mas principalmente não encontramos nenhuma nova criação da magia ensandecida. Não falávamos porque tínhamos medo de atrair o que quer que fosse. Só coisas básicas sobre alimentação ou sobre pararmos para descansar ou dormir. Ao fim desses dias, Minuit não precisava mais se guiar por mim.

Então, estranhamente, Escram decidiu falar:

— Minuit, quer aprender a manejar a espada?

— Sim, quero.

Não sei de onde isso surgiu, mas não consegui esconder o sorriso quando ouvi a voz dela novamente. De alguma forma, Escram tinha conseguido alcançá-la. Fazíamos uma parada durante o dia e outra para dormir. Na parada desse dia, Escram prometeu que assistiria Minuit em seu aprendizado. Ficamos preocupados: como ela conseguiria manejar uma espada sozinha, cega?

Escram lhe entregou sua espada curta e começou com um movimento básico, de defesa, esquiva e giro de ataque. Ele a segurou pelo punho, colocou seu quadril no lugar correto e com isso desenhou nela o movimento como um todo. Falava baixo e profundo, deixando-a gradualmente solta de suas mãos e corrigindo-a. Quando ela começou a suar e suavizar bastante seus movimentos, tornando-os mais firmes apenas no final, onde encravaria a espada no inimigo, ele falou que lhe passaria um segundo movimento.

— Precisamos seguir. Não podemos parar por muito tempo em um mesmo lugar — eu disse.

— Calma, capitão. Deixe isso acontecer mais um pouco — Agurn respondeu, olhando deslumbrado para a menina, que se exercitava, repetindo exaustivamente os movimentos graciosos.

O segundo movimento começava com uma defesa semelhante à primeira, mas passava para um gesto cuja intenção era desviar a atenção do inimigo, fazendo um passo largo em volta do oponente e quase o atacando nas costas. Ela demorou mais tempo para conseguir compreendê-lo, se desequilibrava e cansou mais rápido, arfando a respiração. Eu fiquei de pé, obedecido por Burtm e Gomertz.

— Precisamos seguir. Minuit, você pode continuar seus exercícios depois. Estão muito bons — eu disse, tentando encorajá-la.

— Você pode ajudar de outro jeito, capitão. Siga-me. — Agurn me pegou pelo punho e foi em direção à Minuit. Escram dava a volta na menina, falando baixo e acertando a posição de cada movimento. Ela, calada, não retrucava, não se irritava, apenas obedecia. No final, o golpe ficava mais forte, como o guerreiro lhe mostrava. Ela suava, compenetrada.

— Ela já lutou? — perguntei para Agurn.

— Não que eu saiba — respondeu.

Escram agora quase não falava, apenas olhava, tomando uma posição mais ereta, procurando ver o movimento com um todo.

— Pegue sua espada, capitão — disse Agurn. Eu olhei para ele em dúvida, preocupado em seguirmos e no que ele queria com minha arma.

— Minuit — ele continuou, agora olhando para ela —, há um inimigo à sua esquerda. Você o sente? — ela virou um pouco para minha direção. — Não pare seu movimento. Use-o, você vai encaixá-lo naquilo que seu inimigo fizer. Você o sente? — ela virou o corpo totalmente para mim. A espada dela veio em minha direção e recuei. Seu movimento em volta do inimigo estava longo e eficiente. No final, a espada forte passou a centímetros de minha perna e olhei para Agurn:

— O que você está fazendo? — desembainhei minha espada.

— Minuit, concentre-se — ele falou —, não pare esse movimento, ele vai se encaixar no que você tem de fazer. Você tem de matá-lo.

— Agurn! — gritei, quase sem tempo de reagir contra ele, pois Minuit reagiu à fala com um movimento mais longo e a sua espada firme só foi parada pela minha. Burtm e Gomertz se sentaram como espectadores. Ela recuou um pouco e eu tentei empurrá-la para ganhar mais tempo, mas ela pareceu ver minha mão, desviou e veio com vontade, dando a volta em mim e investindo. Escram olhava e disse baixo e forte:

— Minuit, o inimigo poderoso vai sempre perceber e aprender com seu último golpe, assim como com os outros. Vai tentar se misturar a seus movimentos como areia em volta de uma pedra, como água em volta de um copo. Você precisa mudar suavemente seus movimentos, precisa enganá-lo.

Minha reação foi tentar recuar daquela loucura. Minuit veio mais para frente, como se ouvisse meus passos, como se soubesse exatamente o que eu estava fazendo. Olhei para ela e em seguida para Agurn e Escram:

— Por que vocês não vêm fazer isso? — gritei.

Ela veio para cima de mim com movimentos ondulantes e rápidos. Ela fazia o mesmo movimento básico, mas mudando-o um pouco de cada vez, inventando novas investidas e colocando novos pontos por onde seu corpo passava, que me chamavam a atenção e desviavam meu foco, fazendo com que eu tivesse que me movimentar rápido para não ser machucado.

— Minuit, não quero machucá-la, nem quero que você me machuque! — avisei. Mas essa fala não mudou nada. Ela veio para cima, mais rápido.

— Minuit, concentre-se. As mudanças de seu movimento precisam estar de acordo com sua postura como um todo, de acordo com seu equilíbrio — disse Escram, emendando logo em seguida —, não pense na sua mão ou na espada, o movimento que você faz é o movimento como um todo. Esse todo é que dá força e engana o inimigo. Não ponha força no punho, ponha na cintura primeiro.

Ficou um pouco mais difícil aparar seus golpes. Comecei a tentar me antecipar e pensar em como atacá-la para afastá-la de mim, mas nas duas vezes em que achei ter percebido uma brecha, nossas espadas bateram de maneira a nos desequilibrar e imediatamente ela voltou a seu movimento, tentando me enganar e entrar em minha defesa. Notei que comecei a suar.

— Minuit, dê a volta maior em seu inimigo quando for atacá-lo! — disse Agurn.

Ela veio e eu estava me esquivando e aparando golpes principalmente em meus flancos, e agora ela dava a volta e mirava as costas de meus ombros e minha lombar, chegando a encostar de leve em minha armadura com a ponta de sua espada. Eu tinha de pular mais para trás a cada vez que ela atacava, percebi que isso me cansaria rápido. Tinha de me focar mais:

— Bem, Minuit, então vou te fazer suar.

Comecei a tentar movimentos que dessem também a volta nela, mas a menina logo acoplou golpes no fim de seu gesto quando percebia que eu saía da posição em que estava. Fazia aberturas equilibradas da espada em minha direção, me mantendo longe em um primeiro momento, mas depois vindo para cima com seu movimento básico modificado, e eu precisava me desviar daquilo e me reposicionar.

— Dê a volta nele, Minuit! — gritou Agurn. — Não é apenas esse inimigo que você tem. Você acha realmente que só terá um inimigo para te matar? Que quando for atacada será por apenas um homem? — notei que Agurn empurrara Gomertz e Burtm para cima da menina. — Vamos, tirem as espadas, surpreendam-na! Parem ela! Defendam seu capitão!

Eu não tinha como responder àquilo. Estava totalmente compenetrado nela, controlando minha respiração e esperando que ela se cansasse, que ela me desse algum espaço para empurrá-la, para afugentá-la, mesmo para acertá-la. Já matei, já enganei tantos inimigos, de onde será que vinha tanta energia, tantos movimentos, tantos golpes dela?

— Vamos! — gritou Agurn novamente, e ela acelerou.

Não sei se Burtm e Gomertz entraram na luta por brincadeira, mas sei que entraram e começamos a cercar Minuit com as espadas em punho. A menina não parava. Vinha para cima de mim e no início ignorou meus dois homens, contra quem apenas se defendia quando pressentia seus movimentos. Os olhos ficavam posicionados no chão. Pareceu então aumentar seu foco para nós três. Diminuiu suas investidas contra mim se defendendo deles, segurando seus punhos e empurrando-os, esquivando-se ou apenas aparando os golpes. Percebi que ela abriu mais a boca e começou a respirar mais forte. Finalmente conseguiríamos cansá-la.

— Girem, homens, girem! — eu falei, abrindo mais a roda que a cercava. Mas isso não bastou. Ela inspirou uma vez e investiu com a espada mais alta sobre mim, conseguindo acertar de leve a ponta de minha ombreira. Tentou atacar Gomertz em seguida e recuou de Burtm, que se aproximou evidentemente sem um plano.

— Minuit, você precisa pensar no todo, precisa desenhar um plano inteiro. Precisa afastar inimigos para que possa se aproximar de um alvo — disse Escram.

— Você precisa dar a volta nesses idiotas, sair do meio deles, Minuit! Rápido! — gritou Agurn com sua voz estridente e dura e ela acelerou ainda mais.

Minuit se lembrou de seu movimento inicial. Veio com fúria, desenhando e redesenhando os gestos, juntando-os para afastar um de nós e tentar atacar o outro mais próximo, inicialmente, e depois até o mais distante, para nos surpreender. Seguimos tentando nos aproximar dela, Gomertz quase conseguiu segurá-la para derrubá-la, mas Minuit estava realmente rápida e conseguiu se colocar em uma posição de vantagem, desvencilhando-se dele com rapidez. Posicionou-se novamente e partiu para cima de nós com vontade renovada, embora talvez isso fosse apenas suas últimas explosões: ela estava ficando exausta.

— Vamos pegá-la, homens, vamos lá, parem ela! — ordenei.

— Minuit, você é um todo — disse Escram —, não pode acelerar se seu corpo não se sustentar pelo tempo que ele pode precisar. Uma guerra é algo longo, nunca é apenas um movimento. Respire — disse Escram.

Eu suava, assim como Burtm e Gomertz. Precisava ter alguma ideia para pará-la. Ao mesmo tempo, tinha medo de machucá-la. Precisávamos de alguma coisa, algum movimento pelo qual ela não estivesse esperando. Pensei em tentar dissuadi-la começando a falar, mas não tinha fôlego. Tentei então me aproximar dela, lutar mais perto de seu corpo para desequilibrá-la e para fazer com que fosse obrigada a mudar de movimento e desse mais espaço para que os demais a atacassem. Fui me aproximando e por alguns momentos consegui perceber o cheiro de seu hálito e o padrão de sua respiração quase em minha boca. Mas logo ela ia para longe. Agora iríamos pará-la, pensei, pois essa vez em que cheguei mais perto foi a vez em que quase a desequilibrei, foi quando ouvi um grito assustado dela. Em resposta, a menina aumentou sua velocidade, o som de espadas batendo enquanto nos defendíamos por reflexo puro. Agurn então gritou:

— Minuit, mais rápido — e completou pausadamente —, dê a volta neles! — E ela obedeceu. Acelerou ainda mais, ainda mais, até que desapareceu. Nós nos movimentávamos o mais rápido que podíamos e ela desaparecia e ressurgia, rápida como a luz, atrás de mim, de Burtm e Gomertz, atacando e empurrando. Era tão rápida que estava em toda a nossa volta e no meio de nós. E quando nos empurrou uma e outra vez, quando bateu com a chapa da espada nas minhas costas e nas costas dos homens, ela começou a dar risadas. Uma risada sinistra, infantil, distante e cruel. Eu não sabia o que fazer. Ela estava em toda parte. Rindo de nós. Podia nos atacar de onde quisesse. Comecei a recuar, recuar, tentando me antecipar a ela, até que gritei:

— Chega, Minuit! — e ela parou à minha frente. Parou, levantou o braço devagar, segurou meu cotovelo e fez algo que só então percebi estar me fazendo tanta falta: sorriu.

Começamos a recuperar o fôlego. Minuit foi até Escram e lhe direcionou a espada curta, devolvendo-a. Ele lhe entregou a bainha:

— É sua, agora.

— Como você fez isso, Minuit? — perguntei.

— Esse é um dos problemas, capitão. Ela não sabe repetir as maravilhas que é capaz de fazer — disse Agurn. — Agora vamos, não podemos ficar muito tempo no mesmo lugar.

Aquele sorriso não perdurou muito mais tempo. Na verdade, logo se foi. Ela ficou menos distante conosco, mas a dureza sob a pele ainda estava lá. Começou a falar um pouco mais, pelo menos pedia as coisas, falava quando tinha fome ou sede ou quando estávamos andando devagar. Mas à noite ela chorava, vagarosamente e sozinha, em silêncio, talvez pensando em Ru.

Andamos ainda mais uns dois dias para cima. Havia algumas depressões leves no caminho, mas me lembro bem daquela subida infinita, era como se alguma coisa estivesse enterrada embaixo de nós. Minuit andava depressa, tinha uma energia que parecia infinita. Ela realmente me surpreendeu naquela luta, naquele treino. Fiquei imaginando como ela fizera aquilo, ainda mais sobre mim. Eu nunca havia perdido uma luta. Nunca havia perdido uma luta homem a homem desde os meus 16 anos. Mas além de rápida, ela, bem, era ela.

Sempre consegui antecipar o inimigo, sempre consegui pensar como o inimigo, e sempre tive muito equilíbrio. Talvez fruto de meu treinamento com meu tio, que foi um mercenário por muito tempo e liderou um grande bando por anos. Ele conhecia a guerrilha, conhecia a guerra e conhecia meu corpo: apanhei muito até conseguir erigir todos os reflexos que me fizeram guerreiro depois. Meu tio dizia que a habilidade de um homem começa primeiro no corpo. Mesmo que eu fosse inteligente, tinha que aprender a esquivar, a resistir à dor e a contra-atacar.

Minuit me envolveu completamente. Não queria machucá-la, mas usei tudo o que tinha naquela hora e não conseguia muitas vezes nem vê-la, quanto mais antecipar seus movimentos, mesmo antes de ela desaparecer e reaparecer nos atacando. Na verdade, depois que seus movimentos se concluíam, eu até conseguia entender como ela estava pensando, mas a velocidade com que ela o fazia era surpreendente.

— Agurn, por que ela não consegue repetir seus movimentos, repetir as coisas extraordinárias que consegue fazer? — perguntei. Se ela não soubesse repetir os milagres que fazia, como conseguiria controlar ou fazer qualquer coisa em relação aos Ventos e terremotos, à magia, aos monstros que estavam aparecendo? O que ela conseguiria contra os sóis?

— É por isso que tento colocá-la em contato com seu poder continuamente, capitão. Acredito que quanto mais ela possa estar exposta à magia e à energia da magia, mais poderá entendê-la. Eu anotei em meu Grimoir diversas histórias sobre homens que tentaram entrar em contato com a magia para tentar usá-la como Minuit. Tenho uma boa memória, mas precisamos mais. Quanto a ela saber o que fazer sob os sóis, em relação aos Ventos, essa é outra boa pergunta: se ela não souber o que fazer, se não estiver o melhor preparada possível, vamos todos morrer. Aliás, se não fizermos nada, vamos provavelmente morrer de qualquer forma. Bem, se algum de nós sobrevivesse, no entanto, mesmo que nada desse certo, imagine o quanto essa pessoa descobriria com tudo isso, com ela, com ela sob os sóis. Mas essa alternativa é estúpida, vamos todos morrer caso ela não consiga controlar esses cataclismos. Ela é a melhor chance que Nurhm tem.

— Gomertz perdeu para uma criança — Burtm desdenhou, rindo —, o Ceifador de Mãos Gomertz não é mais o mesmo. — Ele repetiu isso até Gomertz acertar uma grande bola de cocô seco de cavalo em sua cabeça. Na realidade, estavam estupefatos com ela, e eu sei disso porque eles estavam sempre a olhando e porque não chegavam mais perto da menina.

PARTE NOVE

Entardecia quando comecei a perceber que chegávamos ao limite daquela subida contínua. Isso porque uma brisa fria se adensou, vindo do outro lado da ponta do morro. Demos os últimos passos e finalmente avistamos a Congregação.

Era uma construção magnífica. Eu já ouvira falar dali, mas nunca havia vindo para essa região. Também nunca tinha me preocupado em vir a um lugar onde ninguém poderia entrar, exceto os boticários.

A Congregação era a grande escola dos indivíduos treinados nas artes da cura e da transformação por meio da química e da alquimia; indivíduos que andavam com seus vidros e suas substâncias, recolhendo conhecimento e, por que não?, aventuras; indivíduos que sabiam recolher fungos e venenos de animais para conseguir fazer poções e elixires com poderes incríveis sobre pessoas e coisas. Já vi boticários capazes de queimar casas com o líquido de um vidro partido, conseguirem aumentar em três vezes a força de um homem com um chá, capazes de fechar feridas do tamanho de punhos mergulhando nelas uma massa gelatinosa e fedida. Mas não havia nenhum boticário quando minha filha morreu vítima dos Ventos do oeste. Nenhum boticário estava lá quando meus homens foram morrendo na mina em que fomos enterrados vivos. Nenhum.

Porque eles eram errantes e isolados. A Congregação sempre fora impenetrável. Todos conhecem as canções sobre a Guerra dos Três Túmulos ou a Guerra das Muralhas D'Água, tentativas de invasão da Congregação. Até hoje, quando as crianças são más, diz-se que serão entregues aos boticários para serem cozidas na Congregação ou, quando se quer um pouco mais de pavor e obediência, que serão jogadas no fosso de água que circunda suas muralhas: nessa água, as pessoas apenas afundam, nunca boiam. A verdade é que pelo menos nos últimos 100, 150 anos, nenhum rei pensou em fazer qualquer ato contra a Congregação, pelo contrário, tentavam ao máximo manter boas relações.

Havia a muralha, grande e alta, perdendo-se na penumbra que trazia a noite. Era feita de rochas grandes e retas, colocadas juntas com esmero e rigor geométrico. Eram enormes e me perguntei quem as conseguiria levantar daquela forma. Mesmo a distância, pareciam lisas, impossíveis de escalar. Do lado de dentro, campos e casas de pedras e de madeira se espalhavam pelos campos que lá haviam. Em alguns lugares, as casas eram mais próximas umas das outras, principalmente as mais perto da muralha. Fiquei procurando um castelo, mas não havia nenhum, apenas as torres.

Eram torres circulares e gigantescas que também se adensavam em alguns pontos e se dispersavam em outros, as mais altas quase de uma mesma altura, outras mais baixas e menos robustas. Muitas torres tinham janelas brilhantes por algum fogo aceso em seu interior. Outras garantiam uma vista muito distante além das muralhas. As torres eram como espinhos luminosos saindo da terra. A entrada da Congregação era uma ponte levadiça fechada e enorme, distante. Por quase toda a volta visível da muralha, o fosso.

— Por que as torres, Agurn? — perguntei. Íamos acampar ali, estávamos sentando, olhando aquelas formações de pedra no início da noite. Sentei ao lado de Minuit, sentindo a brisa gelada.

— Mestre Gundar... Por que as torres, você pergunta... Bem, as torres garantem a melhor forma de cozinhar nossos experimentos, poções e afins. Precisamos de muito calor para conseguir transformar nossos materiais e para misturá-los. A torre é a melhor forma de concentrar esse calor e de expulsar a fumaça resultante dele. Também porque é a melhor forma de mantermos nossos ingredientes e livros facilmente à mão, sem precisar ocupar muito espaço e podermos dividir a segurança das muralhas. Por último, caso precisemos nos defender em nossas torres, é mais fácil ter uma posição vantajosa, mais alta, sobre o inimigo.

— E quantos boticários dividem uma mesma torre? Todo boticário tem uma torre? — perguntou Burtm.

— Nem todo boticário tem sua torre. Ele deve merecer ter uma torre sozinho. Quando um boticário inicia seu aprendizado, começa em palhoças simples, perto das estrebarias. Precisa merecer.

— E o Grimoir deve estar onde? — Burtm ficou curioso.

— Precisamos encontrar Athelenthar, o Sábio.

— Quem?

— Athelenthar é um grande amigo — respondeu Agurn —, Athelenthar é um grande boticário. Nós estudávamos juntos a existência e as habilidades de Minuit. Ele seria o vice, abaixo apenas do boticário-mor. Se ele vencesse o torneio, a quantas coisas nós teríamos acesso... As alas escondidas da biblioteca estariam a nossa disposição. Ele me ajudou a escapar. Nós o esperaremos em sua torre, ele poderá nos ajudar a recuperar o Grimoir.

— E o que há no Grimoir, por que ele é tão importante?

— Eu, Athelenthar e mais alguns boticários transcrevemos todas os poemas e canções que pudemos achar em relação às profecias sobre o retorno da magia e sobre o salvador, aquele que pode controlá-la. Esses poemas e canções é que nos dirão como achar o caminho até os sóis e como continuar treinando Minuit. Pelo menos um terço das transcrições eu não havia lido até antes de perder o livro.

— Só há uma entrada, pela ponte levadiça? Onde fica a entrada do Gran-Hospital? — perguntei. O Gran-Hospital, dizia-se, era uma grande entrada em forma de concha de pedra, que ficava na muralha da Congregação. Os enfermos entravam por ali em pequenos barcos e remavam, devagar, jogando suas riquezas fosso abaixo e eram aceitos ou não para serem curados pelos boticários. Essas pessoas chegavam até algum lugar dentro da concha escura e distante da vista de qualquer um onde eram cuidadas. De todas as pessoas que voltavam melhores, nunca nenhuma delas foi capaz de contar o que viu e como foi seu processo de cura. Voltavam sem memória. A concha era um lugar de aposta: se fosse aceito, voltaria curado; se não fosse, voltava tendo batido o barco na muralha. Dizia-se também que os barcos tinham de ter o mesmo tamanho sempre. Barcos grandes sempre afundavam.

— Fica do outro lado do que estamos vendo.

— E como vamos entrar? — perguntei.

— Ainda não sei... Precisamos nos aproximar e ver como as coisas estão — respondeu Agurn. — Vamos por ali, pela nossa esquerda. Ali naquelas árvores mais altas vamos conseguir ver como está o fosso e o movimento na Congregação.

Eu estava perplexo com a imagem. Era um dos locais mais bonitos que já vi, mais enigmáticos. Estava tão surpreso que resolvi me arriscar com Minuit, que estava quieta como sempre.

— Posso descrever a Congregação para você, Minuit? — ela esticou as costas para trás, devagar, como espreguiçando-se. Sua voz de menina ressoou forte.

— Eu vejo mais que a Congregação, capitão. Eu vejo linhas; na verdade, sinto as linhas. Sinto o peso das coisas e como elas se influenciam, como elas pesam umas nas outras e como se puxam e como nos puxam. Vejo linhas, linhas de magia. Se eu pudesse pegar em cada uma delas e puxá-las, talvez eu pudesse dar um nó naquelas mais distantes com estas que estão sob nós, formando uma só. As linhas, as forças, capitão, são a base de tudo, estão em tudo e conectam tudo. São brilhantes e curiosas como uma borboleta. É com elas que se podem fazer as coisas além das coisas. As torres têm grande energia, assim como o ruído dos animais, aqui próximo, como o medo que seus homens têm de mim. Eu ouço a energia das forças e tenho dificuldade de dormir ouvindo tudo isso.

— São linhas da magia? — eu queria entender.

— São as linhas que compõe tudo, são as linhas do que existe. São as linhas que nos suportam sentados aqui. Quer pegar uma?

— Como?

— Estique a mão.

Eu estiquei e ela pegou em meu punho, esticando-o para frente.

— Estique os dedos, formando uma pinça e fechando-a devagar.

Estiquei o braço e os dedos e era como se eu estivesse fechando minhas mãos delicadamente na parte superior de uma torre, como se fosse pegá-la, olhando dali de onde eu estava. Aproximei as pontas dos dedos muito devagar e com muita atenção. Quando finalmente os fechei, não havia nada.

— Não pegou? — Minuit falou.

— Não — eu disse.

Todos me olhavam. Burtm riu, Agurn riu em seguida e voltaram a olhar para a Congregação distante.

Mas, de repente, eu achei que meus dedos tivessem, sim, encostado em alguma coisa.

PARTE DEZ

Para conseguir medir a passagem do tempo, comecei a usar meu cansaço. Quando me percebia pesado e desatento, às vezes até um pouco mal-humorado, imaginava que haviam passado umas duas horas. Acreditava que poderia, assim, criar independência do tempo dos sóis. Quando percebia meu cansaço, eu geralmente puxava meu corpo mais um tanto de horas, até fazer-nos parar para descansar. Mas as minhas botas estavam começando a ficar gastas demais.

Agora que estávamos mais perto da Congregação, decidimos andar apenas quando os sóis começavam a descer, deixando sombras mais longas e escuras. Andávamos atentos a qualquer barulho e falando pouco. Nosso medo era uma emboscada dos guardas da Congregação. Eu mandava Burtm e Gomertz à frente para observarem possíveis ameaças.

— Nós vamos precisar descer uma encosta à frente, senhor, e procurarmos um vau por onde passa um rio lá abaixo — disse Burtm.

Minuit não falava muito mais comigo. Falava apenas com Agurn. Estava imersa em pensamentos. No entanto, sentava e dormia perto de mim. Diante dos cataclismos dos últimos anos, as plantas teimavam em renascer da terra revirada e das pedras em desordem. Começamos a ouvir um som de água, bastante abaixo de onde estávamos escondidos entre as árvores. Estávamos chegando ao ponto alto onde Agurn havia falado de observarmos a Congregação.

— Não consigo ver água no fosso — falou Agurn, forçando os olhos.

— Eu também não — respondi. A enorme ponte levadiça estava erguida e o fosso era uma rachadura gigantesca e vazia à volta e aos pés da rocha alta das muralhas. Uma sorte esse lugar ainda estar intacto assim. Fiquei pensando o quanto todo o resto havia mudado, ruído, se transformado.

— O fosso é alimentado diretamente pelo rio Vern. Passa em toda a volta da Congregação e segue em direção ao mar. Na verdade, a Congregação fica em uma ilha. Alguma coisa deve ter acontecido com o rio — comentou Agurn.

Seguimos abaixo para buscar uma visão melhor. O som da água aumentara até ficar muito próximo. Foi quando Minuit virou para nossa esquerda e andou decidida mata adentro. Escram a seguiu. Parei, hesitante, desviei o grupo e os segui também.

O som da água ficou cada vez mais claro até que chegamos assustados a uma cachoeira invertida. A água subia ao invés de descer. Estávamos em uma crista larga de pedra e o rio se abria em direção a uma enorme clareira. Por ali a água deveria vir pela clareira, ondulando por entre as pedras e cair colina abaixo em direção aos veios de água distantes. Mas não. A água subia ativamente, pedra a pedra, escalava e corria, voltando.

— O que é isso? — gritou Burtm, pulando para trás. Ficamos olhando esperando uma resposta qualquer. — Agurn? — perguntei.

— Não sei.

A água refletia a luz do sol poente. Borboletas voavam e o pouco calor parecia um convite à quietude. Fiquei olhando aquilo. O rio sumia na curva de uma clareira.

— Não! — gritou Gomertz. Minuit não havia se contentado e abaixou a mão para dentro da água. Arregalei os olhos. — Minuit, o que está sentindo? — ela tirou a mão da água e se levantou.

— Nada.

Escram fez o mesmo. Levantado, não fez expressão alguma. Nada aconteceu com ele, que simplesmente enxugou as mãos e ficou nos olhando. Agurn vigiava a Congregação.

— Eles provavelmente aumentaram as rondas. Antes colocávamos patrulhas a cada dez minutos ao redor da Congregação. Agora deve haver mais grupos e mais homens por grupo de patrulheiros. Eles sopram chifres para alertarem as muralhas de algum perigo. Não consigo ver água no fosso e talvez esse rio invertido explique isso. Há uma fenda no fundo do fosso, na parede da Congregação. Por ali a água é cuidada: passa por uma lâmina, forma uma espiral e entra em um receptáculo formando um espelho de água. Ali gotejamos as substâncias que fazem a água nos proteger: pingamos o que faz a água se manter fora da Congregação e não entrar por aquela fenda e pingamos a fórmula que faz a água pesada, que faz tudo afundar nela. Talvez nós possamos entrar pela fenda. Dois boticários são perpetuamente encarregados de manejar a pingadeira e equilibrar os elixires.

— Lá dentro precisaremos ser rápidos e não chamarmos a atenção de ninguém — comentei.

— Provavelmente a guarda está mais alerta dentro da Congregação, mas não os boticários. Eles já estavam enlouquecidos estudando o que a Magia podia fazer. Cajados que entortavam a luz, correntes indestrutíveis. Deram força de touro para um aldeão que passou a conseguir levantar pedras enormes como se fossem pedaços de papel. No entanto, todas as experiências com humanos levavam a um mesmo fim: eles morriam.

A fala de Agurn estava sendo marcada por um som rítmico de uma lâmina sendo afiada. Escram sentara no chão e usava três pedras de amolar presas a seus dedos como anéis e, vagarosamente, afiava sua longa espada.

— Muitos deles queriam a alquimia, queriam a plena união entre os milhares de anos de desenvolvimento e conhecimento dos boticários sobre ervas e poções com a magia que se espalha hoje pelo mundo — continuou Agurn —, queriam insuflar mais ar nas artérias dos homens para que corressem mais rápido, queriam que cada boi tivesse dois corpos para que rendesse mais carne. Horrível o que faziam — parou por um instante —, horrível... — Minuit estava se encolhendo aos pés de uma árvore. A cada lembrança de Agurn, parecia que seu corpo gemia de medo.

— Mas a magia poderia fazer coisas boas também, não? — perguntou Burtm.

— Sempre pensei assim, mestre Burtm — respondeu Agurn. — Sempre pensei que ela poderia nos levar a ser maiores e mais livres.

Poderia nos livrar da morte e da tristeza, da miséria e da dor. Mas não é isso que todos querem, apenas algumas pessoas.

— Parece que a luz está começando a se desfazer. Agurn, você acha que podemos chegar a essa fenda ainda hoje? Lá dentro teremos a vantagem do escuro da noite — perguntei.

— Sim.

— Vamos, então. — Minuit continuava sentada. — Minuit? O que foi?

— Não vou. Não vou! — disse com a cabeça inclinada para baixo e as sobrancelhas ameaçadoras.

— O que houve? — eu quis saber.

— Não posso voltar lá, não depois de tudo o que fizeram comigo, com os outros. Quero ficar aqui ou quero ir embora, quero ir para os sóis, para qualquer lugar! Agurn, vamos embora, cumpra o que me prometeu e acabe com isso! — Falando assim, sem nenhuma tratativa como mestre, senhor ou algo semelhante, Minuit demonstrava muita intimidade ou muita raiva por Agurn.

— Acalme-se, Minuit... — recomecei.

— Calma? Calma? — ela gritou. — Vocês estão com medo, vocês não querem perceber, mas estão como frangos de abate, como cordeiros com a faca no pescoço! Eu sinto o cheiro, o cheiro de medo! É ridículo! Não quero ir! Não quero voltar a um lugar que me custou tanto a sair.

— Minuit... — chamei.

— Chega disso, menina! Você é ninguém sem mim! — ralhou Agurn. — Fui eu quem a retirou da Congregação e agora você me deve! Você sabe disso! Contenha-se! Você não vai conseguir se proteger sozinha caso seja encontrada aqui e nós não podemos dispender de ninguém se quisermos sair vivos e com o Grimoir. Pare com isso!

— Você não pode me obrigar! — Ela se levantou se escorando na árvore e com a face encurvada.

— Minuit — era Escram, colocando a mão no ombro dela —, por favor, não fique aqui sozinha. Venha conosco, ficará mais protegida do que aqui sozinha, independente de estarmos novamente na Congregação. Nós já conhecemos o espaço lá, mestre Agurn mais do que ninguém. Entraremos e sairemos sem ninguém nos ver. — Minuit soltou ligeiramente os ombros e virou o rosto devagar. Depois assentiu.

— Nós realmente precisamos entrar? Quer dizer... — era Burtm.

— Sua estupidez ainda o deixará eternizado, mestre Burtm! — gritou Agurn, revirando os olhos.

Andamos furtivamente nas sombras de fim de dia, nos restos dos arbustos e sob as árvores, seguindo o curso do rio invertido. Olhávamos para todos os lados. Coloquei minha mão em Minuit mais de uma vez para lhe dar indicações mais rapidamente, mas ela logo a afastou, sem dizer nada. Andava com um pequeno cajado, um galho de árvore, mas que mal utilizava para guiar-se. Mantive Burtm e Gomertz um pouco mais distantes em relação a nossa posição, Burtm mais perto do rio, pois seu arco daria pouca chance caso um inimigo aparecesse atravessando a fraca correnteza. Pensei em deixarmos os escudos, mas sem saber o que poderia acontecer, Gomertz e eu os carregávamos. Escram não deixaria seu enorme escudo de forma alguma.

Nada apareceu até bem próximo do fosso vazio. O muro alto da Congregação se avolumava a nossa frente e, por fim, pude distinguir a enorme figura de um boticário entalhada na pedra alta ao lado da ponte levadiça; do outro lado, um enorme vaso que se assemelhava aos vidros que Agurn carregava. Talvez porque as pedras fossem enormes e muito pesadas, o Vento não as havia levado. Nas ameias do alto da muralha, pequenos pontos de tochas andavam de um lado para outro, algumas ficavam fixas. Até agora nenhum sinal de nos terem visto.

— Agurn, isso aqui é um abismo escuro! — sussurrei, segurando Agurn pela manga e puxando-o para sermos olhados pelo fundo do fosso.

— Todo o escuro tem um fundo, mestre Gundar. É realmente nossa melhor chance de entrar agora. Você está querendo voltar atrás, capitão? — olhei-o com raiva.

— Você e Minuit descem primeiro, eu e os demais vamos vigiar aqui. Você vai na frente para guiá-la na descida. Burtm, você vai em seguida. — Escram e Gomertz se fecharam ao meu redor. Eu os olhava descendo e cambaleando. Cada passo que davam os fazia escapar e quase cair. Minuit respirava forte.

— Senhor, a descida é pedra e areia, se soltando... caindo, derretendo! Não há onde segurar! — disse Burtm. Não tínhamos nenhuma corda.

— Pare de falar, Burtm! Espere eles descerem mais ou irá soltar pedras sobre eles. Escolha as pedras mais presas! — eu disse, controlando o volume da voz e olhando para as tochas lá em cima. Não havia mais o que fazer, tínhamos que descer.

— Ei, vocês!

Eram guardas da Congregação. Usavam uniformes semelhantes ao de Lobo, seu chefe que tivera o olho arrancado por Agurn. Armaduras leves e resistentes e os escudos redondos. Vi quatro homens que desembainharam as espadas e vieram em nossa direção no lusco-fusco. Depois vi mais três, abrindo pelo outro lado, nos fechando contra o precipício.

Escram não hesitou. Posicionou o escudo à frente e disparou sobre o primeiro grupo, desembainhando sua espada. Eu corri a seu lado com o mesmo movimento e ouvi quando Escram cortou a primeira garganta. Os guardas se fecharam em uma parede de escudos rapidamente, posicionando dois por cima dos homens da linha de frente; quando Gomertz e eu íamos fazer o mesmo, um dos guardas sacou um chifre da cintura para levá-lo a boca e tocar pedindo ajuda. Fiquei gelado até Gomertz bater com o escudo no homem e lhe decepar o membro, memorando seu codinome de Ceifador de Mãos. O homem gritou e caiu de joelhos. Nós nos juntamos em nossa pequena parede de escudos e, então, Escram passou a se mover à frente com os cotovelos abertos, nos levando consigo, nós que éramos uma parede de escudos. Rapidamente, estávamos corpo a corpo com os guardas; Escram abria e fechava os escudos em movimentos justos e contínuos, estocando, cortando e empurrando com violência, como uma pedra rolando uma montanha. Nós o acompanhamos, cortando e afundando, e fomos dando a volta no conjunto de inimigos. Escram era um verdadeiro matador. Firme, contínuo, quase sem expressão, absolutamente protegido por seu escudo como um muro móvel, que se movia apenas para que ele pudesse matar e avançar. Ainda fico admirado quando percebo como todos esses movimentos de morte me deixam em uma tensão calma e apaixonada. Simplesmente sei o que fazer. O medo era um grito e os reflexos me impelindo, matando, sangrando o inimigo. Fomos rápidos como a faca de um ladino. Gomertz enfiou a espada pelo queixo de um dos guardas, tirando faísca de seu peitoral, quando percebi que o último dos guardas pegava novamente a trombeta de chifre, desesperado para conseguir ajuda; me joguei sobre ele e o agarrei, amassando o instrumento contra seu rosto, sem possibilidade de ele soprá-lo.

— Não, não, seu verme — eu disse —, o que você fará é dizer que está tudo bem, que não há com que se preocuparem. — As tochas lá acima, nas ameias da muralha, gritavam, perguntando o que era o barulho aqui embaixo.

O homem obedeceu com minha espada em sua jugular. Achei cruel demais matá-lo. Nós o amarramos e o amordaçamos com suas próprias roupas, depois o deixamos na beira da estrada que levava à ponte levadiça. Amanhã pela manhã o achariam, mas nós já estaríamos longe. Tínhamos de estar bem longe. O sujeito estava sentado no chão, amarrado e amordaçado com trapos de suas roupas quando vi Escram voltar, agachar e agarrar-lhe pelo pescoço, retirando o pano da boca:

— Outros como eu, carregando um escudo como este, você viu? — perguntou como uma silhueta selvagem para o guarda.

— Não... — respondeu o guarda, apavorado e desconcertado. Escram fechou novamente sua boca com o trapo e levantou.

— Você perguntou sobre outros como você? Sobre quem você está falando, Escram? — Ele passou por mim sem parar.

— Meus irmãos, o que tiver sobrado de meu povo. Se ainda algum de meus irmãos vive, eu vou encontrá-los — respondeu seguindo de volta onde estávamos antes.

O abismo negro do fosso iluminava-se agora pela luz da lua, exceto na parte onde precisávamos ainda descer. Ali a escuridão era quase plena.

— Agurn? Burtm? — chamei. Nenhuma resposta.

— Desça, capitão, desça com cuidado! — era Burtm, finalmente.

— Rápido!

Comecei a descer, mas a parede também. A parede era terra, pedras soltas e areia. Tudo móvel, tudo descendo. Todos os lugares onde colocava meus pés se derretiam como dunas e as pedras maiores miravam nossas cabeças. Quanto mais eu tentava me segurar, mais ficava difícil me equilibrar e o escudo atrapalhava. Desci entre o medo de fazer barulho e de desabar no negrume escuro.

Comecei a ouvir Burtm fazendo força e pedindo ajuda assim que vi de relance a cabeleira de Agurn e os cabelos vermelhos de Minuit. Cheguei tombando no fundo do fosso, feito de pedras e terra úmida.

— Onde está Burtm? — perguntei.

— Ele está do outro lado dessa pedra, capitão. — respondeu Agurn. — De algum jeito ele desceu para o outro lado e disse estar preso em alguma coisa. — Escram e Gomertz chegaram logo depois de mim.

A pedra enorme era molhada e áspera como um coral do fundo do mar.

— Gomertz, Escram, me deem uma mão para subir.

— Capitão, nós não temos tempo, temos? — disse Agurn, em tom acusatório.

— Está sugerindo que eu deixe um de meus homens?

— Estou mencionando que não temos tempo. Qualquer momento desperdiçado aqui na Congregação, ainda mais nesse fosso, é mais risco de morrermos. Há tempos não sei o que está acontecendo exatamente aqui, mas sei que não podemos confiar nesse fosso vazio.

Olhei-o na penumbra e lhe dei as costas.

— Gomertz, Escram — chamei. Eles me alçaram e me jogaram para o outro lado, riscando meu peitoral e meu queixo, mas não reclamei e logo vi Burtm, que entre pedras como as que estávamos, estava até os joelhos em um buraco cheio de água. Fui até uma pedra ao lado dele, onde ele apoiava as mãos, fazendo força para sair.

— Burtm, vamos, me dê a mão para eu puxá-lo — ele obedeceu e o puxei com todas as minhas forças pelas axilas. — Vamos, Burtm, mova as pernas, será que você quebrou algum osso?

— Acho que não, capitão — abracei-o pela cintura e ele gritou de dor, mas não saiu do lugar.

— Capitão? O que está acontecendo aí? — perguntou Gomertz.

— Não sei. Burtm está preso em uma espécie de buraco. Você está enterrado na terra? — perguntei para ele.

— Não, senhor.

— Ele não caiu em uma pedra como nós, ele está em um buraco cheio de água que vai até seus joelhos, mas alguma coisa está segurando ele, não consigo puxá-lo, nem com ele me ajudando. — expliquei para Gomertz.

— Me deixe aqui, capitão, siga seu caminho. Eu fiz minha parte nessa vida servindo-o — falou Burtm.

— Deixe de estupidez, Burtm, não vou admitir perder mais ninguém — olhei em seus olhos.

— Ele está preso na água, capitão. A água que afunda — falou Agurn.

— Pelos deuses... e agora? — eu suava — Como o tiramos daqui? O que vocês faziam quando algum boticário caía no fosso?

— Oferecíamos a torre dele a outro... — respondeu Agurn.

— Venham para cá agora! — chamei brusco.

Eles se ajudaram e vieram para o outro lado com dificuldade. A lua se erguia mais e iluminava em branco suave o mar de pedras que nos cercava. Se o ar pálido iluminado pela lua fosse água, nós estaríamos no fundo do mar. Esse fundo era um oceano de pedras de todas as alturas, ásperas e riscadas. A aspereza criava pontículas brilhantes de corais. A muralha estava ainda a cerca de uns quinze metros de distância, agora alta como um pico de montanha. Musgo, limo, algas mortas, areia e lama entremeavam por toda parte.

— Agurn, o que vocês faziam quando alguém caía na água? — insisti.

— Há uma poção que carregamos. Um líquido viscoso que cria uma espécie de bolha de ar ao redor da pele e da roupa e conseguimos flutuar com esforço, até que alguém venha ao resgate. É a mesma coisa que passamos nos barcos que navegam na água pesada do fosso.

— Vocês são loucos, mestre Agurn!? — perguntou Burtm. — Essa porcaria que colocam na água e que faz tudo afundar, isso pode se espalhar no rio todo! E se alguém beber essa água!?

— Ela não se espalha devido à concentração da substância. Ela se esvai na água toda do rio. Por isso precisamos manter a pingadeira do fosso permanentemente equilibrada: ou perdemos nossa defesa ou matamos o rio.

— Porque as muralhas não são suficientes, não é, mestre Agurn? — perguntou Gomertz, sarcástico, terminando de puxar inutilmente Burtm pelas mãos.

— Quanto mais poderoso, mais inseguro se é — ele respondeu.

— Então vamos, Agurn, tire ele daí com sua poção — falei.

— Que poção? Minhas poções se partiram quando a carruagem caiu. Essa foi uma delas.

— Inacreditável!

— Vamos, pessoal — retomei —, vamos, não podemos desistir! Estamos todos aqui, vamos fazer força! Vamos, força, agora! — gememos, gememos, ele escorregou de nossas mãos e nada aconteceu. — Por Goldenna! — gritei.

— Capitão, sei que estamos aqui embaixo, mas se eles puderem nos escutar lá em cima, talvez não seja uma boa gritarmos... — falou Gomertz. Escram olhava. Nem o tamanho daquele homem pudera com a água. Burtm estava caído para cima da pedra a seu lado de um jeito esquisito, com dores.

Escram levantou o escudo e o enfiou na água com força ao lado de Burtm, e o escudo entrou profundamente na terra, bastante perto do homem. Ele forçou e o remexeu para baixo, e o escudo respondeu afundando mais um tanto para dentro.

— Venham — ele disse me olhando.

Encostou o escudo na borda da pedra e começou a usá-lo como uma alavanca sob os pés de Burtm. Era óbvio que era uma medida desesperada, pensei, e que o escudo se dobraria sobre si mesmo. Mesmo assim, Escram nos apontou para que forçássemos o escudo com toda a energia que ainda tínhamos e indicou que Burtm se inclinasse sobre o aço frio. Quando comecei a sentir que o escudo não aguentaria e entortaria, percebi que Burtm subia. O escudo o estava levantando devagar, em uma alavanca, movendo a terra sob seus pés. Suamos ainda mais, como porcos, motivados pela percepção de que ele seria salvo.

— Vamos, vamos, força! — finalmente, ele saiu.

O escudo, no entanto, deveria ter se partido ou rachado ou envergado, mas continuava reto, como se tivesse sido recém-forjado. Apenas estava sujo.

— Mas como...? — perguntei.

Então soou a trombeta no alto da margem por onde havíamos descido. Ela foi respondida por outras no alto das muralhas quase de imediato.

— Sabem que estamos aqui — disse Agurn, com olhos arregalados.

— E agora, para onde, Agurn? — respondi.

— Rápido, na direção na ponte levadiça! E não pisem nas poças de água, somente nas pedras secas! Quanto mais funda a quantidade de água, mais força ela tem em puxar! — ele falou.

Corremos ao do som das trombetas seguido pelo som de vozes, gritos e assobios do alto das muralhas e das margens ao redor. Pulamos de uma pedra na outra, coloquei Minuit a minha frente e ela parecia sentir as pedras com seus ângulos e dentes. Ia pulando de lado de forma suave e precisa enquanto nós escorregávamos e batíamos joelhos e praguejávamos. Minuit fazia isso às vezes, integrando-se com o ambiente como se todo o redor fosse dela. Guardas agora desciam a encosta íngreme, assobiando e desembainhando espadas. As pedras em nosso caminho ficavam maiores e foram nos obrigando a desviar, fazendo uma curva de volta à parede que descemos. E darmos de cara com guardas.

Eram oito deles agora com dentes e sorrisos maléficos a mostra. Sabiam que estávamos em uma armadilha, que daqui não sairíamos. Arrumamos os escudos novamente e formamos uma nova parede, nossa minúscula parede de três homens, Burtm mais atrás com seu arco. Mas em vez de qualquer um dos grupos avançar, um dos guardas pegou em uma poção da cintura e a atirou no chão aos nossos pés. O vidro quebrou em pedaços, uma nuvem de pó explodiu e se adensou rapidamente em nós, nos asfixiando.

Começamos a tossir e pensei em voltar pelo caminho que viemos, mas não conseguia enxergar mais nada. Minuit estava ao meu lado e se segurava em mim, tossindo; cada vez era mais difícil respirar. Puxávamos o ar como se estivéssemos ficando sem pulmões. Tive vontade de colocar o joelho no chão, mas ficar ali seria a entrega final para a morte. Foi quando Escram, com seu grande escudo, começou a tentar abanar a nuvem para longe. Percebi sua ideia e comecei a fazer o mesmo, seguido de Gomertz.

— Expirem, expirem o que puderem, até ficarem tontos, expirem, puxem pouco ar! — gritou Agurn. Ele jogou um tanto de água no ar com um cantil, provavelmente a água pesada na qual Burtm estivera preso. A água caiu dura como o som de gemas de ovos jogadas do alto de um castelo e puxou uma parte da fumaça consigo. Agurn continuou sua operação. O ar começou a ficar mais limpo. Nós expirávamos e tossíamos. Tonto e com dores de cabeça, vi os guardas através do véu de fumaça dissipante. Pisquei forte para tomar mais consciência e corri para cima deles, seguido de Gomertz e Escram.

Gritamos e, antes que eu alcançasse o primeiro, vi que a flecha de Burtm já havia feito uma vítima. Segui para o próximo guarda imaginando um corte na garganta, mas voltei com a espada estocando a barriga e achei espaço logo abaixo do peitoral. Empurrei o seguinte com o escudo e girei minha arma para atingir o próximo no crânio, que rachou como fruta madura. Deixei a espada e bati com o escudo na cabeça do quarto, que eu havia empurrado. Ele caiu desmaiado. Escram e Gomertz tinham dado conta dos demais. Caí de joelhos, completamente exausto, buscando ar. Estávamos vivos. Por enquanto.

Resolvemos disparar para o lado da muralha e entrar o mais rápido possível na Congregação pela fenda que Agurn havia indicado. Ele rapidamente pegou algumas poções do cinto dos guardas e as guardou consigo.

— Precisamos entrar e sumir da vista deles. Logo darão pela falta de resposta dos guardas e outros irão descer até aqui novamente — falou Agurn.

— Plano estúpido estarmos aqui... — gemeu Burtm.

A lua ia alta no céu, mas a noite certamente seria mais curta. Os sóis deveriam aparecer mais cedo, pois era possível ver um pouco de luz por trás das nuvens. Teríamos menos tempo dentro da Congregação para achar o Grimoir e sair.

Fomos pulando no labirinto de pedras. Escorreguei uma vez e bati a placa de aço da perna na pedra, em um barulho horrendo. Conseguimos com custo desviar das primeiras pedras grandes que estavam no caminho. Os guardas ainda assobiavam sobre nossas cabeças e gritavam perguntas que eu não conseguia distinguir.

— Por onde os guardas podem sair sem ser pela ponte levadiça? — perguntei.

— Há o portão de Caritahs, do hospital, do outro lado. Mas lá eles dependem de barcos para sair, pois não há ponte. Há uma outra saída, secreta, em outro local, mas nunca me foi revelado onde ela fica.

Aquele fosso era um verdadeiro labirinto, ainda mais com a pouca luz que tínhamos. Eu fazia força com os olhos para conseguir enxergar. Tínhamos medo de ficar presos novamente. As pedras amontoadas alternavam com espaços vazios e poças cheias de água pesada e estavam cada vez mais cheias de limo, musgos e algas mortas. O mau cheiro começou a me incomodar, cheiro de uma podridão nojenta. Cheiro de decomposição. Chutei um primeiro osso, um comprido, e depois mais um. Um conjunto de costelas totalmente preservado e restos de peixes podres aqui e ali. Depois ossos e espinhos de um animal maior.

— Que é isso, Agurn? O que são esses bichos?

— Provavelmente animais que tentaram passar por aqui, mas que ficaram presos pela água que afunda.

Saltamos e escalamos algumas pedras maiores e os gritos e assobios diminuíram um pouco lá em cima, mas logo eles nos achariam e nos matariam. Estávamos no inferno, o Abandono de Rund, deus da Escuridão e da Morte.

— Senhor, nós realmente estamos conseguindo nos aproximar da muralha? Parece que andamos e andamos, mas ficamos no mesmo lugar! — perguntou Burtm. Escutamos um grito seguido de um assobio.

— Vamos em frente! Fiquem calados. — disse Agurn.

Então o chão pareceu girar sob nossos pés. Tremeu, mas não só como se chacoalhasse, ele pareceu girar, em uma única direção, firme e de uma vez, depois parou.

— Agurn, que tipo de armadilha é essa? — perguntei.

— Não sei, não tenho ideia, mas precisamos sair daqui! — Agurn.

O chão então passou a subir. Subir levantando as pedras, levantando restos de água, ossos, terra, tudo. Eu pulei junto a Escram para uma pedra próxima, fora daquele movimento, e então o chão não parou de levantar e levantar. Era uma das pedras enormes, de corais, levantada sobre patas como de insetos, mas largas, fortes e peludas, duas delas com garras gigantescas. Os olhos eram como troncos de árvores que se mexiam para todos os lados freneticamente, focalizando tudo; a boca tinha dois lábios que tremiam como beija-flores, ora abertos, ora fechados. A pedra do corpo era quase tão larga quanto metade da distância de um lado ao outro do fosso e as patas o mantinham pelo menos o dobro de minha altura. Era gigantesco. Mais uma das malditas formações de que Agurn falara.

— Agurn, e essa porcaria, você conhece? — quis me certificar, pesando a espada.

— Não, capitão, não conheço... Acho que a magia está criando essas coisas em qualquer lugar agora... Fujam!

Tentamos instintivamente nos esquivar e esconder em qualquer direção, mas o monstro andava rápido, rápido como uma aranha, com suas enormes patas colocando o corpanzil sobre qualquer um de nós. Comecei a correr, mas fui desviado ao receber o impacto de uma das garras em meu escudo. Escram também não teve chance de tentar uma posição melhor, pois o bicho o beliscou na perna como se fosse um boneco de pano, girando-o e derrubando-o. Por sorte não teve contato com a água pesada.

Saltei então de pedra em pedra e vi Minuit junto a Agurn seguindo em direção à Congregação. Agurn pegara em sua mão e a puxava. Estavam indo embora. Decidi virar para o outro lado a fim de não levar o monstro para eles. Eles seguiriam, nós não chegaríamos à Congregação de forma alguma. Desejei que a menina ficasse viva e segura. Ao meu lado, o impossível estava acontecendo. Escram se levantava e o monstro estava com três de suas patas na parede do fosso, as outras no chão, tentando beliscar o guerreiro como fizera antes, sem piedade, numa continuidade de movimento que parecia uma criança brincando com uma formiga. Quando decidisse, iria matá-lo. Escram desviou uma e outra vez, se arrastando sobre as pedras ásperas. Burtm disparou uma flecha que passou zunindo próximo do monstro. Ele ouviu isso, abandonou a brincadeira com Escram e seguiu em direção ao som. Burtm se arrastou, procurando se esconder na parte mais baixa das rochas próximas. O monstro o seguiu e começou a empurrar as pedras com as garras, pegar e atirar outras, procurando-o. Fez isso mais lentamente, depois aumentou drasticamente a velocidade, revirando o chão de pedras. Ia pegar Burtm:

— Capitão, capitão, me tire daqui! Capitão! — ele pediu socorro.

Os assobios e gritos da muralha se intensificavam, seguidos por duas notas de uma trombeta grave. Todos paramos por segundos. Agora um grande estrondo da muralha. Era a ponte levadiça que começava a baixar.

— Burtm, se esconda! Escram, venha, venha rápido, Gomertz! Vamos precisar atacar esse monstro!

Eles responderam, e nós fomos. Cheguei mais rápido e consegui um golpe em uma das patas traseiras. O impacto foi quase como o de aço contra aço, minha espada ricocheteando na placa que protegia a pata do monstro. Ele virou com um ruído esquisito em direção a mim trazendo a garra como uma ponta para enfiar em minha carne. A garra bateu no escudo fazendo um buraco grande logo acima de meu braço. Fui puxado para frente como um arado e soltei-me do escudo antes de ser levantado do chão.

Escram vendo a cena balançou o corpo, resistindo a dar um golpe certeiro em outra pata, pensando em uma nova estratégia.

— Gomertz! — Gomertz foi menos feliz, fez o mesmo que eu e viu sua espada oscilar do impacto como uma folha na direção do vento. O monstro bateu com as patas na parede da muralha para dar a volta em nosso grupo. Éramos moscas na teia de uma aranha. A boca tentou me abocanhar e arranhou minha perna quando pulei de qualquer jeito para o lado, segurando apenas a espada. O monstro girou para o lado contrário fazendo o mesmo movimento, inclinando o corpo apoiado nas paredes do fosso, mais irritado e arisco, olhando fixamente para nós. Era o fim.

Gomertz tentou alcançar uma das patas com a espada, repetindo estupidamente o que tinha feito antes. O monstro lhe devolveu o comportamento com um som sinistro com a boca vibrante e o segurou firme pelo corpo com uma das garras, levantando-o e esmagando-o. Ele gemeu e gritou, arfando o ar espremido para fora dos pulmões. Escram largou o escudo de lado e pulou, tentando alcançar seus pés para puxá-lo de volta, mas não o achou. Desceu do ar voltando a empunhar a espada quando foi pego pelos pés pelas garras do monstro, a cabeça violentamente jogada para baixo, ficando pendurado nessa posição.

O monstro agora olhava de um guerreiro para o outro, aproximando um e outro da boca, como que escolhendo aquele que o deliciaria primeiro. Decidiu por terminar de esmagar Gomertz, olhando com curiosidade suas reações.

Nesse momento, o monstro cambaleou para o lado, não conseguindo ficar apoiado em suas patas. Agurn estava ali com um frasco de alguma poção nas mãos, cujo líquido vaporizante ele borrifava sobre as patas do ser, que respondiam encolhendo de tamanho. O monstro estava desequilibrado, ficando de lado, até que tombou e começou a girar, procurando desvairadamente conseguir utilizar as patas enfraquecidas e diminutas para ficar de pé. Soltou um guincho agudo e longo, desesperado, e as patas que ainda eram enormes e as garras que espetavam o chão com firmeza e violência encolhiam à medida que Agurn borrifava a poção. Uma das garras ainda cruzou a cabeça do bicho para tentar buscar Agurn, que se abaixou a tempo e com raiva acelerou o processo. As patas ficaram tão pequenas que não mais encostavam no chão; o monstro parou apenas virando os olhos em desespero para todos os lados com um gemido lamurioso.

— Escram, sua espada, aqui, no meio dos olhos dele — comandou Agurn, fechando o vidro com a poção que utilizara.

Esta é a história tal como a ouvi de Astam, filho de Astlam, a voz.

—— PARTE ONZE ——

Ele abriu os olhos muito devagar. O gosto de sangue na boca o lembrou do alívio e do prazer em ter fincado os dentes na carne daquele que o ameaçava. Sentiu um frio por baixo de seus pelos com a lembrança no deleite imemorial, da sensação de ser rei novamente. O fim das ameaças e o prazer da superioridade. Ele era grandioso. Mas a cabeça latejou em seguida avisando que o prazer não tinha acabado bem. Tinha perdido a consciência e estava em outro lugar.

Uma jaula. Foi levantando aos poucos e sentindo o cheiro de ferro em todo o seu redor. As barras davam a volta nele e por baixo e por cima. Cheiro de ferrugem salgada. Encostou nelas, que não se moveram. Lambeu os beiços secos de sede, o sangue duro nos caninos. Certamente tinha tirado a vida daquele bastardo.

Não estava sozinho. A jaula estava em uma tenda grande, cuja lona do teto adernava muito levemente conforme a brisa. Fazia frio de uma tarde, a luz entrava pela passagem da porta aberta. Duas luzes fracas de fogueiras ajudavam a iluminar frios metais afiados dentro de caixas e barris, penas de ganso em pontas finas de madeiras e uma máquina grande, colocada sobre rodas, ameaçadora como boi bravo, pronta a atirar a morte ao longe em seus atacantes. Havia cheiro de ouro e prata e candelabros e imagens de deuses dourados se esparramando pelo chão ao redor.

Havia um homem morto ao seu lado, em outro compartimento. Não havia coração batendo e o cheiro era frio e abandonado. Sem alma. A roupa dura como gelo. Demoraria mais alguns dias para começar a cheirar mal. No entanto, a sujeira do homem o lembrou do camponês, da fogueira e da carne em preparo, que ele não comeu. A fome devorou uma parte de seu corpo, bem abaixo da costela, e ele lambeu os beiços novamente. Piscou forte e identificou o cheiro de seu companheiro. Virou para o lado e viu uma jaula maior.

Expirou forte e adejou a cauda timidamente em alegria. O homem estava deitado de lado, com o rosto virado para ele, desacordado e ferido. Sua cabeça latejou em resposta. Gritou chamando-o, uma e duas vezes, mais algumas, mas não teve resposta. Fez um som de desespero. Andou em volta de si mesmo, expirando o nervosismo, olhando fixamente o companheiro, até que entrou na tenda uma sombra.

Cheirava a carne de homem, tinha temperatura, mas estava escondido sob um manto pesado e um capuz que lhe cobria totalmente o rosto. O rosto era frio e exalava a gelo e podridão, era alto como o guerreiro do escudo que vira com sua amada dona. No entanto, alguma coisa naquele sujeito o incomodou, algo profundo, até porque ele foi andando em direção ao camponês, seu amigo. Incomodado, mostrou os dentes e começou a rosnar cada vez mais alto até que enlouqueceu. Gritava e gritava e gritava, alto para todos ouvirem, mordia a barra de ferro da jaula e a puxava com toda fúria, com toda a energia, balançando o corpo todo, puxando e mordendo depois a barra ao lado e soltando e puxando com ferocidade, e gritava, gritava para todos ouvirem como se ele mesmo fosse do tamanho de uma enorme nuvem encobrindo todo o espaço. Agressivo, aterrorizando, disposto a qualquer coisa, capaz de qualquer coisa, capaz de destruir tudo.

O sujeito com sua capa parou e olhou para ele do escuro do capuz e disse:

— Menino! — com um tom que conseguiu ficar entre um lugar de ordem, de carinho, mas também de terror. Ele parou.

— Fome, não? E sede. Eu tenho isso para você — virou para fora e aumentou o imperativo em uma voz medida, firme, entre o pedir e o ordenar. — Tragam restos de carne, ossos e maçãs. Tragam água. Levem o morto daqui — voltou a andar em direção ao camponês vagarosamente. Ele continuou gritando, gritando e ia aumentar ainda mais o grito, puxando mais ar, quando o homem da capa grossa repetiu:

— Menino! — e ele não conseguiu mais gritar, porque estava completamente envolvido pelo som daquela voz, também sedosa e firme, mas com mais terror e impacto, como um susto de uma árvore enorme que cai ao longe sem se ter certeza. Em seguida, entrou um outro sujeito na tenda, vestido de couro e com um lenço na cabeça, cheirando a batatas cozidas e facas afiadas e, desconfiado, jogou dentro da jaula diversos pedaços de ossos de animais assados, com restos deliciosos de carne e colocou no canto da jaula sob o olhar constante dele, uma caneca de água fervida. Ele não gritou mais nada, nem rosnou, mas deu um bote na mão do sujeito. Agora não queria mais arrancar uma mão: queria espaço. Era hora de matar aquela fome. O homem do capuz abria a jaula do camponês:

— Atrevido, belo pelo, belo tamanho, belo espécime, realmente pode ser útil. Muito belo, forte. Gostei de você — disse, olhando-o do escuro. Ele bebeu a água e dividido entre a comida e o que acontecia ao lado, pegou os ossos e os trouxe a uma posição em que arrancava os bocados de carne e partia as cartilagens, mas mantinha os olhos na jaula ao lado. Alívio.

O sujeito entrou e deixou a porta aberta, o que o fez ficar atento, levantando umas das orelhas grandes, sem parar de devorar os restos de carne. O sujeito se abaixou atleticamente sobre o camponês e chacoalhou seu rosto com firmeza. As mãos eram cobertas por malha de ferro e placas de aço com pontas compridas como garras.

— Acorde, homem, eu estou aqui — disse apertando as mandíbulas do camponês com sua mão, quase penetrando as placas afiadas na pele suja. O homem acordou subitamente, tentou desvencilhar-se da mão, mas a cabeça não se moveu nem um milímetro, e o corpo começou a se debater tentando virar-se no chão e levantar-se.

— O quê?... Não... — disse o camponês, mas o som era abafado pela boca presa. Ele se levantou e começou um rosnado, mas o sujeito girou a outra mão para fora do manto com violência em direção a ele, sem olhá-lo, impositivamente, com o dedo indicador e sua garra de aço em riste, ameaçadoramente. Soltou o camponês em seguida, que se arrastou de costas para o canto da jaula. Viu a porta aberta e, arrastando-se, dirigiu-se a ela, olhando o sujeito do capuz negro, agora de pé. Na saída, foi interrompido:

— A única chance que você tem é dentro. Qualquer um que saia daqui sem mim será esquartejado assim que pisar para fora da tenda

— disse persuasivo. — Venha, eu trouxe algo para você se alimentar e beber. Primeiro beber. — O homem ficou em dúvida, olhando para a claridade lá fora e para o amontoado de coisas dentro da tenda. Depois olhou as garras nas mãos do sujeito, atentamente. Bateu o pé no chão de leve, inclinando-se para correr para fora. — Disseram-me para ouvi-lo — voltou a falar o sujeito —, que você poderia ter algo para mim. Se você sair, eu entenderei que não tem nada. Onde quer que esteja, vou entender que já morreu. E se não estiver morto, onde quer que esteja, vou fazer questão que você sinta dor. Eu não me esqueço de ninguém. Também não vou esperar sua decisão. — O camponês voltou, andou vagarosamente para onde estava deitado e sem levantar os olhos se sentou, obediente.

— Bom menino — o sujeito se sentou no chão à sua frente.

O homem do capuz lhe esticou uma sacola cheirando a queijo e cerveja. O homem a pegou, mas logo a fechou e olhou rígido para o homem do capuz.

— Quem é você?

— Estupidez cai mal à humanidade. Vou respeitá-lo mais se assumir o que já sabe.

— Nunca achei que fosse vê-lo — falou com raiva o camponês. — Sempre esticando suas garras por meio de seus mercenários. Você fez eu me separar de minha família. Não sei mais onde estão, não sei mais se um dia vou vê-los. Eu desejei a morte tantas vezes. Não sei nem por onde começar a procurar. Você me arrancou dois dedos. Sangrei e fiquei doente, torcia para que minha família viesse me dar um último abraço. Mas nada. Depois melhorei. Porcaria, melhorei! Para quê? Para uma vida miserável, sem eles, esperando nada. Por quê?! Como se não bastassem os Ventos e o fim do mundo, por que você ataca pessoas comuns? Por que, Sádico, o homem das garras de ferro? — o camponês encostara no fundo da jaula, distanciando-se do Sádico e relembrava quando sua família tivera de fugir dos Mendigos das Estradas. Sua esposa e seu filho fugiram e ele ficara para trás para despistar os perseguidores. Tivera dedos das mãos arrancados por isso. Sofria, sozinho, desde então. Havia sido abandonado pelos Mendigos para morrer.

Ele ouvia abaixado e roendo os últimos pedaços de carne dos ossos.

— As pessoas são escolhidas, meu filho. Escolhidas, mas também escolhem. Você escolheu ficar e não ir com sua família. Essa é a sua perdição. Eu apenas... ajudo a escolha.

— Que escolha, do que você está falando? Seus mercenários... vocês não me deram escolha!

— Nós vamos sobreviver, a humanidade vai sobreviver. Mas apenas os mais fortes, os que têm algo a oferecer. Essa é a escolha. E o que você pôde oferecer naquele momento foi apenas a covardia de não seguir com eles e protegê-los. Humano fraco — falou a última frase com um ar frio e distante. — Eu vou fazer-nos sobreviver. Nós, Mendigos, vamos proteger a humanidade, sobrevivendo. — O camponês olhou as peças de ouro, moedas e espadas estocadas na tenda.

— E claro, você pode também enriquecer sobrevivendo, não?

— Os fortes precisam de estímulo. E certamente a riqueza é melhor direcionada quando está nas mãos do mais forte. As escolhas me dão presentes. Eu os guardo, mas também os troco quando algo mais importante surge — parou de falar por alguns segundos e sentou-se no chão. — Talvez eu esteja perdendo meu tempo com você, no entanto. Você tem algo para oferecer? Ou talvez seja melhor que morra mesmo e espere sua família do outro lado da morte. Isso seria misericordioso, não? — O manto escuro do Sádico carregava uma bainha prateada brilhante, com runas escritas em toda sua extensão.

O camponês olhou para baixo, com um ar triste e perdido, fraquejava uma parte de si. Ele levantou as orelhas alto, percebendo que o camponês esticara rapidamente os olhos em sua direção.

— Tenho o cão. Tenho minhas habilidades com o campo. Posso empunhar uma espada para assustar, mas não sei lutar. — O Sádico girou no chão e olhou para ele desde o fundo do capuz.

— É seu cão? Desde quando está com você?

— Nós nos achamos no Bosque de Winlin. Criamos um laço. Levei-o até a cabana em que estava escondido e íamos jantar depois de tanto tempo... Até que seus soldados chegaram e acabaram com tudo.

— O vento está acabando com tudo — Sádico respondeu virando-se novamente. — E muitas pessoas também não sabem ao certo o que podem oferecer — retirou do bolso um broche dourado, brilhante e o mostrou ao camponês. — Essa insígnia da guarda da Congregação foi encontrada na cabana onde você estava, em meio a um punhado de coisas suas. Você está mentindo e é da guarda da Congregação? — falou subindo o tom ao final da frase, deixando clara sua impaciência agora.

— Não, não — respondeu gaguejando o camponês —, ela é de meu pai. Ele foi da guarda, mas eu não levava jeito para lutas e, antes que pudesse me tornar camponês dentro da Congregação, fui pego bisbilhotando uma das torres dos boticários. Meu pai já havia morrido por uma doença respiratória, e, depois do que fiz, eu e minha mãe fomos expulsos. Eu tinha cerca de 10 anos na época.

— Então você lembra como é a Congregação por dentro? O que você lembra sobre a guarda e sobre as defesas da Congregação?

— Congregação? Por que você quer saber da Congregação?

— Porque se você não tiver nada para me oferecer, você é um inútil e eu me certificarei de que você não possa esperar por sua família mesmo depois de morto. — O camponês engoliu em seco.

— Eu não sei muito, senhor. Eu era pequeno quando deixei a Congregação e não me lembro. Havia dois exércitos de defesa. O filho do grande chefe da guarda, o Lobo, batia em todos nós. De tempos em tempos, ele nos levava para uma cabana nas áreas de plantio e nos amarrava em postes de madeira. Lá ele nos chicoteava e dizia tentar entender cada um de nós por nossos gritos. Uma vez o pai dele o pegou fazendo isso e ele ganhou uma enorme cicatriz ao lado da orelha, que demorou anos para se fechar. Nós odiávamos aquele idiota e envenenamos a comida dele mais de uma vez, fazendo-o borrar as calças durante um treino com armas. Ouvi dizer que ele substituiu o pai e chefia a guarda agora. Sempre nos falaram do Segundo Exército, mas não sei o que isso é, nunca vi. A guarda cuidava de tudo, das muralhas das entradas e dos barcos na região do Gran-Hospital. A vida na Congregação era boa, mas eu era curioso com o que havia dentro das torres dos boticários. Eu ficava espreitando eles entrarem e saírem. Havia também uma área de palestras e pequenos claustros de estudo, onde os boticários viviam discutindo. Nós, homens comuns, não podíamos entrar lá. Nem lá nem na biblioteca. A biblioteca ficava bem na direção da ponte levadiça, atrás dos depósitos de armas e barricadas. Era um prédio maravilhoso, mas totalmente inóspito. Depois disso, os campos e casas comuns se alternavam com as altas torres. As festas eram maravilhosas. No dia a dia, os boticários eram cuidadosos, mas eram distantes. Nas festividades, eles iluminavam o céu com cores e enchiam nossas barrigas de comida até não podermos mais andar. Havia música e danças.

— Segundo Exército? — o capuz negro quis saber.

— Nunca o vi, mas diziam que ele era a verdadeira defesa da Congregação. Que em momentos extremos, era ele quem conseguia manter as muralhas intransponíveis, que corria como fogo, era rápido com o vento, letal como a lâmina mais afiada que jamais se viu. E que eram muitos. Dez deles poderiam matar trezentos, como foi a batalha de Amyr.

— Você acredita na batalha de Amyr? A única invasão à Congregação?

— Sinceramente, senhor, não sei. Mas uma coisa é certa: o que eu via na Congregação, o que os boticários são capazes de fazer, isso sim é realmente impressionante. Eles mantêm sua fortaleza há centenas de anos, sem falhas ou acordos. Eles simplesmente estão lá, todo esse tempo. Certamente há poder lá dentro. Isso eu sentia. — O camponês parou de falar, achando ter visto de relance que o encapuzado escondia uma boca sem lábios, com os dentes todos a mostra. O Sádico respondeu com um giro ínfimo da cabeça.

— Eles são importantes mesmo. E precisam nos ajudar.

*Esta é a história tal como a ouvi de Altem, filho de Altem,
o guerreiro vermelho.*

PARTE DOZE

Escram se livrou do escudo e, com o peso do corpo em um movimento brusco, enfiou a espada profundamente no meio dos olhos do monstro, girou-a e a puxou. O animal enorme de rochas de corais e garras e patas duras como aço se desmontou por terra com um som fino e profundo de vida de esvaindo. Nuvens finas escondiam a lua e o fundo de sol nascente pálido, nos deixando num breu inconstante dentro do fosso da Congregação.

— Agurn, como vamos conseguir chegar onde você quer, com essas coisas aparecendo em qualquer lugar? — perguntei, recuperando o fôlego. Ele e Minuit haviam voltado, para nossa sorte. Devido ao tamanho daquele monstro, sua velocidade e força, eu tive certeza de que seria nosso fim, que Agurn levaria Minuit adiante sozinho. Mas, por algum motivo, ele voltara.

— Pior, mestre Agurn, por que deveríamos continuar com o senhor se o senhor facilmente nos abandona? Eu o vi indo adiante sem olhar para trás! Se o senhor tem esse poder com essas poções, por que não tenta primeiro nos ajudar? — ralhou Gomertz, dando um passo adiante enquanto falava. Eu rapidamente coloquei minha mão em seu peito, fazendo pressão para que parasse. Se eu fosse claro, ele veria que sua insubordinação em se queixar com Agurn sem falar comigo antes me incomodara. O guerreiro segurava sua espada quebrada em um golpe que dera na pata do inimigo. Ele a jogou de lado. Agora teria apenas sua faca para se defender. Eu me incomodei, mas ele estava certo.

— Não podemos ficar aqui — ignorou Agurn. Havia o som de um grupamento de guardas passando pela ponte levadiça. Agurn parou por instantes e depois continuou. — Foi sorte que essa poção estava com os guardas que matamos. Por isso voltei.

Era o que eu havia pensado. De fato, Agurn estava mais preocupado com levar Minuit adiante, mesmo que isso custasse nossas vidas. Não contive minha raiva:

— Caso eu encontre um boticário para substituí-lo, Agurn, vou deixar você para trás e levar Minuit até os sóis com ele. Talvez seja esse seu colega, Athelenthar, com quem pretendemos nos encontrar.

— Ninguém sabe o quanto sei, capitão. Vocês não chegariam nem na metade do caminho. E vocês não sabem também o que a Congregação pode lhes oferecer. Existem armas aqui, centenas de anos de experimentos que podem fazer vocês invencíveis. A Couraça Única é uma armadura tão impenetrável quanto as muralhas da Congregação, porém leve como uma águia. Ela levou gerações para ser elaborada em uma competição entre boticários. Seu material chama-se Ira. Há também a espada de Ilanthar, que pode dividir o mar. Mas, para isso, nós precisamos continuar — ele disse, dando um passo à frente, indo em direção à Congregação.

— Agurn, é exatamente sobre isso que estamos falando. Nossa prioridade é proteger Minuit e isso pode querer dizer que alguns de nós ficarão para trás — olhei de relance para Gomertz, direcionando minha fala também para ele. — No entanto, talvez você devesse prestar um juramento de proteção também a nós, mesmo que a prioridade seja Minuit. Meus homens estão jurados a mim e isso significa que eu também devo proteção a eles. E você?

— Não seja idiota, capitão, como eu poderia proteger e conduzir Minuit se estarei preocupado em carregar vocês também?

— Bastardo... ignorante... — eram Burtm e Gomertz. Gomertz direcionava-se à Agurn, tentando passar por mim.

— Eu disse a ele que, se não voltasse, eu não iria continuar, iria fugir... — disse Minuit. — Agora estamos juntos e realmente não acho que ninguém vai chegar a lugar algum sozinho — ela completou em uma voz compassada, quase como uma melodia, os cabelos vermelhos com cor de sangue sob o luar. Agurn respondeu olhando para o lado e para baixo:

— Ela está certa. Agora vamos sair daqui — bufou.

Voltamos a pular as pedras ásperas, em direção à parede da Congregação.

— Rápido, vamos, rápido! — eu dizia.

Atrás de nós, era possível ouvir os assobios dos guardas no fosso, descendo pela lateral íngreme. Estavam nos procurando.

Com dificuldade, chegamos até bem próximo da parede, nos esmagando entre vãos formados pelas enormes pedras. De alguma forma, o gigantesco monstro que matamos havia desviado alguns dos principais obstáculos enquanto girava e levantava rochas procurando por Burtm.

A nossa frente, surgiu uma fenda na face de rocha da parede do fosso bem abaixo da enorme muralha, que se erguia dali até as nuvens. Era uma imagem aterradora como se a muralha se inclinasse e fosse se desprender sobre nós, nos esmagando, nos destruindo.

No chão, entrando na fenda, havia uma placa de algo que se parecia com vidro. Um vidro grosso, recortado como um rasgo. Abaixei e dentro parecia haver água.

A fenda era escura e nos aproximamos dela em passos mais cuidadosos. Agurn liberava, eu ia em seguida e atrás de mim vinha Minuit. Eu pensava nela e pensava em minha filha, que faria qualquer coisa para protegê-las. Será que o mais adequado não seria fugir de Agurn? Será que essa loucura de entrar na Congregação e depois caminhar em direção aos sóis não era uma bobagem? Eu poderia levá-la embora. Talvez ela ressentisse no início, mas depois agradecesse. Poderíamos fugir e procurar algum lugar protegido. Talvez Fruocssem, no extremo norte, próximo das montanhas, onde as muralhas, diziam, ainda estavam de pé?

— A água dura não entra pela fenda devido à porta. Ela só entra por baixo desse vidro no chão — disse Agurn.

Dentro da fenda, a cerca de um metro, havia uma enorme porta de aço com uma grande alavanca redonda que funcionava como uma trava. Agurn explicou:

— Nós preparamos a ferrugem das beiradas da porta para produzirem uma reação com as pedras do batente e formarem uma espécie de ligadura que resiste à pressão do dobro de água que fica do lado de fora. A trava — ele girou e girou a grande alavanca — separa as beiradas da porta do batente. — De fato, a porta reduziu de tamanho com um estrondo por algum mecanismo interno e ele a empurrou com dificuldade.

— Como vocês conseguem que o aço se una à pedra e depois se separe?... — perguntei.

— Não acho que você entenderia, capitão Gundar.

Dentro havia uma sala parcamente iluminada por dois conjuntos de lumieiros, um sobre uma mesa no canto e outro pendurado em uma prateleira no fundo da sala. No centro, havia uma espécie de cálice de pedra, com diâmetro um pouco maior que meu peito, cheio de água. Ele estava apoiado diretamente no chão, sobre o vidro que nos acompanhara do lado de fora da fenda. A água de fora vinha por ali e canalizava pelo centro do cálice, enchendo-o. Sobre o cálice e preso a ele havia uma espécie de foice de pedra, cuja ponta inferior apontava exatamente para o centro de sua abertura.

— Uau... — era Burtm, admirando a beleza da engenhosidade da porta e do cálice de pedra.

— Talvez achemos algum dos boticários que me apoiaram quando fugi para treinar e levar Minuit até os sóis. Um bom lugar seria os claustros de estudo. — Agurn empurrou com esforço a porta novamente, que era segura por um enorme braço de aço preso na parede ao lado. Girou a fechadura por dentro e nos fechou do fosso externo.

— E como chegamos a Athelenthar? — perguntei.

As prateleiras e a mesa estavam repletas de livros, pergaminhos e vidros com as substâncias mais diversas. Parecia que pessoas trabalhavam e estudavam aqui constantemente. Havia inclusive um espaldar de pintura de runas e caligrafias coloridas.

— Por que não há ninguém aqui, Agurn? — desconfiei.

— Sempre há os Dois, boticários cuidadores da água do fosso e eles nunca saem juntos da cripta. É estranho não estar nenhum deles aqui — Agurn olhava livros, cheirava líquidos e lia rótulos. — Mas ninguém conhece essa passagem, quer dizer, ninguém que não seja um boticário. E que boticário idiota entraria na Congregação por aqui? Ainda mais um boticário proibido de voltar? — ele abriu um sorriso sarcástico para si mesmo.

— Senhor — era Gomertz —, eu preciso achar uma espada. Não vou conseguir me defender apenas com uma faca.

Ouvimos passos e vozes. Havia uma porta ovalada de saída da cripta, por onde se via uma escada que fazia a curva subindo em meio à rocha. Olhamos rapidamente uns para os outros e nos escondemos nos escuros das curvas das paredes e próximos aos móveis. Eram vários homens de armaduras e armas em punhos. Mais guardas. No entanto, as armaduras eram rígidas placas de aço, muito enfeitadas, cuidadas e brilhantes, com elmos fechados e altos. Eram senhores da guerra. Eles carregavam alabardas enormes, lanças com machados nas pontas, rígidas como a morte. Eram cerca de cinco e me viram escondido na lateral da porta de aço assim que entraram. Um deles veio para cima de mim.

— Você! O que está fazendo aqui? — falou com a mão já procurando meu pescoço. Atrás dele, os demais se viraram e posicionaram as alabardas voltadas para mim. De dentro do elmo, a voz era feminina, mas se fosse uma mulher, era muito alta e muito forte. Eu não tive tempo de reagir e ela pegou o meu pescoço, girando-me para o centro da sala e colocando minhas costas contra o cálice de pedra. Senti a lâmina gelada de outro guerreiro em meu pescoço. Sua voz também era feminina:

— Um ratinho, achamos um ratinho... Que dias são esses em que pessoas comuns se atrevem a entrar na Congregação? Quem é você?

Não respondi.

— Quem é você?!

— Vamos levá-lo para o boticário-mor. Vamos ver se ele não consegue fazer o ratinho falar — ela parou. — Ou quem sabe fazê-lo gritar de dor.

Escram deu uma carga atroz com o escudo gigante, vindo na direção de uma das guerreiras. O elemento surpresa a jogou longe, indo parar perto da porta de aço e ela caiu, mas se levantou rapidamente, ergueu a alabarda e tentou passá-la no meio de mim, quando me joguei no chão e rolei para perto da saída da sala, desembainhando a espada e procurando automaticamente alguma articulação para cortar. Consegui um espaço entre as placas de metal e cortei malha e carne, mas recebi de volta uma coronhada com a parte inferior da arma do outro sujeito. Seu grito também era de uma mulher. Eram todas guerreiras.

Minha cabeça girava de dor e eu tentava voltar a fixar o olhar, forçando a vista quando Gomertz me salvou da vingança da guerreira que eu cortara. Ele segurou sua alabarda com ambas as mãos, desequilibrando-a quando ela a levantou para cortar minha cabeça. Escram, ao meu lado, circulou com a espada e o escudo na guarda que ele empurrara e com um movimento gracioso, subiu a espada a frente do pescoço dela e puxou de volta em um movimento violento, espirrando sangue como uma cachoeira nova. Gomertz bateu o corpo com violência na guerreira, com quem disputava a arma, e, colocando uma perna atrás dela, a derrubou com o estrondo de uma carroça cheia de latas. Ele levantou a ponta da arma e enfiou em sua barriga, fazendo-a gritar de dor.

Foi então que vi Minuit correr. Rápida, ela pulou nas costas de uma das guardas, que estava tentando ganhar espaço atrás de Gomertz, e enfiou uma espada curta no meio do peito dela, levantando uma das placas que a protegia. Recobrei os sentidos o suficiente e empurrei uma das guardas, abrindo suas defesas, e estoquei errando o movimento sobre sua armadura. Repeti o gesto e alcancei o espaço entre suas costelas, sentindo o sangue espirrar por minha arma. Olhei para o lado e vi uma última guarda, do lado de fora da cripta, na escada, com o elmo levantado e uma trompa nas mãos. Ela me olhou, enchendo o peito de ar, e a tocou.

O som ecoou pela escada, rouco e grave e alarmante. Ela estava pedindo ajuda, avisando que estávamos ali.

— Estamos perdidos, chamarão o Segundo Exército... — falou Agurn.

A guarda subiu a escada correndo. Eu saí da sala e vi seus pés sumindo no escuro. A escada era uma enorme fenda na terra, iluminada em alguns pontos por tochas nas paredes, subindo em direção ao nível da ponte levadiça. Ela parou mais distante de nós, fora da luz direta, girando a arma caso estivéssemos em seu encalço. Levou a trompa à boca e a tocou, agora mais alto, com a marca de um desespero vingativo.

— Agurn, há outra saída daqui? Onde podemos nos esconder por um tempo?

— A única saída é por aí, capitão. Subindo as escadas.

A guerreira ficou imóvel na ponta da longa escada, nos esperando subir. Guardou a trompa na cintura e segurava a alabarda, uma silhueta no topo do fim do caminho. Ela estaria em vantagem, pois estava em um nível acima de nós. A muralha tremeu com um estrondo que se espalhou por nossas costas. A ponte levadiça havia novamente fechado.

— Estamos encurralados... — falei. Consegui ouvir novas trompas respondendo, mais distantes dentro da Congregação.

— Vamos subir, senhor, é apenas ela, vamos matá-la — sugeriu Gomertz, munindo-se da alabarda de uma guerreira caída.

Eu calculava os riscos, medindo a força com que ela segurava sua arma.

— O que é o Segundo Exército? — perguntou Burtm.

— Tudo o que não precisamos — respondeu o boticário.

Ouvimos então passos de dezenas de homens, juntamente com vozes de comando e chamados. Silhuetas se formaram junto à guerreira, novas formas de armaduras e alabardas e lanças. Não havia mais saída.

— Não foi uma entrada muito inteligente. Na realidade, eu planejava uma surpresa para nosso grão-mestre boticário-mor, Unam, mas parece que não deu muito certo — Agurn falou para nós e passou a gritar. — Quem fala é Agurn, filho de Aturn, boticário mestre por mais tempo que a idade de qualquer um de vocês. Trouxe de volta para a Congregação a menina Minuit, que levei comigo a contragosto do boticarianato. Quero salva-passagem para encontrar mestre Unam!

— O quê? — sussurrei pegando no braço de Agurn com força e puxando-o para o meu lado. Agurn se desvencilhou de mim e começou a subir a escada, agarrando Minuit consigo.

— Não há mais o que possamos fazer — ele disse, de costas. Minuit ainda tentou soltar-se uma ou duas vezes, mas desistiu. O boticário já chegava aos guardas quando uma delas falou alto:

— Reconheço mestre Agurn. Levem-no ao grão-mestre Unam.
— Era uma voz forte, dura, feminina, que não consegui reconhecer de qual dos guerreiros vinha.

— E quanto aos demais, senhor?

— Eles vêm junto, desde que entreguem suas armas.

— Agurn!? — gritei, mas ele continuou andando e os guardas começaram a vir ao nosso encontro. — Agurn! Vou matar você, seu desgraçado!

Entregamos as armas a contragosto. Eu tinha apenas minha espada, meu escudo tinha sido arruinado pelo monstro das garras enormes. Escram ficou muito incomodado em passar sua arma, em particular seu escudo para a guarda que foi tomá-lo. Segurou-o com firmeza e ela precisou puxar com força duas ou três vezes para retirá-lo das mãos do grande guerreiro. Gomertz fez um muxoxo cínico quando teve a alabarda arrancada de sua mão e vi quando Burtm foi rápido o suficiente para esconder uma faca no meio das roupas que estava vestindo, sem ser visto.

Subimos a escada, e boa parte dos guardas era pelo menos tão alta quanto eu. Pareciam estátuas duras em um corredor apertado, olhando entre o curioso e o ameaçador. A escada não preparava para a visão que tivemos quando chegamos ao fim dela. Os degraus eram de terra batida, disformes pelo tempo. As paredes da fenda por onde subimos eram de pedra e terra, sem nenhum cuidado; no entanto, a passagem se abria para um chão brilhante que refletia as luzes da noite. Era uma rua de mármore puro, alva como um vestido branco, que seguia toda a extensão da muralha atrás de nós de um lado a outro e se dividia em uma outra rua adentrando a Congregação. Ao fundo, as torres dos boticários bruxuleavam contra as nuvens de luar. O mármore era iluminado por tochas espaçadas irregularmente, penduradas em postes de ferro, altos, em forma de árvores do outro lado. Havia também tochas em candeeiros de ferro nas muralhas, em intervalos mais irregulares, até os perder de vista.

— Está tudo destruído — disse Agurn.

As construções que seguiam para dentro da Congregação e as imediações também eram de mármore branco, brilhante, salpicados por linhas de pedras negras que refletiam como um céu estrelado. Deviam ter sido prédios altos e maravilhosos, recortando o céu, com imponentes entradas abobadadas e salões, entretanto, estava tudo arruinado. As construções estavam destruídas, casas empurradas sobre as outras, muros despedaçados no chão, um enorme pedaço de torre destruído jogado sobre uma imensa extensão de terra. Tetos desabados, iluminações derrubadas e retorcidas. Apenas o muro da Congregação continuava intacto atrás de nós e as torres distantes à nossa frente. O chão tinha rachaduras como um braço cortado por lâminas durante uma guerra. O Vento também havia passado por aqui.

Cerca de vinte guardas ou mais davam a volta em nosso grupo, enquanto Agurn mantinha uma mão sobre o ombro de Minuit. Eles estavam nos olhando, até que vi um homem a cavalo, vindo pelo caminho onde estava a maior parte da destruição. Logo reconheci as diferenças na armadura em relação aos demais, assim como o tapa--olho. Era Lobo, o chefe da guarda da Congregação, cujo olho havia sido arrancado por Agurn. Ele ria, como se alguma piada acabasse de ser contada quando apeou do cavalo, próximo a nós.

— Ora, ora, realmente, eu não podia imaginar um dia mais feliz. Todos os momentos em que o Vento veio eu sonhava que, em algum lugar, ele pudesse estar arrancando sua cabeça, mestre Agurn, ou enterrando-o vivo sob uma pedra, ou simplesmente provocando tamanha dor e morte que o senhor pediria para ter as unhas arrancadas por uma galinha. Você e essa fedelha. E tudo, tudo o que eu menos esperava era que você reaparecesse aqui, assim, de livre e espontânea vontade. Um dia glorioso! — Ele levantava as palmas para cima e olhava para Agurn, que era uma cabeça mais alto que ele. De repente, puxou-o pela barba e o socou, provocando um grito de dor choroso do boticário. Um som seco, cheio de sangue.

Agurn ficou de joelhos, tonto, tentando manter os olhos abertos. Escram e eu andamos para cima de Lobo automaticamente, mas nosso caminho foi simplesmente fechado pelos guardas entre eles.

— Agurn, antes de o levarmos a mestre Unam, você vai me pagar. Talvez dois olhos paguem por um? Será que o olho de uma menina vale pela minha cegueira?

— Mestre Lobo, capitão da guarda — respondeu Agurn com a mão no rosto, falando ainda em tom de ironia —, bem sabemos que não seria interessante me machucar nem machucar Minuit, aqui no terreno da Congregação, sem antes eu ter sido apresentado ao grão-mestre. E nós bem sabemos como você fica quando o desaponta, pobre Lobo, e o que você faz com você mesmo quando fica assim.

Lobo devolveu essa fala com um chute no peito de Agurn, com a sola dos pés, que o jogou no chão arfando por ar. Lobo ainda desabou seu joelho sobre o pulmão do boticário e, segurando seu rosto, disse:

— Você será meu em breve, mestre Agurn. Tenho certeza que o grão-mestre o dará para mim, tão logo termine com você.

Ele levantou e ordenou que andássemos atrás dele; fomos cercados pelos guardas. Boa parte deles ainda tinha o elmo fechado sobre os rostos e as alabardas batiam no chão de mármore em uma nota ameaçadora. Não caminhavam em compasso, mas o conjunto do som fazia uma batida como uma manada de cavalos. Nossas armas eram carregadas um pouco mais atrás por outros guardas. Começamos a desviar de restos de pedras de mármore e pedaços enormes de ferro retorcido, em direção do centro da Congregação. Além do final da madrugada e da lua brilhante, estávamos iluminados pelas tochas acessas aqui e ali. O céu parecia estacionado na mesma luz. Lua e alguns rachos bem esparsos de um bem início de amanhecer, cuja luz, no entanto, pouco chegava a nós. Na penumbra, olhei o recorte liso das pedras de mármore. Como será que conseguiam fazer esses ângulos tão retos? Certamente era o trabalho de artesãos muito caros e muito habilidosos. Eu pensava como poderíamos sair dali e como a Congregação teria sido e como ela sempre foi um lugar para poucos. Jardins destruídos se espalhavam ao nosso redor e também batentes com floreios e colunas. Como enfrentar esses guardas sem nossas armas? Estávamos em muito menor número, não teríamos chance. Escram olhava atentamente para Agurn, esperando alguma coisa. Minuit mantinha uma introspecção silenciosa e distante, dura, andando ao lado do boticário.

— Aliás, capitão Gundar, eu guardei uma surpresa muito interessante para o senhor e seus companheiros — falou Lobo, sem olhar para trás. — Finstla os espera. Nós os avisamos que estavam ajudando um boticário desobediente e fugitivo, que tinha algo que desejávamos recuperar e acordamos que vocês, desertores da cidade de Finstla, incitadores de revolta contra o príncipe e principalmente você, mestre Gundar, cunhado bastardo, seriam devolvidos para serem novamente julgados e agora finalmente morrer. De preferência em praça pública.

Burtm me olhou assustado, com a boca meio aberta, como se fosse falar alguma coisa, mas eu o impedi:

— Cale a boca — sussurrei. O cão Lobo contava sobre a mãe de minha querida filha. A princesa Carloth, irmã do Príncipe Aruam, de Finstla. Logo que comecei a subir na hierarquia da guarda da cidade, fui visto por ela e seus olhos verdes em meio ao seu cabelo escuro como a noite, liso como uma cascata, abundante como uma leoa. Nunca mais a esqueci e, quando me tornei capitão da guarda, passei a estar mais próximo dela e conversamos uma primeira vez no pórtico do castelo, uma segunda vez novamente ali e depois todo o tempo que tínhamos disponível. Ela foi e sempre será a mulher de minha vida. Eu a acompanhei para uma viagem longa até Carlim e lá nossos corpos se encontraram. Ela engravidou e depois, antes da barriga começar a ficar perceptível, nós a levamos para o sul em um castelo de verão onde ela passou dois anos. Eu sempre as visitava. Foram dois anos de alegria plena, com minha filha e com minha princesa. No entanto, ela precisava voltar e isso a perturbou demais. Ficou apática e distante. Acabamos por decidir que minha menina seria principalmente cuidada por minha mãe em uma casa pequena e pobre, mas próxima ao castelo. Nas primeiras semanas, eu procurei entender que a princesa precisava fingir que não nos conhecia e que poderia dar nas vistas eu sair do castelo para visitar o bebê. Mas, depois de algumas semanas, ela mudou completamente de atitude. Não mais me queria por perto e passou a negar a própria filha. Ficou estranha e distante, passava grande parte do tempo no quarto. Eu ainda tentei levar a criança diversas vezes para ver a mãe, mas ela a negava constantemente, até que contei pra minha filha que sua mãe adoecera e falecera depois de um tempo. Fizemos as cerimônias de despedida e meu coração ficou em pedaços. Ela partiu um ano depois para se casar com o rei de uma ilha pouco conhecida. Não a vi partir, mas bebi nesse dia com vontade de esquecer toda uma vida. Meu único porto era o amor de minha pequenina. O príncipe confiava em mim como guarda, não tinha ideia de quem era o pai da bastarda. Para o resto das pessoas, todas essas histórias eram boatos de corte. — Cale a boca, isso não é verdade — falei para Burtm.

— Verdade ou não, mestre Gundar — ameaçou Lobo —, não vou perder por nada os gritos de sua pele sendo arrancada na praça central de Finstla.

Foi quando o guarda à frente girou a alabarda e acertou a nuca de Lobo com um golpe certeiro, fazendo-o desmaiar na hora. Eu me assustei e empurrei os guardas ao meu lado, procurando espaço para uma possível luta, eles recuaram, alguns deles mataram rapidamente uns aos outros e então entendi o que havia acontecido.

— Mestre Agurn, desculpe não termos podido evitar que o senhor fosse golpeado por capitão Lobo. Me desculpe. — A guarda que dera o golpe levantava a máscara do elmo. O rosto era duro e cheio de cicatrizes. Outros ainda se mostraram, grande parte era mesmo mulheres. Devolveram nossas armas. — Mestre Athelenthar nos mandou garantir que se a tentativa de entrada na Congregação fossem vocês, que os ajudássemos a ir ter com ele. Ele está na biblioteca.

— Athelenthar! — sorriu Agurn, repetindo o nome do boticário que procurávamos.

— Mas... — eu estava incrédulo.

— Eu não estava sozinho na ideia de que Minuit poderia nos salvar — disse Agurn, aproximando-se da alta guerreira e oferecendo o braço como cumprimento — Athelenthar! Muito bem, vamos à biblioteca.

— Mestre, não poderemos ser vistos juntos e não podemos matar capitão Lobo, não seria certo. Aliás, precisaremos dizer que foi um de vocês quem atingiu capitão Lobo e que depois de uma luta vocês conseguiram escapar. Na realidade, vamos tentar despistar as ações de mestre Lobo o quanto conseguirmos. Mas vocês seguirão sem nós.

— Deve haver um jeito mais seguro do que perambular por aí — falei.

— Não há, mestre Gundar, na verdade, somos grupos pequenos que apoiaram mestre Agurn e mestre Athelenthar, e creio que sejamos cada vez menos. Nós estaremos atentos a apoiá-los, mas não há como andarmos juntos.

— Não há mesmo, traidores, e vocês vão pagar caro por isso! — era Lobo, já atrás de algumas pedras derrubadas. Descuidamos dele achando que não levantaria depois do golpe na cabeça. Sua silhueta mostrava outra trompa de alerta, mas estranha, pois tinha a saída voltada para baixo. Ele a tocou em duas notas, uma nota curta e outra mais longa, sem muito esforço, e o som forte cutucou o chão sob nós.

— O Segundo Exército... — disse Agurn, dando um passo para trás.

— Peguem ele! — falou a guerreira, mas Lobo já estava de costas, correndo, pulando sobre os escombros de mármore, terra e ferro. As guerreiras seguiram atrás dele. Ela virou para nós:

— Sigam, sumam nos escombros e encontrem um jeito de entrar na biblioteca, rápido! Faça seu caminho!

— Faça seu caminho! — responderam Agurn e Minuit, em coro.

As guardas correram rapidamente atrás de Lobo, deixando-nos abandonados em meio às ruínas.

— E agora, Agurn, para onde? — perguntei.

— Precisamos seguir em direção ao centro da Congregação. Vamos passar pelas salas de estudos e dali para a direita em direção à biblioteca.

— O que foi aquela trompa tocando diferente? — perguntou Burtm.

— Vamos, não podemos ficar aqui, vamos nos misturar nas ruínas. — ignorou Agurn.

— Agurn, você já sabia que as guardas iriam nos proteger? Você as tinha reconhecido? — perguntei.

— Não.

— Então qual era seu plano?

— Você tinha algum plano melhor? — ele respondeu.

Andamos nas sombras, nos escondendo nos escombros de pedras elegantes, sumindo da via principal interrompida por pedaços de construções e casas. Consegui perceber que, apesar de toda a região à nossa volta ser de mármore, as construções ao redor, também destruídas, eram mais simples, feitas de madeira e argila de camponeses. Guardas da Congregação se espalhavam em volta dos restos da pequena cidade procurando algo. Procurando por nós.

— Senhor, eles estão se dividindo em grupo menores, dando a volta, vão olhar em cada casa e em cada edifício destruído — disse Gomertz.

Pude então ver trios e quartetos se dividindo, saltando pedras e muros, olhando por todos os lados e carregando tochas para nos visualizar. Precisávamos de uma saída rápida. Fiquei à frente e puxei o grupo primeiro para uma parede que formava um ângulo impedindo nossa visão por dois lados. Coloquei rapidamente Escram do outro lado de algumas pedras opostas a onde estávamos, junto com Burtm, o arqueiro. Um trio de guardas vinha rapidamente da direção por onde Lobo fugira, acompanhados mais atrás por outros que se espalhavam. As guardas provavelmente não tinham conseguido pegá-lo. Eram também fugitivas agora.

Aguardamos nas sombras em silêncio enquanto as tochas andavam de um lado para outro nos procurando como olhos de um animal enfurecido. O trio entrou na casa parcialmente destruída em que estávamos e rapidamente viu Escram mal escondido nas pedras. O sujeito teve apenas o tempo de uma exclamação até eu enfiar minha espada em sua nuca, como o outro foi agarrado de frente no pescoço por Gomertz, que o derrubou e o sufocou, e Burtm disparou uma flecha a um palmo de distância do olho do terceiro. Agimos rápido, do jeito que gostávamos, do jeito que conhecíamos.

Pensei em mudar de local e avançar em direção ao nosso objetivo, mas logo vi um novo trio dando uma volta mais longa até onde estávamos. Esses chamavam um ao outro com pequenos sussurros que eu não conseguia distinguir, mantendo-se um pouco mais distantes uns dos outros, procurando de um lado e de outro, com espadas brilhando sob a luz das tochas na mão oposta. Mais atrás havia mais luzes perambulando os escombros. Não tínhamos por onde passar. Minuit então encostou em meu ombro:

— Venha comigo, capitão.

Ela seguiu sem me dar tempo de responder. Primeiro em direção ao grupo mais próximo e eu pensei se ela pretendia que nós os atacássemos, no entanto, o grupo atrás certamente nos ouviria. Ela tateava e desviava das paredes e dos restos com a precisão de um gato, e logo antes do contato com o inimigo, nos levou pelo lado seguindo um longo caminho escondido nas sombras que nos tirou do meio da chegada do enxame de tochas e espadas. Mesmo assim, três guardas passaram a nos fechar pelo caminho à frente, obliquamente. Minuit encostou novamente em meu ombro:

— Esses são seus, capitão.

Joguei toda minha força no giro da arma e a levantei imediatamente cortando a cabeça do primeiro guarda que entrava na sombra e, desse movimento, voltei com o punho da espada na cabeça do segundo, que caiu inconsciente. Um terceiro levantou a espada e iria me atingir na cabeça, mas o elemento surpresa o havia atrasado os segundos necessários para que eu chocasse punho contra punho da espada e desviasse seu golpe, devolvendo-lhe uma joelhada na cabeça e uma coronhada na nuca. Eu não havia visto o quarto guarda ainda, que ameaçou recuar e correr, mas foi segurado por Gomertz, que pegara uma espada dos guardas que havíamos atacado antes. Ele encostou rapidamente a lâmina em sua garganta e puxou.

Minuit voltou a tomar nossa frente. Ela percebia a presença e os movimentos dos guardas antes deles saberem o que iriam fazer. Farejava suas intenções e nos levou ao largo de um grupo maior que parados trocavam informações. Ela nos parou para deixar algum grupo passar. Nos distanciamos aos poucos, encostando nas paredes frias sob o ar gélido da madrugada. Agurn pegou a mão da menina e apontou aproximadamente a direção da biblioteca. Mas ela sabia onde estava.

— Eu sei — ela disse.

Uma larga estrada de mármore então se abriu à nossa frente, quando os restos de cidade rarearam. A parca iluminação de onde estávamos mantinha num quase breu o que havia mais à frente. Ao nosso lado, uma construção alta e pontiaguda como uma espada carregando pratos em seus lados, se mantinha pela metade, em meio a uma enorme praça de árvores arrancadas com raízes.

— O Relógio d'Água se foi... — disse Agurn.

— O que há do outro lado? — perguntei.

— A Cidade do Conhecimento.

No entanto, eu não conseguia ver nada ali à frente, mas era naquela direção que estava a biblioteca. Então, à nossa direita, a cerca de duzentos metros, vi uma mancha de luz crescendo. Junto com ela, ouvi passos.

— Corremos ou voltamos? Agurn? Minuit?

— Voltamos — respondeu Minuit.

Nós recuamos até o limite de grandes pedras e árvores, observando as luzes dos guardas em movimento atrás de nós. Fiquei também tentando distinguir a luz com passos da qual nos distanciamos. Era a mancha de muitas tochas como um sol nascente. Os passos foram aparecendo. Era um grupo de mantos vermelhos e escudos redondos todos iguais, com desenhos ondulantes. Andavam como sombras na noite, com elmos reluzentes, se alargando sobre a área em que estávamos. Pensei na estupidez que fazia. Já devia ter fugido com Minuit há muito tempo. Por que havíamos invadido um lugar tão inóspito, tão inseguro e tão letal quanto a Congregação? Meneando a cabeça, jurei tomar decisões melhores no futuro e nunca mais expor meus homens e uma menina à morte desse jeito.

Tentei ver Minuit no escuro antes de virar novamente para o enorme grupo recém-chegado, que agora parara e ouvia cinco sujeitos em armaduras robustas e alabardas e espadas na cintura, que haviam chegado do lado mais escuro. Ela estava serena, ouvindo tudo, aparentemente olhando para o nada. O novo grande grupo se dividiu e se espalhou como baratas numa área enorme e começaram a vir em direção a nós.

— Vamos ter de andar no escuro, na direção certa, para lá, saindo das ruínas, indo para a tal Cidade do Conhecimento — comandei. — Se toparmos com alguém, matamos sem alarde. Ou morremos. Escram, fique mais próximo de Minuit. Burtm e Gomertz, a menina é prioridade. Pegamos essa porcaria desse Grimoir e damos um jeito de cair fora daqui, entenderam?

— Sim, senhor — eles responderam. Mas eu não acreditava no que dizia. Estávamos totalmente sobrepujados.

Seguimos então tentando fazer nenhum barulho. Pulamos as últimas pedras e fomos em frente, passamos próximo do relógio novamente e seguimos andando nos flancos das luzes das tochas carregadas pelos sujeitos de vermelho. O campo ficava cada vez mais aberto e as ruínas acabavam em quantidade. Minuit nos indicava os passos e parava às vezes se esforçando para perceber o passo seguinte dos inimigos. Nós parávamos atrás, olhando. A mão dela tremia de medo ou por algum outro motivo. O grupo se espalhava e vinha em direção ao local onde estávamos. Giravam de um lado para outro, espreitando a escuridão. Minuit nos fez andar em círculos para nos livrar daqueles olhos. Então chegamos perto de uma enorme árvore derrubada, e foi quando Burtm se prendeu e caiu nas raízes da árvore exposta, causando barulho. Vi quando um sujeito de vermelho que já ia um pouco mais atrás de nós se virou ameaçador e veio olhando de um lado para outro, aproximando-se das raízes partidas. Quando chegou lá, nada havia. Nós havíamos dado a volta, arrastado Burtm e estávamos no chão, jogados sob a árvore.

Vi as botas do sujeito com seus detalhes sujos. Pareciam antigas, seculares, estavam em diversas partes destruídas pelo tempo, velhas. Diferente do manto, que refletia a luz da tocha mais acima em um tom de glória, de realeza. Parou a nossa frente.

Girou e seguiu, distanciando-se.

Esperamos um longo tempo ali. Por medo ou por tática. Até que nos levantamos aos poucos. As luzes se espalhavam atrás de nós, ainda a nossa volta. A escuridão nos dera um momento de sorte.

Minuit foi à frente, mas logo passou a andar mais devagar e de repente, parou. Alguma coisa a perturbara.

— Consigo ver muito pouco, precisamos sair dessa confusão de tochas — disse Burtm. Eu também via muito pouco. Minuit, era ela nossos olhos.

— Alguns deles estão perambulando sem tochas — ela disse.

Fechei os olhos em desespero, tentando ouvir. Estávamos agachados na estrada de pedra fria. Desejei ter a habilidade de Minuit e ver as coisas de algum jeito, mesmo sendo cega.

— Podemos despistá-los? — perguntei.

— Esses estão sendo diferentes. São mais frios, são sem coração. Não é com os olhos que estão procurando.

Fiquei em silêncio tentando ouvi-los. Nada.

— Talvez consigamos pegar menos deles — ela ficou em silêncio alguns instantes — Sinto um, se passarmos por ele, conseguimos seguir.

— Senhor — era Burtm —, de verdade que lutaremos no escuro?

— Precisamos nos afastar mais das tochas atrás de nós. Minuit, você as percebe? Precisamos estar mais expostos apenas à luz da lua ou não conseguiremos matar o guarda de quem você está falando.

— Sinto o calor das tochas e o cheiro do medo e da velhice aí atrás — ela falou pegando em minha mão. — Venha, capitão, venham todos, com passos de gatos.

Andamos nos aproximando da penumbra da lua, lutando para acostumar os olhos e ampliar o que podíamos ver. Eu pisava em ovos, segurando para que pedaços das placas das armaduras não fizessem barulho batendo umas nas outras. Minuit me puxava pela mão. Ela tomou uma direção quase paralela à cidade do Conhecimento, depois mais à frente virou totalmente na direção oposta, oblíqua ao nosso objetivo.

— Ali — Minuit apontou com minha mão.

Distingui a forma de capa longa, elmo alto e escudo contra o lusco--fusco do céu. Estava quase de costas para nós, movimentando-se devagar, fortuitamente. Era alto de ombros largos.

Era tudo. Ou nada.

— Vamos! — falei em sussurro.

Corri na direção do sujeito mirando meu ombro contra o ombro dele e me choquei contra placas de aço duras, dobrando o sujeito e quase jogando-o no chão. Mas ele não caiu. Em seguida, Escram repetiu meu movimento para catapultar o inimigo, mas o sujeito apenas modificou a posição dos pés e envergou com o golpe, sem cair, e voltou com o som do desembainhar de uma espada. Vi o brilho da lâmina comprida e quando ele deu um passo atrás para se posicionar em relação a nós e nos olhou. Gomertz foi o primeiro a estocar com selvageria, procurando abrir sua barriga, mas só encontrou o escudo e foi arremessado para o lado. O sujeito deu dois passos para o flanco e girou a arma sobre Escram que se protegeu com o escudo e veio mais perto de mim. Eu o ataquei novamente, procurando sua perna e depois seu peito com minha espada, mas não achei nada, pois ele se movimentava rapidamente. Bateu em Escram com o escudo e depois tentou rachar meu crânio. Sua espada passou zunindo ao meu lado. Encolhido, eu tentei novamente empurrá-lo para longe e dessa vez ele nem envergou. Senti o cheiro de pó e mofo quando encostei em sua capa.

    Os barulhos atraíram um grupo que estava distante. Ouvi quando vozes disseram algo e duas tochas vieram, começando a se aproximar.

— Gomertz, Burtm, cuidem daquele grupo! — apontei.

    Virei com força a espada e atingi a barriga do homem, a espada passou com facilidade para dentro de seu corpo e saiu mais facilmente ainda depois de encostar nos ossos. Era magro. Eu esperava ele cambalear antes de enfiar a espada em seu rosto, mas ele não esmoreceu nenhum centímetro. Reposicionou-se com um passo atrás e disparou com força contra mim com o escudo e a espada e, encostando a lâmina em meu ombro, encontrou um tanto de carne. Foi para cima de Escram, ainda sem vacilar pelo golpe recebido. A figura horrenda de capa caminhava habilmente na escuridão, sem perder vitalidade. "Como consegue continuar com um corte nas entranhas!?", pensei. Mirei sua cabeça e desferi um golpe com a parte da arma próxima ao punho. O sujeito deu um passo para o lado, mas logo se reposicionou, apenas chacoalhando a cabeça, como rindo de nós.

— Morra, desgraçado, morra! — falei, mas ele não obedeceu e investiu sobre mim com violência, levantando-me com o escudo e jogando-me de lado. Perdi o apoio das pernas e tombei, mas agarrei seu punhos. Escram passou sua espada pela garganta do guerreiro, girando o corpanzil para trás de nós, e o sujeito respondeu como se nada acontecesse, puxando seu braço do meu, levantando sua espada contra mim. Não o soltei e aproveitei o impulso para me levantar. Finalmente percebi sua mão de ossos e sem carne, segurando a espada.

    Olhei para dentro do elmo e vi o sem hálito de uma mandíbula humana e dentes expostos sob o aço. Aquilo já estava morto.

— Agurn, que porcaria é essa?! Escram!

    Minha resposta foi um duro golpe da coisa com o escudo em minha cabeça e na lateral do pescoço, que me jogou longe. Meu mundo girou. Vi de relance quando Escram levantou a espada de baixo para cima em um movimento que poderia ter decepado o braço do guerreiro esqueleto, que apenas deu um pulo para trás e se reposicionou mais perto de mim. A visão de sua bota ornamentada virou um soco com o cabo da espada em meu rosto. Depois mais um. Nada parava o que já não estava vivo. Ele levantou a espada. Senti o gosto de sangue e lágrimas na boca, não enxergava mais nada, não sabia mais se estava de olhos abertos. Senti bem-vinda a morte. Finalmente, veria minha filha.

— Ainda não, capitão — Escram falou soturno, tomando o espaço entre mim e o inimigo.

Levantei quando ele posicionava o escudo apoiado no chão e falou alguma outra frase em uma língua que eu não compreendi. O inimigo batia com o escudo e a espada seguidamente contra Escram, com uma força descomunal, por um lado e por outro, aumentando a força e a velocidade, como se estivesse enlouquecendo e rindo. Como iríamos matar aquilo? A cada pancada, Escram devolvia com um empurrão de seu enorme escudo, como uma muralha viva. Escram o fez girar para um lado, rebatendo os golpes, com uma violência que poderia derrubar uma árvore, mas o esqueleto voltava, frio, mofado, e girava a arma como um lendário guerreiro. Escram iria cansar em algum momento, estaríamos perdidos. Foi quando tive uma ideia.

— Escram, derrube-o! Passe por ele e derrube-o, tive uma ideia!

Escram pareceu não ter ouvido, mas depois fez um movimento largo pela esquerda do inimigo e o abraçou com seu escudo, jogando-o contra suas pernas. O guerreiro de manto vermelho caiu de lado como um saco de batatas e eu corri sobre ele. Agarrei a mandíbula do monstro com as mãos, procurei encaixar os pés sobre seus ombros ou onde foi possível e puxei como se fosse a última coisa que eu fizesse. Escram percebeu o que eu tentava, jogou-se sobre nós dois, rolando sobre a arma do guerreiro, enquanto a outra mão do inimigo me golpeava, apertava e puxava, machucando minhas pernas. Forcei com todos os meus suspiros até que a cabeça saiu em minhas mãos e o corpo, antes sem vida, parou.

Deitado ainda, olhei para o lado e ergui os olhos.

— Devo minha vida a você, Escram, obrigado... mas não podemos parar... — e vi que Burtm e Gomertz terminavam de estripar mais um guarda, outros estavam caídos no chão ao lado deles. Era o último.

Caí, exausto.

— O que é isso, Agurn? — ele passava por mim, indo em direção aos feitos de Gomertz e Burtm. Levantei recuperando o fôlego ainda e comecei a olhar o que havíamos matado. O esqueleto humano habitava uma armadura muito antiga, agora desmantelada. O ar frio do sorriso do morto aparentemente não estava mais lá. As armas antigas não pareciam ter serventia.

— Ah, isso sim... — Agurn exclamava. Gomertz e Burtm haviam matado dois guardas e um sujeito com uma alabarda, que Gomertz agora elegia como sua, jogando de lado a espada. Mas entre os mortos também parecia estar um boticário, em quem Agurn remexia os bolsos, retirando vidros de unguentos e poções.

— Agurn, o que era aquilo? Aquele morto-vivo era mais uma formação da magia? — perguntei.

— Não, capitão. Aquele é um homem do Segundo Exército.

Dobrei o sobrolho.

— Eu nunca os havia visto, eles não são acionados há centenas de anos. A última vez que precisamos deles, eles não acordaram. Essas alquimias são mantidas secretas e inacessíveis a grande parte dos boticários. Claro que tentei saber como chegar a esses livros, mas nunca consegui.

— Então há mais desses mortos em volta de nós.

— Sim, muitos mais.

Eu gelei, exausto. Seríamos trucidados caso vários desses nos atacassem ao mesmo tempo.

— *Eles são a verdadeira confiança de proteção da Congregação* — Agurn cantarolou como se fosse um poema antigo, enquanto caminhava até o esqueleto e arrancou-lhe um braço, gemendo ao fazer força. — Como vocês o mataram?

— Puxei sua cabeça fora.

— Bem, ela se repôs sozinha então — ele examinava o guerreiro — Melhor sairmos daqui.

Seguimos silenciosos e, guiados por Minuit, conseguimos apunhalar de surpresa os guardas em nosso caminho e desviar de outros do Segundo Exército, que, principalmente, se espalhavam pela cidade destruída atrás de nós.

— Mais uma dessas e virão todos sobre nós — reclamou Burtm, referindo-se ao barulho que fizéramos abrindo a jugular de um guarda.

Aos poucos nos aproximamos de luzes de postes depois da avenida de mármore. Uma torre alta e larga, no entanto, menor que as demais atrás dela, se erguia calma, suave e sábia, como uma enorme coruja. Todo o seu redor estava amplamente iluminado por enormes vasos em fogo e dezenas de guardas se espalhavam andando em grupos à sua volta. Uma ruína de um casebre nos acolheu e pude ver a beleza das curvas daquela larga torre de pedra, sem quase nenhuma janela, crescida de dentro de um largo forte de pedras pesadas e escuras, enfeitado com estátuas e ângulos que imitavam a natureza, além de homens e animais, alguns que eu nunca havia visto.

— A biblioteca é onde tudo começou, é onde a Congregação começou — Agurn indicava a fortificação. — Mais antiga do que tudo o que é conhecido. Sua torre é invertida. Esse espaço que veem para cima não é nada perto do que ela é para dentro. Como uma árvore cujas raízes se montam e se espalham na terra. Ninguém conhece todos seus corredores subterrâneos, nem sua profundidade. Mas lá, tudo o que é sabido fica guardado, protegido e cuidado. Vocês serão os primeiros não boticários a entrarem nesse santuário.

— E como você planeja passar por essa quantidade de guardas e boticários? — apontei para a curba de homens vagando de um lado ao outro em frente à biblioteca.

Ele olhava o movimento e ao redor.

— Podemos tentar algo... — ele sacou de um dos bolsos uma poção que havia tirado do último guerreiro que havíamos liquidado. Estava assustado. Depois juro ter visto um sorriso matreiro. —

Podemos tentar algo... Mas precisaremos ser rápidos. Primeiro o arqueiro — ele colocou a poção nas mãos de Burtm. — Guarde isso bem. Quando eu ordenar, jogue isso no centro, entre os dois principais grupos de guardas. Vamos correr para a biblioteca, matem quem estiver no caminho para que não tenhamos testemunhas.

— Mas eles são muitos! — falei. Eram dois grupos grandes, cada um com pelo menos dez guardas, acompanhados de alguns guerreiros de alabardas e boticários.

— Eu sei — Agurn respondeu, olhando fixamente o movimento em redor. — Agora esperem.

Estávamos agachados no escuro. Os guardas conversavam e recebiam informações de outros guardas que vinham da distância atrás de nós. Uma vez, um guarda passou mesmo a metros de onde estávamos e instintivamente contraí o corpo para agarrá-lo e derrubá-lo, mas fui segurado por Escram. Ele seria uma tocha que sumiria da vista dos demais. O cerco estava fechando. Em pouco tempo nos achariam.

— Agora, arqueiro, jogue a poção, entre aqueles grupos! — comandou Agurn, apontando a frente da biblioteca.

Burtm olhou assustado, sopesando o conteúdo que segurava. O frasco rodou no ar, agitando o líquido interno e subiu em direção ao grupo que estava na porta da biblioteca, logo atrás de outro passando à sua frente. Pensei que o frasco não chegaria ao seu destino e se espatifaria logo à nossa frente, mas ele passou mais além e explodiu em cacos e uma nuvem que se adensou quase de imediato como uma explosão que de repente conteve sua expansão, envolvendo os guardas em redor.

— E agora? — perguntei.

A nuvem tornou-se translúcida e se desfez em condensação. Os guardas se olhavam e passavam as mãos nas cotas de malha e placas de armadura, distinguindo a estranha umidade, raivosos e olhando para onde o frasco havia caído.

— Agora — disse Agurn —, eles vão se atacar.

Os guardas partiram para cima uns dos outros em uma fúria sem limites. O grupo mais externo às portas da biblioteca foi mais rápido e desembainhou espadas nos membros e pescoços da tropa em frente às portas, em uma selvageria de gritos, uivos e mortos. Quando o grupo em defesa percebeu o que acontecia, tomou o flanco direito e rebateu os inimigos, devolvendo golpes e empurrões. Um boticário teve tempo de quebrar uma poção no corpo de uma guarda de alabarda, que explodiu em fogo, correndo para longe.

— A poção de inimigos mortais. Eles estão se vendo como os piores inimigos existentes e disparam um contra o outro. Mas o efeito dura pouco, ainda mais usado desse jeito. Vamos, atrás de mim! E matem quem os vir.

Nós corremos atrás de Agurn, Escram posicionou o enorme escudo protegendo um de nossos lados. Quando estávamos entrando no campo de batalha, ele disparou contra os inimigos como uma rocha, cortando pernas e braços. Entendi a deixa e rumei para os três últimos homens, chamando Gomertz e Burtm. Minha espada bateu contínua contra a espada de um dos guardas que, diante de minha força, caiu no chão até que pude estocar sua barriga. Logo atrás de mim, Gomertz havia dividido o crânio de um sujeito com a alabarda e largando a arma agarrou o último homem, empurrando-o para mim. Ele tropeçou em um morto e me entregou o pescoço em um barulho de aço e malha se desmantelando no chão.

Correndo para o outro lado, um boticário que acompanhava os guardas corria de medo. Ia já longe, certamente chamaria ajuda, e correu até Burtm enfiar uma flecha em sua nuca.

— Rápido, vamos entrar, logo teremos mais companhia — ordenou Agurn.

— Mas uma porta dessas deve estar trancada — falei.

Então a porta se abriu e vi um boticário velho, alto, de barbas e cabelo quase todo prateado e abundante. Usava uma túnica prata longa, protegida nos ombros por malhas de aço e os muitos bolsos nas algibeiras com detalhes bordados em ouro e prata. Na cintura, levava uma espada longa. Agurn olhava para cima, para ele:

— Mestre Athelenthar.

*Esta é a história tal como a ouvi de Astam,
filho de Astlam, a voz.*

—— PARTE TREZE ——

Uma cena ficou profundamente em sua memória, além de todas as memórias com a menina, que eram sonhos esganiçados e ganidos tristes e compridos. Foi a cena de quando abriram a jaula em que estava, dias e dias depois de ter visto o sujeito de capuz e garras frias e duras. Ele e o camponês da jaula ao lado estavam finalmente livres.

Saiu correndo. Via a luz do sol do lado de fora da tenda e tudo o que queria era correr para ela e de lá encontrar o lugar para a floresta de onde veio e perseguir o cheiro de sua dona. Porém, quando saiu, os cheiros estavam todos misturados e assustou-se com as cores. A floresta estava longe, nas altitudes dos aclives que mostravam um vale, mas, principalmente, estava em um emaranhado sujo de cheiros humanos. Estava em meio a uma multidão de tendas e pessoas.

Os cheiros eram inconfundíveis, mas ao mesmo tempo confundíveis, porque eram muitos. Tendas espalhavam-se em todas as direções e homens e mulheres andavam de um lado para outro em pequenas tarefas infinitas, principalmente imersas no som de lâminas cortantes sendo afiadas. Ele olhou para todos os lados e depois sentou sem perceber ou saber o que fazer, nem para onde ir ou o que pensar. Faixas e roupas coloridas, restos de mantos e restos de tudo andavam com aquela gente suja de estrada, mas cuidadosa com seus pertences. Alguns gritos falavam de ameaças e dificuldades de conviver, roubos, maltratos e sumiços. Outros eram risos de zombaria. Olhava de um lado para outro até que o camponês saído da tenda e da jaula esticou a mão sobre o pelo macio de sua pele.

— Nós faremos isso juntos, Redondo. Você e eu. Esse deve ser o acampamento itinerário dos Mendigos das Estradas.

Vieram risos de crianças. Uma mais ruidosa reclamava de outra, que começou um choro sem convicção, e ele olhou meio de lado, percebendo na luz da manhã as crianças brincando em meio às lonas e tecidos ondulejantes formando tetos e paredes. Ao lado e ao redor, cheirou outros cães e percebeu a presença de uma linda e possível companheira.

Levantou o traseiro e seguiu firme.

— Aonde você vai? — perguntou o camponês.

Ele se lançou firme para onde as crianças estavam e passou por elas decidido, rumando a uma extensa área de carruagens de diversos tamanhos, algumas em concerto, outras cheirando ao desmazelo. Não achou ninguém como ele, mas achou um grupo grande de sujeitos cheirando a aço e ferro. Muitos deles comiam ao lado de fogueiras, outros lutavam entre si, corrigindo-se e repetindo movimentos.

— Redondo? — a voz do camponês começou alta e depois diminuiu, cortando-se assustada. Tinha visto as armas do grupo por onde Redondo passava. Ele fez pouco desvio por entre esse grupo e foi chegando à beirada do acampamento. Alguém ainda ralhou com ele e fez como se fosse pegá-lo, mas ele saltou de lado e ficou tentando achar novamente o cheiro dela ou de uma outra fêmea. Correu.

Correu para dentro de outro grande grupo de tendas. Havia muita gente, gente demais por todos os lados, e muitos e variados afazeres, mas o principal ainda era cozinhar, arrumar pequenas tralhas e cuidar de homens vestidos para matar, em aço e ferro e malha. Coloridos, as cores de tudo eram as cores do mundo, intensidades variadas e pesos de tecidos diferentes por todos os lados. Restos de roupas e de tecidos. Recosturas. Crianças aqui e ali e mulheres que andavam junto com os homens, dividindo as tendas. Algumas tendas eram maiores e mais abertas, caixas expostas e caixas abertas. Viu uma grande charrete quadrada, cujas grades serviam para guardar galinhas apetitosas de ensopado, sentiu ao largo de seu trote uma grupo grande de vacas e bois que sujavam o chão e o ar com o que comiam. Mais próximo da encosta, ele viu grandes construções de madeira sobre rodas, escadas enormes sendo reforçadas e sendo acomodadas em veículos de transporte. Ali apareceu um sujeito como ele e quase o mordeu.

Rosnou bravo e a primeira dentada mirou seu pescoço, sem a menor piedade. Ele desviou rápido, totalmente por reflexo, e baixou a cabeça estufando o peito e começando a mostrar os dentes e as unhas. O sujeito era cinza e um pouco maior do que ele, com orelhas pequenas e empinadas. Estava na sombra e cheirava muito mal. Fez a mesma posição ameaçadora e o corpo comunicou que aquela área era dele. Sua urina também. O cheiro se alastrava por toda parte escura em volta das construções de madeira e de homens martelando e falando uns com os outros. O cinzento pulou para cima dele para assustar, dessa vez não havia mira alguma. Mas fez com que ele pulasse e saísse de sua posição e tivesse de pensar para voltar. Então sentiu o cheiro dela e olhou rapidamente de lado.

A fêmea estava passando ao largo dos dois, bem distante e era pequena à vista, mas seu odor era lindo. Um encontro de girassóis acariciantes pela manhã. Um momento de calor e prazer em uma manhã gelada, o compartilhamento de um existir estranho quando sozinho. Veio um rosnado mais alto e o cinza veio com raiva em uma perna e no pescoço dele, e ele pulou para trás, pensando em revidar, mas viu que ela entrou no campo de cheiro dele e, desapontado recolheu o dente, deu mais um pulo e viu ela se aproximar daquele outro. Desistiu, virou-se e seguiu.

Chegando ao limite do grande exército de humanos e começando a entrar em arbustos e entre árvores da beira da estrada que seguia adiante do acampamento, resolveu dar a curva e entrar, agora pelo outro lado de onde veio. Correu e correu e correu, afastando-se do espaço do cinzento, até que, assustado e cansado, resolveu andar, porém, sem atender aos chamados de várias crianças, mulheres e homens que o viam perambulando em meio aos restos de fogueiras. A morte veio como um cheiro mais forte à sua esquerda e ele observou as madeiras pesadas em cruzes, onde recém-mortos começavam sua guerra contra a podridão. Andou mais devagar e viu as cinco cruzes mal colocadas no chão, alguns dos mortos com a cabeça para baixo, um deles sem cabeça. Estacou, olhos tristes e virados para baixo, em compaixão com algum tanto de muita tristeza. Não sentou, apenas ficou ali de pé, olhando.

— Eles são cruéis, Redondo. E eu não sabia que eram tantos. — Era o camponês que ele não vira, mas que estava ali ao lado, olhando a composição de crueldade. — E acho que vai haver mais uma condenação. Guardei um pouco de pão para você.

Pessoas se aglomeravam não muito distante de onde eles estavam. As falas altas indicavam que algo importante aconteceria. Elas gritavam por morte e por dor, mas não chegavam a gritar juntas, a aura era de medo. Acumulavam-se apertadas em volta de uma grande pedra, na frente da qual a maior de todas as tendas estava montada, como que protegendo uma menor mais atrás, no centro de outras. Dessa menor, saiu o encapuzado de manto negro, tilintando em aço, alto como uma montanha. Era ele, o Sádico. Das outras tendas já haviam saído outros guerreiros muito armados e em glória de guerra, com pulseiras e colares e insígnias variados. Andaram até a pedra onde o encapuzado subiu com agilidade. O ar era fresco, a multidão aumentava. Ele encolhera um pouco.

— Bem-vinda, morte, e bem-vindos os fortes — ele bradou alto e retirou o capuz. Tinha os cabelos raspados, o rosto duro e os dentes tatuados fora da boca, fazendo conjunto com uma pintura de ossos de crânio ornando todo seu rosto. — Hoje iniciamos um grande dia. Hoje temos muitos presentes, hoje somos mais fortes e em breve seremos mais ainda! Nós vamos sobreviver! — ele gritou e a multidão respondeu gritando e erguendo os braços, até ele pedir silêncio com as mãos.

— O Vento trouxe o quê? A morte. A perda da certeza em quem podemos confiar, a perda na confiança de quem poderá nos defender. O Vento levou tudo, levou tantos, nos deixou nus, com frio, sem casa, sem esperança. Muitos de vocês vagavam perdidos, esperando o colchão frio do fim da vida até que eu cheguei. Eu cheguei e mostrei para vocês o que é o Vento e o que ele deve ser para nós. O Vento é chance. Chance de mostrarmos nosso valor. Chance de nos superarmos e chance de acabarmos com os roedores e aproveitadores que sempre nos disseram que nos protegeriam, mas apenas queriam que nosso trabalho e comida fossem para eles! Agora acabou. Apenas nós, os mais fortes, vamos sobreviver, nós vamos dominar todas as partes, nós, os fortes, não responderemos a ninguém, a ninguém! Nós merecemos o novo mundo que o Vento traz, nós estaremos aqui quando o Vento se for! — Mais gritos e aprovações vieram da multidão que se apertava para ouvir. O encapuzado apoiava a mão na ponta da espada na cintura. — Eu, o Sádico, vou nos salvar. E, para isso, tenho uma notícia maravilhosa. Nós não mais precisaremos ir a Fruocssem para usufruirmos de seus muros. Nós logo não mais precisaremos estar na estrada! — dessa vez os gritos e a euforia foram difíceis de serem controlados por ele.

— Nós teremos nosso muros aqui próximos. Nós teremos muros que nunca pensamos que poderíamos ter. Esse lugar está enfraquecido. O vento matou boa parte de seus habitantes, enfraqueceu parte de suas defesas, este lugar está fraco, como nunca foi, como ninguém suspeitaria, e por isso nós vamos dominá-lo! Nós vamos ter os muros da Congregação dos boticários!

Em princípio, a multidão movimentou o rosto em suspeita, algumas vocalizações de dúvidas, mas que logo foram sobrepostas por gritos de loucura, júbilo e incentivo. A multidão estava enlouquecida, encantada com as palavras e com as promessas daquele homem. Certamente, não era a primeira vez que o ouviam, aquilo já era esperado, aquilo já havia acontecido muitas vezes antes.

— Mestre Hunlad — um guerreiro com manto de pelos de cordeiro se aproximou e foi abraçado pelo sujeito de rosto tatuado —, mestre Hunlad capturou não apenas um, mas dois boticários que nos revelaram as vulnerabilidades das muralhas e muito mais. Nós, hoje Mendigos, amanhã seremos a humanidade! — fez uma pausa. — Nós vamos nos aproximar na noite e de lá iremos para a glória! Quarlados, falem com seus comandantes e se preparem!

A multidão rugia em vivas e gritos. Atrás dele, então, percebeu um pequeno cãozinho, muito peludo e pequeno e com um focinho muito pequeno. Não o havia notado antes e levantou-se, atônito. Virou o rosto. Cheirou e foi atrás dele. Queria entender de onde vinha, saber o que comera. Mas o pequeno levantou também, de início muito assustado, e não quis mostrar muito sobre si, ele que ficava tão menor diante do outro. Andaram assim a volta um do outro, quando o pequeno sentou no chão abandando o rabo. Pedia um momento de brincadeira. A multidão olhava, no entanto, para cima e, às vezes, dava à dupla um riso leve e condescendente, imaginando tempos melhores. Mas logo voltavam ao mesmo olhar para o alto e os esqueciam.

— Pois bem, todos sabem que aqui nós fazemos a justiça, aqui só há espaço para a nobreza. Aqui só há espaço para valores. Valores não se compram nas esquinas, nas feiras, não se encontram em atitudes mesquinhas. Vocês acham que roubar é uma atitude mesquinha? — bradava o tatuado.

— Sim! Sim! — respondia a multidão.

— Pois desde quando roubar o pão da família do outro é nobre? Nunca! — Um homem nu era trazido para cima da pedra por dois guerreiros. Foi jogado ruidosamente. Era muito magro, muito sujo e seu olhar vertia terror. Ele gritava:

— Senhor, por favor, eu não fiz nada de errado, a fome, eu não aguentava, quando vi tomei um pouco do pão que lá estava, foi só isso! Quem aguenta o choro de um filho faminto? Uma esposa que é infeliz, que é ossos?! — O sujeito de manto negro pisou em seu rosto.

— A nobreza, a bondade, nós somos quem merecemos viver, quem pratica o mal não merece viver, merece ser sacrificado para que o Vento seja aplacado. Você vai morrer, você roubou!

A multidão delirava. Pedia a morte, pedia sangue. Alguns guerreiros traziam as peças de madeira para pendurarem o sujeito. O encapuzado pisava mais pesado na cabeça e no pescoço do ladrão, que tentava gritar ainda:

— Ajudem, ajudem, quem de vocês não faria? — estrebuchava em choro. — Quem não fez o mesmo pela família, mas não foi pego?! Quem?! Salvem-me, tenham misericórdia! Misericórdia!

Cheirava a verdade, tristeza e amor pelo filho. Cheirava a desespero e choro. Cheirava, na verdade, a um filho e muita, muita fome, muita tristeza, muito abandono. Cheirava verdade, uma verdade triste e pungente, que lembrou a distância e a inacessibilidade de sua dona, sua tão querida e carinhosa dona.

O encapuzado tomou a mão do homem e violentamente puxou-a para cima.

— Essa mão. Essa mão não é nobre, não é nada. Não é a mão que deve sobreviver. Essa mão é a mão do ladrão! Essa mão não merece! — Puxou então violentamente uma faca longa que carregada na cintura do outro lado de sua espada e decepou a mão do sujeito, espalhando sangue por todos os lados e sobre a multidão mais próxima que retribuiu em gritos de prazer e euforia. — Será, será que a outra mão também roubou? Você representa, seu ladrão, tudo o que nós, Mendigos, vamos para sempre lutar contra, tudo o que o homem não é! — Ele tomou aquela outra mão para cima, em meio aos gritos do homem no chão. — Essa mão também, se não roubou, ela foi cúmplice, cúmplice! — E se preparou para decepá-la também, quando ele pulou tocando a pedra alta e mordendo ferozmente seu antebraço, chacoalhando a cabeça. Pisou no sujeito ensanguentado e gemente. Estava completamente enlouquecido com a visão do sangue.

Não era a primeira vez. Quando matou o guerreiro que ameaçara o camponês que o acolheu, ele sentira esse frenesi gutural de sangue, júbilo e terror. A morte e a dominância do espaço e de um terreno, o festim da morte e onipotência. O sangue do sujeito, quando espirrou, disparou nele a loucura de ao mesmo tempo que queria parar com a matança, protegendo um coitado cujo sofrimento lembrou sua dona, queria participar e produzir mais morte e mais sangue e mais terror.

O sujeito do manto negro chacoalhou e socou-o tentando livrar-se dele, que acabou com os dentes escorregando do alvo. Retomou a investida, enlouquecido e mordeu sua perna, tentando puxar para derrubá-lo. A multidão fazia sons de susto, algumas pessoas fizeram menção de subirem na pedra, mas foram os guerreiros em volta dele quem o chutaram e puxaram e socaram, depois sacaram uma espada e passaram na garganta dele, e ele soltou-se da perna com medo da lâmina e todos caíram e ele se agachava e levantava e mais um ataque à perna viria, mas antes um guerreiro acertou um soco certeiro no alto de sua cabeça e depois mais um e, quando uma espada ia ser enfiada em seu corpo e ele gemia de dor e tentava descer da pedra, voltando à realidade, o sujeito do manto negro gritou:

— Parem, parem! Eu o quero para mim.

Esta é a história tal como a ouvi de Altem, filho de Altem,
o guerreiro vermelho.

—— PARTE CATORZE ——

— Não temos muito tempo agora, me ajudem com os cadáveres.

Foi o boticário Athelenthar quem falou, saindo do caminho e indicando que entrássemos na biblioteca. As luzes de dentro e o parco amanhecer do lado de fora reluziam no ombro com malha de aço e nos detalhes dos bolsos de poções da túnica prata quase branca. Tinha um olhar doce, porém austero, com barbas prateadas. Tinha minha altura. Atrás dele, outros três boticários olhavam, cada um com uma túnica muito enfeitada, mas mais simples, como se fossem de um outro status. Mas eram muito velhos. Mesmo com olhares fortes e sábios, todos estavam curvados sobre cajados longos, olhando de um lado para outro. Athelenthar fechou a porta atrás de nós.

— Lá fora, precisamos fechar essa porta com alguma coisa, eles podem voltar — falei.

— Eles vão voltar — respondeu Athelenthar —, me ajudem a colocar a trava nos calços da porta.

Estávamos numa espécie de antessala onde duas fontes cercadas de muretas serviriam para lavar as mãos e os pés de quem fosse entrar nas enormes portas entreabertas à nossa frente. Sobre ela, nas altas paredes de pedra, havia delicadas frestas por onde a luz de dentro iluminava a antessala onde estávamos. Tropecei nos dois guardas caídos sobre poças do próprio sangue. Luminárias de chão estavam caídas, assim como cabideiros e roupas e jarros de água. Uma luta havia acontecido aqui. Athelenthar deve ter percebido meu olhar de interrogação.

— Vamos proteger vocês. Vamos escondê-los aqui até que as coisas se acalmem um pouco e vamos decidir nosso próximo passo. Mas, primeiro, precisamos chegar até minha sala, sobre o salão de estudos — falou apontando para dentro da biblioteca. — Há mais guardas lá dentro fiéis a Unam, o boticário-mor, e a capitão Lobo. Não podemos chamar a atenção. — Eu estava bem próximo de Minuit.

— E quanto àqueles mortos-vivos? Se mais deles aparecerem

aqui, vão, com certeza, nos matar! — perguntei referindo-me ao Segundo Exército.

— Os mortos não conseguem entrar na biblioteca, apenas os vivos. Não é, mestre Agurn? — ele pareceu então me esquecer completamente e olhou austero para Agurn. — Eu vi seu Grimoir, Agurn, na mão de Unam, a última mão onde ele poderia estar em toda terra conhecida e, sinceramente, fiquei decepcionado. Cheguei a pensar que estavam todos mortos. — ele virou um olhar profundo para Escram, que manteve os olhos baixos. Agurn também os mantinha no chão.

— O que aconteceu? — perguntou Athelenthar.

— Foi capitão Lobo, mestre Athelenthar — respondeu Agurn —, ele nos seguiu e nos sobrepujou em uma pobre estalagem no Plano sobre o Mar. Nós estávamos desviando um pouco a rota devido a um exército que vimos caminhando para o sul, acho que eram homens de Finstla. Arranquei um olho do velho Lobo e conseguimos fugir, mas dois dias depois percebi que o Grimoir não estava mais comigo. Eles foram espertos. Decidi voltar, pois, sem isso, como eu poderia treinar Minuit?

— Será que confiei na estupidez e na imprudência? — falou Athelenthar. Agurn, novamente de olhos baixos, não respondeu.

— Minha menina, como você está? — Athelenthar dirigiu-se docemente para Minuit, tocou suas mãos com leveza, passando por mim, e a abraçou com ternura profunda. — Eu estava muito preocupado com você. Você é nossa esperança, nossa pérola. Sinto muito você precisar ter voltado.

— Tenho medo, mestre. Não quero estar aqui. Quero ir embora — ela respondeu.

— Vamos protegê-la, Minuit, e logo você estará fora daqui e seguindo seu caminho — ele balançava as mãos dela enquanto falava. — Depois fiquei sabendo que você, Agurn, conseguiu mais alguns aliados. Esse deve ser capitão Gundar, capitão desertor da guarda de Finstla, o homem desenterrado. — A estranha figura se dirigiu a mim docemente. Eu mirei seu rosto e me senti acolhido. Ele sabia que fomos enterrados vivos por meu cunhado, mas que escavamos nossa saída da morte certa. — E esses devem ser seus companheiros — falou olhando Burtm e Gomertz, que responderam com uma leve reverência. Ele era calmo, emitia uma voz de liderança e de conhecimento, mas mesmo assim eu me perguntava por que demônios eu havia aceitado estar ali naquela situação, arriscando Minuit, arriscando meus homens, arriscando tudo.

— Nós estamos seguros aqui? — perguntei, preocupado com o que havia lá fora.

Athelenthar recolheu algumas túnicas de boticário, espalhadas pelo chão. Indicou que nós puxássemos os cadáveres e os jogássemos dentro de uma pequena sala com porta de madeira, que estava ao nosso lado. Ofereceu-nos as túnicas, pedindo que as jogássemos sobre nossas roupas. O tecido macio era acolhedor, mesmo que esquisito, sobre a armadura. Fomos ajudados a vesti-las pelos boticários que acompanhavam Athelenthar.

— Andem sempre comigo. Ainda há muitos guardas lá dentro. Escondam as armas, finjam-se de novatos. Você deve saber fazer isso muito bem, não, mestre Agurn? Você sabe o quão estúpido você foi? O Grimoir foi a prova final que Unam precisava para ter se voltado contra nós. Ele está em nosso encalço, estamos sendo desestruturados aos poucos, alguns de nós foram pegos e falaram demais. Eu nunca deveria ter confiado em você, Agurn, para essa missão. Eu deveria bani-lo agora, colocá-lo agora para fora da biblioteca, atirado aos lobos! — Athelenthar revelou sua raiva.

Fiquei assustado com essa fala. Eu entendia que Athelenthar era um boticário eminente e sábio, de quem Agurn falara com reverência, respeito e confiança. Mas bani-lo? Estúpido? Um boticário de histórico grandioso como Agurn? Alguém com a responsabilidade de salvar o mundo dos Ventos e da destruição, de treinar Minuit a utilizar seus poderes e suas capacidades?

— Mestre Athelenthar, não creio que o senhor possa falar assim de Agurn, o grande Marthi, Aquele que Não Esquece, que explodiu a frente da Congregação impedindo a entrada da Grande Horda, capaz de ressuscitar exércitos. Tenho certeza que isso foi um incidente horrível, mas que estamos ajudando a reparar, pelo bem de Minuit e desta missão — refutei, sentindo-me acusado junto com Agurn por tudo o que acontecera.

Athelenthar respondeu em meio a uma risada:

— Agurn é Marthi? — sua risada ficou mais larga. — Agurn é um novato.

— O quê? — eu, Gomertz e Burtm nos iramos.

— Agurn é um boticário novato. Muito inteligente e capaz, cujo crescimento e conhecimento em muitos poucos anos passaram muito além do que podíamos imaginar. Um grande pupilo. Mas é um novato.

— Pelos deuses... — falou Gomertz.

— Capitão, ele é um farsante! E tudo o que passamos para chegar até aqui! — completou Burtm.

— Eu o escolhi para levar e treinar Minuit exatamente por isso: por ser muito inteligente e capaz, por ter a vontade rígida de um trovão e a obediência firme da pedra que solta, cai. E também o escolhi por ser um novato. Ninguém iria atrás de um novato fugido em meio ao caos dos Ventos, ninguém desconfiaria dele estar com Minuit. Mas me enganei. Lobo foi atrás de vocês e sem o Grimoir vocês estão aqui de volta.

Eu estava enlouquecido de raiva. Nós tínhamos sido enganados por Agurn.

— Eu vou matar você, Agurn! — Fui para cima dele para esganá-lo, queria seu pescoço de frango apertado entre meus dedos, mas parei à frente de Escram, no meio do caminho.

— Você mentiu para nós, Escram! Você me falou que ele era Marthi!

— Eu não menti, capitão. Disse toda a verdade, eu realmente acreditava que ele era Marthi. Ele me disse isso.

— Agurn! — vociferei. Agarrei-o pelo pescoço e o dobrei no chão.

— Capitão Gundar! — gritou Athelenthar atrás de mim.

— Quanto mais conhecimento e experiência vocês acreditassem que eu tenho — falava Agurn, quase sem ar —, mais estariam dispostos a me ajudar.

— Seu desgraçado! — falei e fui repetido por Burtm e Gomertz e o apertei sem compaixão, vendo um lábio começar a ficar roxo.

— Acalmem-se! Solte-o, capitão, agora! Quanto menos formos, maior é o risco de morrermos. Ele falhou e mentiu, mas ainda pode ser muito útil — falou firme Athelenthar.

Como pudemos ser enganados assim?! Como aquele boticário desgraçado pôde nos enganar daquele jeito, nos expondo a monstros, ao Vento, nos trazendo para a Congregação? E mais: e se tudo fosse mentira? E se ele não foi escolhido porcaria nenhuma para levar Minuit? E se Athelenthar fosse outra farsa? Afinal, qual era a verdade sobre o que estava acontecendo e sobre o que estávamos fazendo aqui? Afrouxei os dedos sobre Agurn, eu precisava da verdade afinal.

— Mestre Athelenthar, ou seja quem for — fui me levantando —, eu não consigo confiar mais em nenhuma história que nos foi contada até aqui. Vou dar a vocês a última chance para nos contarem a verdade ou vou estripar vocês agora mesmo e vocês vão achar que qualquer coisa que os guardas ou o Segundo Exército fizessem com vocês seria melhor do que minha lâmina os retalhando.

— Capitão Gundar, o mundo está acabando, isso não há dúvidas — começou Athelenthar. — Os Ventos representam o nascimento da magia, um momento único em milhares e milhares de anos. No entanto, ela está vindo em espasmos de destruição. Sem contorno e sem controle e sem importar-se com a vida. Há livros e inúmeras pesquisas que falam da volta da magia, mas muito pouco sobre como isso seria. Lá dentro — ele apontou para as portas da biblioteca — nós estudamos e escrevemos e reescrevemos e trazemos livros e conhecimento de muito distante para estarmos preparados para qualquer momento e, para além de dominarmos a matéria, passarmos a dominar as linhas da magia, as confluências e as energias no universo. Temos uma grande oportunidade aqui, se não morrermos antes disso.

"O papel da Congregação sempre foi com o conhecimento e um tanto com o oferecimento de alívio e cura de doenças, mas sempre respeitamos a tradição de não nos haver com o mundo comum, com suas políticas e intrigas. Estávamos aqui cercados pelo fosso, bem protegidos por nossa água que afunda, exércitos e a muralha. Cultivávamos o que precisávamos, só saíamos quando queríamos. A vida era muito boa.

"Porém, a destruição provocada pela magia nos fez pensar. Será que podíamos dar as costas ao mundo até esse ponto? Ignorar de forma tamanha a morte e o sofrimento e, talvez, até mesmo morrermos no processo? E tudo o que temos aqui? Todo a riqueza de conhecimento que guardamos? Esse pensamento me pegou e não consegui ficar calado. Então eu, guardião boticário da biblioteca, passei a me indispor publicamente contra Unam, o boticário-mor, que defendia que mantivéssemos as tradições e aproveitássemos o momento para pesquisar e testar a magia em nascimento. Ele acreditava que a magia não destruiria o mundo, uma vez que estaria destruindo a si mesma. Eu achava que precisávamos abrigar pessoas, curar doentes, abrir as portas e pesquisar principalmente formas de pararmos o cataclismo.

"Então Escram chegou, esse estranho guerreiro de um reino pouco conhecido, acompanhado de uma menina muito especial. Ela mostrou duas coisas muito importantes logo de início: sua habilidade em lidar com a magia, sua capacidade de estar com a magia como ninguém, de percebê-la e, até determinado limite, controlá-la. Outra de suas habilidades ou propriedades é que ela não envelhece ao fazê-lo. Nós, boticários, sempre que conseguimos executar, com muito estudo, exercício e concentração, qualquer controle sobre a magia nascente, nós envelhecemos. O corpo perde vitalidade, energia, a pele enruga-se. Em alguns de nós até doenças apareceram e morreram. Minuit não. Ela permanece igual."

Isso explicava aqueles boticários idosos à nossa frente.

— Mesmo assim, conseguimos coisas maravilhosas, mesmo com muito sacrifício pessoal — Athelenthar continuou. — Telecinese, transmutação, inversão da gravidade, nossos laboratórios estavam em polvorosa de novidade e estupefação. Mas lá fora o mundo acabava. Nossas muralhas permaneciam ainda devido à massa modificada com que as pedras são sobrepostas. Por isso, as demais construções caíram e nós ficamos ainda. No entanto, Unam não estava contente com esse desenvolvimento. Ele queria mais. Passou a fazer experiências com humanos. Queria colocar asas em pessoas, olhos em cegos, força extraordinária em crianças. Dizia que tínhamos de aproveitar o momento, que não sabíamos se as forças mágicas iriam simplesmente embora, de repente. Nossas discussões se acirraram. Eu escondi as habilidades de Minuit para alguns boticários de confiança e foi quando descobrimos uma antiga canção que falava sobre um humano de poder que poderia nos salvar quando a magia sem controle viesse ao nosso mundo. Foi quando reconhecemos que esse humano poderia ser Minuit. Foi quando Unam descobriu sobre ela também.

— Senhor, estou escutando passos no salão principal — disse um dos velhos boticários, pendurado em seu cajado e apontando para a porta entreaberta que levava mais para dentro da biblioteca.

— Quantos boticários temos ainda lá dentro? — Athelenthar respondeu.

— Talvez apenas Mordarc, senhor — Athelenthar olhou para mim e voltou a falar rapidamente.

— Minhas pesquisas apontavam que ela deveria ser levada para o antigo cemitério Calar, o maior dos cemitérios, que alguns acreditam ser um cemitério de deuses. Esse cemitério fica na direção onde os sóis se erguem e se põem. Tivemos que tomar uma decisão rápida e compilamos tantos exercícios quanto pudemos em um livro, o Grimoir, acreditando podermos liberar todas as capacidades de Minuit e, assim, com maior controle de suas habilidades, ela poderia compreender o que fazer quando lá chegasse para parar o fim do mundo e controlar a magia. Entregamos o Grimoir e Minuit para Agurn, nosso mais notável novato, para, com Escram, a treinar, proteger e levar até o cemitério Calar. O resto vocês já sabem.

Eu ouvia os passos agora, mais próximos.

— Vão para os cantos e pontos escuros — sussurrei para todos — Gomertz, Burtm, para a direita da porta. Escram, comigo. — Gomertz tomou uma espada de um dos guardas caídos.

Ficamos um de cada lado das portas duplas de madeira, abertas menos de um palmo. Desembainhei devagar a espada incentivando Escram. Não conseguia ver o que estava lá dentro, apenas que a sala interior era muito iluminada. Uma mão cujo braço carregava placas de uma armadura brilhante encostou na porta, empurrando-a devagar, logo acompanhada da ponta de uma espada. Puxei-me mais para a dobradiça da porta, me apertando nas sombras e em Athelenthar, ao meu lado. O sujeito abriu a porta totalmente e passou para dentro da pequena sala, ainda sem nos ver. As placas de aço protegendo os braços eram acompanhadas de um peitoral lixado com alguma pedra que o fazia quase branco, brilhante, refletindo intensamente a luz. Alto e magro e de cabelos presos, muito semelhante ao segundo sujeito que passou logo atrás dele.

Pulei em seu pescoço como um morcego, levantando seu queixo e separando a traqueia em duas metades. Escram girou a espada longa e cortou a cabeça do primeiro. Fomos rápidos e certeiros, aves de rapina. Olhei para Gomertz do outro lado da porta. Ouvi uma suspensão estreita de ar e olhei para dentro da sala. Era um terceiro guerreiro de olhos arregalados, deu um passo atrás e fugiu correndo.

— Ele vai chamar outros — falei. — Escram, rápido, você consegue alcançá-lo!

Ele hesitou um instante me olhando, mas compreendeu o risco que corríamos caso ele chamasse outros guardas. Passou por mim como um gavião, pisando rápido como um tigre e enfiou a espada reta por baixo do peitoral do inimigo, vendo-a sair pelo outro lado. O guerreiro gemeu alto, ecoando na sala grande onde haviam entrado e caiu de joelhos. Morto.

— Vamos — disse para Athelenthar, Agurn e os velhos boticários, indicando a sala adiante com a cabeça.

— Venha, Minuit — chamei e a segurei perto de mim. — Agora vocês, Gomertz e Burtm... fechem as portas!

Eles demoraram alguns instantes a entender:

— Vamos, andem, fechem essas portas e vamos embora daqui! —

ordenei. Segurava Minuit com força pelo braço, estacando-a onde estava. Eu, Minuit, Burtm e Gomertz estávamos ficando para trás, na antessala onde já estávamos, enquanto os demais entraram no salão onde Escram acabara de matar o guarda. Entendendo o que fazer, Burtm e Gomertz finalmente fechavam as portas enquanto peguei alguns dos cabideiros para enfiar nas argolas das portas. Eles puxaram as portas para dentro tentando abri-las, e vi o rosto de Athelenthar, Agurn e, mais atrás, de Escram:

— O que você está fazendo, capitão?

O que mais eu poderia estar fazendo? Abandonando essa abominação, essa loucura desses imbecis desses boticários! Eu estava morrendo de raiva e temia por Minuit e principalmente, tinha ódio por ter me permitido enganar daquela forma. Como eu, capitão da guarda de Finstla, eu, que venho sobrevivendo aos Ventos, que, mesmo enterrado vivo, me levantei, sobrevivente até da morte de minha filha, como? Como? Eu iria embora. E levaria Minuit comigo. Eu sou capitão Gundar!

— Nós estamos partindo, seus idiotas. Fiquem aí com seus estudos, suas lutas uns contra os outros, suas mentiras. Vou levar Minuit. Vou protegê-la. Principalmente de vocês.

— Finalmente, capitão! Agora sim! — comentou Burtm.

— Tem certeza, senhor?... — comentou Gomertz.

— Capitão — começou Athelenthar —, não faça isso. Você não sabe o que está fazendo.

— Como não sei? Como não sei? Eu sei muito bem o que posso fazer e posso acabar com vocês a hora que eu quiser! E, principalmente, posso acabar com essas mentiras me afastando delas e deixando vocês com suas lengalengas infinitas. Eu posso fazer o que eu quiser, vocês é quem transformam tudo em incerto e mentiroso! Vocês não têm palavra. Mas acabou, digam adeus a nós e principalmente a Minuit! — A menina estava parada, mantendo a cabeça para baixo, sem dizer nada.

Eu não perderia mais uma menina. Nunca mais.

— Capitão, o senhor não conseguirá sair da Congregação sem ajuda. Pense nisso. E pense também nos Ventos. Você irá embora e terminará com qualquer esperança de que acabemos com a destruição do mundo. Capitão, por favor, nos solte daqui, vamos conversar — argumentou Athelenthar.

— Capitão, seu idiota! Você morrerá e levará Minuit com você! Você precisa de nós! — gritou Agurn.

— Eu devia tê-lo matado quando tive a chance, Agurn. Vamos embora, homens, rápido.

— Senhor — começou Burtm, que estava em posição para levantar a trava da porta de saída —, estou escutando uma conversa lá fora.

— Abram a porta! — gritaram de fora. — Abram as portas da biblioteca agora! Guardas! O que está acontecendo?

— Fiquem quietos agora — falei baixo para todos ao redor. Ficamos no silêncio alguns instantes.

— Quem falou em ficar quieto? Quem está aí dentro? Guardas! Abram isso imediatamente! Você! Chame capitão Lobo imediatamente! Agora!

— Por Goldenna, já estão aqui... — comentei.

— Capitão — recomeçou Athelenthar —, não cometa essa estupidez.

Eu estava perdido. Não podia confiar em ninguém, queria estar fora dali, queria estar em qualquer lugar protegido do Vento, queria estar em minha Finstla, com minha filha querida. Só isso. Mais homens chegavam à porta e questionavam o que acontecia e por que as portas do átrio estavam fechadas.

— Tragam alguns do Segundo Exército para ajudar a derrubarmos as portas. Tragam um aríete. Onde está capitão Lobo? — De um lado, eu tinha um exército pronto para me matar e para levar Minuit para as mãos de Unam e de capitão Lobo, os quais eu também não sabia o que poderiam fazer com Minuit. Do outro, um grupo de mentirosos que já quase nos havia matado.

— Capitão... você precisa confiar em nós... — falou Agurn. Homens começavam a bater na porta externa, tentando derrubá-la.

— Podemos nos esconder aqui. Mestre Athelenthar conseguirá despistar os guardas. Confie em nós agora. Toda a verdade está dita já.

— Capitão, o que fazemos? — falou Burtm, olhando as portas indo e voltando nos batentes.

— Capitão... eu não quero ir. Há algo aqui — Minuit tocou meu braço. Ela virou a cabeça para Athelenthar.

— Eu tenho uma ideia, capitão. Vamos, primeiro preciso escondê-los — falou Athelenthar. — Venha! — O estrondo na outra porta continuava.

Puxei os cabideiros das argolas e entrei no salão principal da biblioteca.

Havia uma enorme e maravilhosa estátua de pedra bem no meio do imenso salão. Colunas simétricas sustentavam a abóbada do teto de onde um enorme pedaço de pedra descia formando um antebraço e, depois, uma mão segurando com apenas o dedo indicador e polegar um frasco de vidro de boticário, em tamanho real, apoiado em uma fina lâmina de vidro ou algo parecido, fina como um dedo mindinho de uma criança recém-nascida, que imitava um líquido que transbordasse dele. O mais impressionante era o contraste entre a força e o peso da pedra entalhada e presa no chão, quase como se estivesse apoiando-se no fino pedaço de vidro.

— Como vocês fizeram isso? — perguntou Burtm, saindo da consternação de minha decisão para a surpresa do que via.

— Asseguro-lhe que não é magia — respondeu Athelenthar.

Até hoje não consigo entender o que me fez tomar a decisão de entrar ali e de continuar com eles. Se eu tivesse saído imediatamente, talvez tivesse encontrado alguns pouco guardas inicialmente, mas com a habilidade de Minuit de prever os movimentos dos inimigos, poderíamos nos esgueirar nas sombras até voltar por onde entramos. Ou nos esconder até perceber as falhas nas rotinas dos guardas e sairmos. Não seria fácil, mas seria possível, com alguma sorte. Com certeza, Athelenthar e Agurn não nos denunciariam para Unam e Lobo. Sei que eu poderia ter matado Agurn de tanta raiva naquele momento. No entanto, se eu não tivesse decidido ir com eles, bem, com certeza eu não seria eu.

Todas as colunas eram iluminadas à volta por velas, mas lá em cima, na altura das abóbadas do teto, a luz do amanhecer entrava por milhares de frestas nas pedras, refletindo-se em placas de mármore muito polidas, parecendo terem sido colocadas exatamente no ponto onde a dispersão da luz externa seria mais possível. Era como se um pequeno pedaço do céu aparecesse dentro do ambiente, contrastando com a antessala escura. Atrás das colunas, claustros mais escuros à esquerda mantinham tapeçarias de seres encantados de outras eras, de guerreiros e de outros boticários. Do outro lado, no breu, um anfiteatro se aprofundava na terra, mostrando lá no fundo o início de um palco circular. Do outro lado da sala, mais abaixo em relação ao nível em que estávamos, havia uma passagem em arco alta, com outras portas duplas e fechadas, com um batente pesado de aço.

— Mais uma mentira, Agurn, mais uma mentira e minha espada vai cuspir seu sangue até você ficar seco. Para todos os efeitos, nós ficaremos juntos até termos saído dessa confusão — percebi Burtm balançando a cabeça, discordando de minha decisão.

— Nesse mesmo anfiteatro, passamos a ter discussões calorosas, exaustivas, sobre nosso papel nesse momento. Como pudemos chegar a isso? — comentou Athelenthar começando a aprofundar-se no salão. — Vamos. Venham rápido — disse caminhando em direção às portas em arco —, precisamos chegar à minha sala, sobre o salão de estudos. Esconderei vocês por ali, mas o que vamos fazer é...

— Ei, vocês! — gritaram dois guardas vindos do fundo mais distante do anfiteatro. — Guardas! Estamos sendo invadidos!

— Escram! — rugi — Venha! — Puxei-o para perto, assim como Gomertz, posicionando-os ao redor de mim, em arco. Burtm não perdeu tempo e atingiu com uma flecha o primeiro guarda, que media nosso posicionamento. O segundo nos dava as costas em direção às portas no fundo e seus passos foram o suficiente para Burtm lançar uma segunda flecha em sua nuca, não sem antes o recém-flechado agarrar a corda de um sino pendurado na parede e soá-lo algumas vezes antes de cair. Atrás de nós, a entrada principal estava sofrendo o impacto de algo enorme e começava a ceder.

— Vamos ficar encurralados — falei.

— Escram, a porta! — gritou Agurn apontando o fundo da sala e Escram correu com o escudo a frente em uma carga ensandecida explodindo a porta e atropelando três guardas que seguravam uma enorme trava. — Vamos! — ordenou Agurn para todos nós. Athelenthar falou:

— Vamos, entrem e subam as escadas, à direita!

No entanto, essa possiblidade não existia. Escram havia matado mais um dos guardas, mas os outros estavam correndo para uma linha deles à direita, que protegia a escada sobre a qual Athelenthar falara. Esses guardas carregavam escudos grandes e redondos e tinham capas brancas e curtas.

Do outro lado, à nossa esquerda, a cena se repetia, mais uma linha de guardas protegia outra escada. Estávamos cercados.

Esse grande salão era, pelo menos, o dobro do tamanho do anterior, com as mesmas colunas e abóbadas marmóreas e o reflexo em dispersão da entrada de luz externa. Sob aquele pequeno céu, ao menos umas vinte mesas pesadas e grandes de madeira, em diferentes posições, carregavam algumas pilhas de livros e eram servidas por inúmeras cadeiras de espaldares altos. Sobre elas havia um elegante arco de metal dourado, quase do tamanho da extensão da sala, de onde saíam ponteiras do mesmo metal, formando como uma grande pena, em cujos extremos estavam fogos-fátuos dourados iluminando toda a sala. As laterais do grande salão eram inteiras, até o teto, de prateleiras de madeira, recobertas de potes, tubos e vidros de boticários, cheios de líquidos, pós e coisas coloridas ou poucos livros, entremeadas de janelas com vitrais. As escadas protegidas pelos guardas levavam a um mezanino superior, que dava a volta em todo o grande salão.

— Gomertz, Burtm, tentem colocar a trava na porta atrás de nós.

— Dei as costas para Escram e ficamos virados para cada grupo de inimigos, formado por pelo menos uns seis guardas de cada lado. Das laterais da sala, mais guardas vieram e formaram outra parede, com pelo menos mais dez guardas, bloqueando a passagem para além das mesas. Agurn tirou uma faca longa da cintura e foi acompanhado por Athelenthar; se posicionaram igualmente em relação a mim e a Escram, relutantes. Acabou. Estávamos mais do que cercados. Estávamos cercados por todos os lados e com um exército vindo de fora. Era uma questão de tempo.

— Larguem as armas! — gritou um dos guardas do grupo maior.

— Seu imbecil! Você não me reconhece? Sou mestre Athelenthar, Guardião Boticário da Biblioteca! Você deveria me proteger e não me ameaçar!

— O sino foi tocado, senhor, e nós fomos instruídos por mestre Unam a não confiar no senhor; em caso de algum risco ou algo estranho, nós devemos prendê-lo! Portanto, larguem as armas! Nós somos guardiões da Congregação e da biblioteca!

— Meu jovem — comecei —, realmente essa hipótese não existe... Nós vamos passar, nós precisamos subir!

— Larguem as armas!

— Na verdade, capitão, eu preciso levá-los para lá — falou baixo Athelenthar, apontando mais uma grande porta dupla em arco no fundo do salão. — Eu queria chegar à minha sala para estarmos escondidos e despistarmos os guardas, mas, por ora, não vai adiantar subir até lá já que eles sabem onde estamos...

— Aquele grupo é menor — falou o boticário idoso de roupas coloridas ao meu lado, pegando um frasco em seu bolso e quebrando-o contra o próprio cajado. Quando fez isso, o líquido fez uma explosão de chamas em sua mão e ele a jogou sobre os guardas à direita como uma língua de fogo, chicoteando e queimando o inimigo.

Eles gritaram.

— Por Goldenna! — eu também gritei. Dois guardas estavam em chamas e correram em direção a nós, nos dispersando. Os outros grupos de inimigos também ficaram abalados; peguei em Minuit pelo braço, primeiro tentando abaixá-la para protegê-la, quando ouvi o outro boticário colorido:

— Eu também tenho uma assim — e riu, pegando um frasco de um bolso e fez a mesma coisa que seu colega, mas atirou a língua de fogo sobre o grupo na outra escada, que, no entanto, antecipara o fogaréu e correra para diversos lados, principalmente subindo a escada. Um tapete aos pés da mesma pegou fogo. O primeiro boticário então respondeu:

— Eu tenho uma de formato diferente — pegou outro frasco, quebrou-o no chão e jogou a explosão em uma bola de fogo sobre o maior grupo de inimigos, como se joga uma pedra em um lago. No entanto, a curva foi curta demais e atingiu mesas de madeira que estavam à nossa frente — Estou ficando mais velho e fraco... — ele falou balançando a cabeça negativamente. — Mas eu tenho outra aqui também, onde está? — ele apalpava os bolsos.

Estávamos em uma verdadeira fogueira agora. Fogo quase por todos os lados e aumentando rapidamente. O único lugar realmente mais fácil de passar era a primeira escada à direita, à qual Athelenthar havia se referido.

— Vamos! — puxei Minuit — Vamos subir a escada! — e corri para lá.

Um inimigo que não fora atingido pela língua de fogo me achou em meio ao caos e tive o reflexo de usar minha espada para aparar seu golpe e devolver outro sob sua axila, sujando de sangue a mim e principalmente a Minuit. Cheguei à escada acompanhado de Escram ao meu lado, que empurrava com o escudo um inimigo escada abaixo. Virei-me e vi quando um frasco atirado por um guarda lá embaixo chegava até nós e atingiu o escudo de Escram e a lateral de meu braço. Imediatamente, as placas de aço de minha armadura foram puxadas de encontro ao escudo de Escram e ficaram grudadas. Usei toda minha força para desprender-me, mas não conseguia, por mais que fizesse força. Alguns inimigos passavam pelo fogo no pé da outra escada e subiam em direção ao mezanino.

— Escram! Solte o escudo! — eu estava grudado nele. O líquido unira metal com metal.

— O quê? — ele me respondeu.

— Vamos, solte o escudo!

— Como eu vou lutar sem o escudo? — ele falou e imediatamente uma espada descia sobre sua cabeça apenas a tempo de eu pular desajeitadamente e bater com a parte superior do escudo na espada aparando o golpe e devolver ao sujeito uma estocada em seu peito, que passou sem efeito pelo metal da armadura. Uma mão veio então por trás do guarda e colocou algo em seu peito, ao que ele respondeu colocando a mão em cima para retirá-la. Athelenthar fizera isso e agora o empurrava escada abaixo. Quando o sujeito bateu o ombro, o peito e o rosto nos degraus, a guirlanda explodiu em chamas e jogou seu corpo longe em meio ao fogo.

— Para cima, vamos! — falou Athelenthar.

Eu e Escram ainda estávamos grudados, eu puxava Minuit, mais guardas tentavam dar a volta no fogo para virem atrás de nós.

— O que diabos é isso!? — gritei tentando me puxar do escudo de Escram.

— É uma espécie de cola-imã diluída — respondeu Agurn.

— E como eu me livro disso!?

Dali de cima vimos um guarda atirar uma das línguas de fogo em nós, que acertou o corrimão que nos protegia. Dois deles atiravam flechas em nossas cabeças, quando percebi que os boticários que atiraram as línguas de fogo nos guardas estavam caídos, mortos pelos inimigos que se agrupavam lá embaixo. O terceiro deles estava conosco, segurando um frasco nas mãos e era nitidamente muito velho.

— Vamos adiante, minha sala é no fundo desse corredor! — falou Athelenthar nos empurrando pelo mezanino — Por aqui — apontou então uma porta, entrada para uma sala de parede comprida que seguia até o final do comprido andar. Pouco antes de chegarmos à porta, ele pareceu ter uma ideia e parou. Apalpou a túnica do boticário idoso, achou um frasco e olhou para ele:

— Isso é Ativedhas?
— Sim.
Athelenthar correu para a borda de corrimão do mezanino e atirou o frasco lá, sem preocupação com as flechas que zuniam sobre sua cabeça. Voltou correndo e, quando abria a porta de madeira, cerca de quatro guardas chegaram pela escada. Escram soltou o escudo bufando de ódio, exasperado e correu para o grupo girando a arma e quase arrancando uma primeira cabeça, massacrando outra com a volta do movimento do golpe, quando foi atingido pelo terceiro na região do joelho, com um golpe cru de uma maça pequena, que o dobrou. Gomertz já vinha logo atrás e se colocou bem de frente ao inimigo que levantava a arma para um golpe final. Estocou-o como pôde e o jogou escada abaixo. O quarto eu matei correndo sobre a luta e abrindo a guarda do sujeito com o escudo de Escram, cortando seu rosto da orelha à ponta do queixo.

Dali ouvi que os guardas do lado de fora chegaram até nós e estavam tentando derrubar as portas do grande salão de estudos em que estávamos e onde havíamos colocado a trava.

— Vamos! Vamos! — gritaram Athelenthar e Agurn atrás de nós. Minuit estava com eles, a porta estava aberta à nossa espera. Entramos.

— O que era aquilo que você jogou sobre eles, mestre Athelenthar? — perguntei.

— Uma poção de uns contra os outros. Os atingidos verão em quem está a seu lado um inimigo. Alguns deles vão se matar entre si.

— Vamos, vamos! — Athelenthar nos empurrava para o fundo da sala que cheirava sangue apodrecido, sangue que manchava as paredes e o chão.

Havíamos entrado em uma sala muito comprida, subdividida em alguns pontos por pequenas paredes de pedra e iluminada por janelas com vitrais. Mesas de madeira e pequenas prateleiras e livros e frascos e líquidos estavam para todos os lados, como vidros das mais variadas formas e tamanhos e barris. As mesas estavam sujas de sangue e fediam a urina, morte e apodrecimento.

— Que lugar é esse? — perguntei, andávamos em direção a uma nova sala, no fundo dessa onde estávamos.

— São as salas de experimentos. Unam manteve experimentos maléficos aqui — respondeu Athelenthar — por mais que eu fosse contra e que alguns eu tenha conseguido sabotar. Vamos!

Começamos a passar por diferentes salas dessas, algumas menores e outras maiores. Numa delas estaquei.

— O que aconteceu aqui?

Um homem da minha idade aproximadamente estava morto sobre uma mesa. Estava de lado, deitado sobre o próprio sangue coagulado e de suas costas saíam um par de asas de águia, que pareciam ter sido colocadas ali, enfiadas sob os músculos. Uma bacia em uma mesa logo ao lado estava cheia de órgãos humanos, entre eles línguas, olhos, pernas e braços.

— Unam. Ele tentou de tudo para dominar a magia, para aproveitar dela de formas diferentes da que estávamos conseguindo.

Na sala seguinte, mais braços e pernas pelo chão. Um homem jazia enforcado, pendurado em uma haste no vitral.

— Por que você não parou isso, Athelenthar? — perguntei.

— Porque com certeza seríamos mortos. Garanto que fiz o possível para pará-lo e que consegui diminuir muito seus experimentos e pretensões. Principalmente quando ele passou a ficar fechado em sua própria torre. Eu não tenho certeza do que ele está fazendo, mas nas últimas semanas está totalmente fechado lá, sem falar com mais ninguém, exceto boticários de extrema confiança e com capitão Lobo. Dizem que ele conseguiu capturar e tenta estudar e dominar uma aparição, uma dessas formações que a magia está produzindo e matando pessoas. Falaram de um gigante.

— Como ele conseguiria dominar uma aparição? — perguntou Agurn.

— Não sei. Nem sei se é verdade. Muitos boatos começaram a surgir quando me opus a ele. Passamos a ganhar a afeição de diferentes boticários pelas histórias, pelo que eles achavam que eu ou ele poderíamos oferecer, poderíamos saber. De minha parte, minha maior aposta sempre foi Minuit. E você, Agurn.

Chegamos ao que talvez fosse a última sala do corredor. Ela tinha uma nova porta, que provavelmente saía para o mezanino. Muito diferente das outras, essa pequena sala estava um pouco mais arrumada e parecia mais um espaço de estudo que de experimento. Mesa, livros e cadeiras estavam abarrotados embaixo da janela e do outro lado uma pequena prateleira e um baú. Um boticário estava morto no chão. O velho o reconheceu:

— Mordarc! — ele e Athelenthar pararam por um instante, consternados. — Ele gastou muito de sua energia com telecinese. Estava ficando muito bom nisso e insistia em nos ensinar. — O boticário baixou a cabeça, entristecido. Athelenthar passou por ele.

— Para o imã, capitão, basta água destilada. — Athelenthar pegou um vidro que descansava no parapeito da janela, puxou a rolha e começou a jogar sobre meu braço e o escudo de Escram. Aos poucos, aquilo foi desgrudando de mim. — Mesmo assim, Unam é muito sábio, não é à toa que é o boticário-mor. Nós teremos problemas caso ele pessoalmente venha atrás de nós. Chamamos muito mais a atenção do que eu planejava.

— E o que vamos fazer agora? — perguntei. Escram já estava andando quase normalmente, mesmo depois do golpe no joelho.

— Primeiro, não há mais lugar para mim aqui. Vou levar vocês até Calar e terminar o treinamento de Minuit — Athelenthar respondeu, enquanto procurava alguma coisa dentro de seu baú e nas prateleiras. — Porcaria! Levavam todas as minhas poções, mexeram em tudo! Malditos! Mas eu não posso fazer isso sem o Grimoir. Também há muitas coisas que não sei sobre esse caminho e sobre o cemitério.

Eu estava aliviado com essa hipótese. Era difícil não odiar Agurn depois de sua mentira.

— Que mosca estranha! — falou Burtm, abanando à frente do rosto.

Eu também percebi o ambiente muito sujo, com muito pó, como se não fosse limpo há muito tempo. De fato, essas moscas sobre as quais Burtm falava eram esquisitas. Voavam como se carregassem muito peso e não tinham patas. Eram muito poucas, mas chamavam a atenção. Um silêncio sepulcral e aterrador nos envolvia.

— Não é uma mosca, é uma gota — falou Agurn.

Ficamos olhando assustados para ele.

— Nós, boticários, somos os mestres das substâncias, da união das substâncias, das alquimias e das transformações das matérias. O mundo, os seres e as substâncias são nosso objeto. Modificamos as substâncias e suas propriedades para satisfazerem melhor aquilo de que precisamos. As flais são moscas modificadas, em que a sua parte de água foi aumentada para quase a totalidade de seu ser. É quase como água, mas viva e voadora. Tem muitas utilidades.

Athelenthar continuou:

— Nós não vamos conseguir tirar o Grimoir de Unam. Nós vamos precisar escrever outro.

— Escrever outro? Quanto tempo isso pode demorar? — perguntou Agurn.

— A pergunta não é quanto tempo, jovem Agurn. A pergunta é quem escreverá.

— Senhor, eu nunca fiz isso — respondeu Agurn, cheio de medo na voz e encolhendo o corpo.

— Não você, Agurn. Minuit.

— O quê? — perguntei.

— Ela vai escrever o Grimoir dessa vez. Ela fará a pesquisa. Precisamos arriscar. Eu sempre tive essa ideia, mas sempre tive medo. O primeiro Grimoir, que vocês levaram, foi escrito pelo próprio Unam, mas ele abandonou o que estava ali e o escondeu. Eu o consegui e o dei a vocês para levarem e ajudarem Minuit a cumprir seu próprio destino. Aquele Grimoir é uma pesquisa realizada sobre uma antiga canção que descobrimos. Mas Unam achou aquilo uma pilhéria, nos acusou de estarmos forjando as pesquisas, de termos alterado o que estava escrito daquilo que foi encontrado. Mas se Minuit fizer a pesquisa agora, se for ela a escrever, o que será que podemos descobrir?

Será que ela mesma não conseguiria ainda mais informações sobre seu próprio destino? Agurn, o que ela já consegue fazer?

— Bem, mestre, ela consegue dobrar a luz, consegue ver as linhas da magia. Uma vez, lutando com Escram, conseguiu desaparecer de tão rápido que eram seus movimentos. Mas ainda não consegue controlar seus poderes para fazer o que quer quando quer.

— Você vê as linhas da magia, Minuit? — perguntou entusiasmado Athelenthar.

— Sim, mestre, vejo e receio uma força que não consigo entender ainda. Tenho medo, não sei o que é isso que o mestre está dizendo sobre pesquisar, sobre escrever. Não vou conseguir.

— Não se preocupe, Minuit. Elas são gentis, eu cuido delas há muitos anos.

— Quem são elas? — perguntei.

— Você as verá agora, capitão. Vamos.

Um guarda abriu a porta para o mezanino e atirou dois frascos no chão, fechando-a em seguida. Assustado, pulei para o lado, Minuit foi mais rápida e desviou antes, sentindo que seria atingida pelo objeto. Os dois fracos espatifaram-se no chão e o conteúdo saltou formando um cogumelo e se esparramando em nossos pés. Fecharam a porta rapidamente e pareciam estar segurando a argola da maçaneta.

— Fiquem aí, seus idiotas! — gritaram do lado de fora.

Quando dei o primeiro passo naquela poça d'água, escorreguei. Meu peso fugiu de cima dos meus pés e enfiei a cara no chão, cortando o queixo. Chacoalhei a cabeça e tomei o traseiro de Gomertz na nuca quando ele caiu, Burtm ao lado, e Escram se segurando no baú para não cair.

— Cuidado! — gritou Agurn. — É uma poção de óleo escorregadio! Ela não permite nenhum tipo de atrito! Parem de tentar levantar!

Era verdade. Passei a mão sobre o chão molhado e ela deslizava como se o chão não existisse, como se fosse feito de ar, como se minha mão flutuasse. Tive a ideia de tentar me esticar para os espaços secos para conseguir me arrastar, mas a mão estava molhada do líquido e não se fixava de forma alguma.

— Malditas poções! Vocês são uns idiotas! — falei com raiva, forçando a mão no chão com veemência.

— Capitão, levante a mesa e encaixe duas das pernas dela atrás do baú — falou Agurn.

— Como assim?

— Vamos usar a mesa para nos puxar para fora do líquido. Rápido! Antes que mais guardas cheguem! Vi apenas três lá fora!

Parecíamos baratas de patas para cima, sem capacidade de nos colocarmos de pé. Mexíamos, revirávamos e gemíamos. Burtm, achei, dava até risadas da situação, Gomertz estava raivoso. Com dificuldade, me virei usando os corpos de ambos para a mesa e a levantei com esforço, jogando-a sobre os demais. Eles a pegaram e com dificuldade a arrastaram para o lado do baú, prendendo duas pernas da mesma do lado seco da sala.

— Fiquem quietos aí ou vamos matar a todos! Mais guardas estão chegando! Capitão Lobo vai acabar com vocês! — continuavam do lado de fora.

Um a um, fomos nos puxando para o lado seco da sala, mas minhas botas ainda não se fixavam completamente no chão. Seguramos uns aos outros tremendo como eucaliptos jovens.

— Vamos acabar com esses sujeitos — falei.

Estiquei a mão na porta e puxei, mas eles a seguravam por fora. Puxei mais uma vez e meus pés escorregaram até encostar nela. Eu não tinha apoio para puxar.

— Vamos atirar Escram na porta — disse.

— Como assim? — O guerreiro perguntou com um semblante algo preocupado.

— Ponha o escudo à frente e nós vamos usá-lo de aríete. Vamos!

Pegamos o guerreiro pela roupa, pela capa, pela armadura, pelo que foi possível, e, com o pouco atrito que tínhamos, o jogamos na porta com toda a força. A porta foi e voltou, mas não abriu.

— De novo, malditos, vamos, com mais força!

Juntei todas as minhas forças e o peso de meu corpo junto ao movimento para dar impulso a Escram mais uma vez, e depois mais uma, até arrancarmos a porta das dobradiças, despejando-a sobre os guardas atrás. Caí, levantei rápido, mas logo caí novamente devido aos meus pés. Uma espada do guarda veio para atingir minha coxa no chão e a tirei de lá no último instante. Precisava derrubá-lo, mas ele pulou para trás, me arrastei como pude para uma distância mais segura. Com certeza eu morreria lutando sentado daquele jeito ou de joelhos, quando uma flecha de Burtm acertou o sorriso de vitória do guarda, entrando profundamente até o cérebro. Ele caiu e vi o arqueiro sentado no chão com o arco deitado, preparando uma nova flecha e piscando para mim. Escram conseguira, de alguma forma, agarrar as pernas do outro guarda e estava espancando-o com as mãos nuas. Ao lado dele, Athelenthar também havia conseguido subir no inimigo e tentava derrubá-lo, mas ele conseguiu virar o boticário de costas e, agora, estrangulava-o encostado ao parapeito.

— Athelenthar! — gritei, tentando chamar a atenção de todos e então uma flecha acertou o boticário no olho, entrando em sua cabeça e imediatamente levando a vida de seu corpo.

— Burtm! — gritei, horrorizado.

— Deuses, o que eu fiz?... — murmurou Burtm.

Todos, até mesmo o guarda, pararam por um instante diante do ocorrido.

O boticário jazia em seus braços e foi escorregando enquanto ele o soltava devagar no chão. Gomertz puxou uma perna do guarda, o derrubou e o estrangulou, e tenho certeza de que o pesar da morte do Guardião Boticário da Biblioteca em seus braços fez com que o guarda nem lutasse para viver.

— Ah! Maldição! — gritei — Ah! — e comecei a me arrastar até Athelenthar — Não acredito! Burtm, seu idiota! — o arqueiro estava de olhos arregalados e sem ação.

— A vida, a vida dele, a vida dele está diminuindo... Mestre —

começou Minuit, com dificuldade se arrastando até o cadáver —, mestre, mestre, mestre — e uma voz de choro, de sofrimento, de solidão veio se acumulando, se somando de cada vez que ela falava —, mestre, mestre, mestre, não vá, não vá, fique, por favor, não deixe que a luz de sua vida, que sua magia interna vá, eu preciso de você...
— E ela dizia isso no final muito baixo e muito sofrido, apertando o rosto contra seu peito.

A boca de Athelenthar estava escancarada, deixando sua alma sair em direção ao ar, ao mundo dos espíritos. A vida lhe vazava rapidamente, os lábios ficando roxos, o peito sem coordenação em respirar. Joguei-me e puxei Agurn:

— Agurn, faça alguma coisa! Agurn, agora!

— Não sei o que fazer, capitão. Não há o que fazer — respondeu, abandonado.

Escram, sentado ali ao lado tinha o rosto parado, assustado e mais tenso do que eu jamais vira. Soltei Agurn e me virei para Minuit deitada sobre Athelenthar. Ele se dobrou sobre o morto e olhou seu rosto.

— Eu não sei o que fazer, mestre... Eu não sei o que fazer... — disse devagar e lacrimoso, mirando o rosto que não respondia e então o envolveu com uma das mãos até encostar sua testa na do boticário — Mestre... — falou, de olhos fechados.

Eu estava absolutamente vazio. Mal ouvia as pancadas na porta dos guardas tentando derrubá-las atrás do fogo. O fogo havia se espalhado pela entrada do salão se aproveitando de mesas e cadeiras e tapetes e tapeçarias. Olhei novamente para Athelenthar com a flecha perfurando seu olho, furando profundamente seu crânio. Estávamos condenados. Uma raiva subiu por trás de meu peito:

— Burtm, seu idiota! — me arrastava até ele, voltava aos poucos a conseguir ter atrito no chão — Seu idiota! O que você fez?! — derrubei-o também e levantei a mão para desferir um soco em sua cara assustada e sem dentes.

— Desculpe, capitão, desculpe — falou muito baixo, eu praticamente lia seus lábios. Parei. Desisti. Estava desolado. Até hoje penso como teria sido caso Athelenthar tivesse nos guiado. Sua voz sábia, longa e cheia. Um caminho. Mestre Athelenthar.

— O coração parou. Ficou vazio. — falou Minuit.

Ouvi as portas quase se arrebentando atrás do fogo.

— Capitão, é lutar para partir? — disse Gomertz se levantando e olhando os sons e o fogo. Gomertz usava uma expressão de guerra de Finstla. Significava lutar tão bravamente e com tanta força e raiva e energia até chegar a um estado de absoluta indiferença com a morte e, caso morresse, chegar à outra vida lutando como se nada tivesse acontecido. Era a honra dos destemidos, levando inimigos junto. Era saltar para morte tão bravamente lutando que ambas as coisas viravam uma só. Éramos soldados de Finstla. Era lutar para partir.

Levantei-me com dificuldade, sopesei a espada ouvindo os murros e os gritos na porta e o fogo se espalhando devagar pelo salão.

— Sim, Gomertz, lutar para partir.

— Não — disse Agurn, levantando o rosto. — Vamos continuar. Vamos tentar o que mestre Athelenthar nos indicou.

— Como assim? Você sabe o que fazer, Agurn? — ele se levantava com dificuldade e escorregando.

— Mais ou menos, capitão. Nunca fiz sozinho o que mestre Athelenthar propôs, mas acho que podemos tentar. Ele acreditava, ele queria fazer isso, nós podemos tentar.

— Eu quero tentar — disse Minuit. — Eu confio em mestre Athelenthar. Eu sou Minuit. Ele sempre disse isso. — Mais golpes na porta.

— Se formos rápido, teremos o tempo de eles, depois de arrebentarem a porta, procurarem alguma forma de passar ou apagar o fogo. De qualquer maneira, vamos precisar achar uma saída por ali — Agurn apontava as portas duplas na outra extremidade do salão, para onde Athelenthar nos levava, e em seguida apontava com a cabeça a porta atrás do fogo —, por ali, certamente não vamos sair. — Percebi que a fumaça começava a se acumular abundantemente onde estávamos, sem conseguir sair pelas frestas do teto. Caso eles demorassem a arrebentar a porta, de qualquer forma, a fumaça nos mataria.

— Vamos adiante — falei.

Uma escada em caracol, feita em mármore, ficava mais oculta na extremidade do mezanino. Provavelmente fora por onde os guardas que nos lançaram o óleo escorregadio subiram para nos pegar. Descemos devagar para aquela fúria de fogo, escorregando ainda e agarrando o corrimão estreito até chegarmos no chão.

Escram ficara com a cabeça baixa todo o tempo, esvaído de si mesmo. Seu escudo não estava mais tão alto quanto costumava estar. Toquei em seu ombro e ele me olhou até piscar e desviar, sem conseguir esconder uma alma triste. Perdeu seu reino, perdeu seus irmãos, agora perdia um mestre que o acolhera em uma nova casa junto com uma criança que resgatara, e com quem vagava sem destino.

Fomos nos aproximando das portas duplas e percebi que, quanto mais próximo delas, mais frio eu sentia. Por um momento, minha mão enrijeceu e precisei fechá-la e abri-la algumas vezes. Minuit parou de repente.

— Minuit? — perguntei. Ela levantava o rosto como se percebesse algo no frio ou algo lá dentro, virando a face delicadamente para um e outro lado, algo assustada. Por um momento, achei que estivesse pedindo permissão ou se acostumando a alguma coisa que estava ali.

— Minuit? — ela não respondeu e veio adiante. O fogo rugia atrás de nós.

Essas portas eram diferentes das outras. Eram muito pesadas, de madeira maciça com toda a borda em aço, como duas largas faixas de aço pregado que provavelmente a segurava nas dobradiças. Era muito suja, como se nunca tivesse visto um pano em sua existência. Teias de aranha ligavam pedaços do aço. Sobre o arco de pedra que lhe servia de batente estava entalhada uma torre, como as torres dos boticários ou a torre sobre a biblioteca. Na porta direita, havia um pequeno buraco na madeira, mais ou menos no tamanho de uma mão. Agurn se aproximou diretamente dali, falando:

— Sangue para entrar, uma pergunta para sair.

Arregaçou a manga da túnica e colocou a mão dentro do buraco e, então, a girou e a espalmou. Percebi quando algo pareceu mordê-lo e ele tirou rapidamente a mão dali, balançando-a com dor e apertando-a com a outra.

Em instantes, um som interno pareceu o desprender de uma pesada trava na parte inferior da porta.

— O que há aí dentro? — perguntei.

Agurn empurrou as portas:

— Venha.

Agurn recolocava uma tranca atrás de nós enquanto eu tentava me acostumar à redução de luz do lugar onde entramos. O breu nos cobriu e, junto com ele, um espasmo gelado por todo o ambiente nos envolvendo.

—"Fale baixo" — começou a falar Agurn enquanto se aproximava de nós. — "Tudo o que construímos pode ruir, mas as ameaças que não conhecemos podem nos matar" — disse como se estivesse citando algo — "Não seja idiota": essas foram literalmente as primeiras frases que Athelenthar disse quando ali estive pela primeira vez.

Meus olhos foram se acostumando até perceber que estávamos dentro de uma enorme coluna circular de paredes de pedra que subiam até uma distância que eu não conseguia ver, com milhares de pontos de entrada de ar e luz em diferentes locais e alturas, até aproximadamente a altura por onde olhávamos. O dia havia amanhecido finalmente lá fora. Por toda a face visível das pedras, havia plantas e musgo, alguns troncos. Poucos pássaros ou morcegos fizeram barulho voando de um lado a outro. Eram paredes de uma torre. Pó flutuava denso como um colchão por toda parte. À minha frente estava uma espécie de corrimão de mármore, vindo de minha direita e indo para minha esquerda impedindo a passagem para a escuridão mais adiante. O corrimão crescia para os lados de maneira circular, fechando a passagem para o centro da torre escura e fria.

Deslizei meus pés à frente, aproximando-me devagar do corrimão, seguindo Agurn. De ambos os lados, extensas prateleiras com uma infinidade de livros como eu nunca poderia imaginar que existissem, e mais livros e papéis sobre mesas, sobre púlpitos e no chão. Havia prateleiras em todas as paredes, e muitas outras nas mais variadas posições ao nosso redor, algumas na diagonal, algumas apoiadas em outras, outras mesmo de costas para nós.

Estaquei antes de chegar ao corrimão, pois percebi pequenos pontos cintilantes voando, vindo de algum lugar escuro abaixo de nós e nos passando para cima. Eram vagalumes de uma cor tênue, quase como pequenas fagulhas de uma fogueira.

— Silêncio — pedi.

Havia algo se movendo aqui. Nas prateleiras, os livros pareciam se mover ou tremer. Havia algo entre o zumbido de um lugar sepulcral e algum ruído fino, quase contínuo, por vezes ameaçador. Andei em direção à primeira prateleira próxima. Os livros estavam cobertos de traças, aranhas e insetos que fugiram quando aproximei minha mão. Tirei um pesado livro dali e não consegui entender as letras da capa. As aranhas prateadas e brilhantes, as traças pequenas e rápidas estavam por toda parte. Chacoalhei-as de minha mão. Deviam estar devorando os livros. Mas como isso era permitido?

Agurn parecia estar arrumando alguma coisa próximo ao corrimão de frente às portas.

— Não toquem em nada — sussurrou.

Fui até uma mesa ao lado, cheia de livros, alguns abertos, e eles estavam recobertos dos bichos. Levantei as mãos em absurdo pelo que estava vendo até algo me chamar a atenção. Forcei meus olhos mais e mais, atento a cada movimentos dos insetos. Eles não estavam devorando o livro. Eles estavam fazendo o livro. Estavam, na realidade, cuidando do livro. Traças limpavam manchas na página, refaziam letras com delicadeza, reproduzindo e remontando pedaços de "es" e "as" e outras letras, enquanto aranhas minúsculas produziam teia e costuravam parte da encadernação. Insetos e aranhas maiores arrastavam e levantavam outros livros.

Afastei-me assustado. Coloquei o livro sobre a mesa e fui até Agurn, até o corrimão, e vi algo ainda mais extraordinário. Olhando para baixo, percebi que estávamos em uma torre invertida.

A torre mais abaixo era iluminada por enxames de vagalumes, alguns em movimento, outros não, e descia por talvez centenas de metros para baixo da terra, onde havia dezenas de andares de anéis como onde estávamos, talvez apenas menores em cada nível, pois era possível ver suas paredes laterais, mas seguindo até um fundo negro, oculto e vertiginoso. A escuridão devolveu o olhar como uma vastidão de vazio ameaçador, como um nada gigantesco com olhos. Os níveis abaixo eram do mesmo jeito recobertos por prateleiras, livros e mesas, tudo vivo e em movimento pela infinidade de insetos perambulando de um lado para outro e sobre eles. Era um lugar vivo. O lugar mais extraordinário que já vi.

Agurn esfregava com um lenço uma parte mais reta e diferenciada do corrimão, quase como um púlpito voltado para o negrume à frente, e falou para mim:

— Concentramos aqui todo o conhecimento do mundo. Aqui está tudo. Nós cuidamos delas e elas cuidam de nossos livros, de nosso conhecimento. Todos os livros, tudo o que encontramos e escrevemos está aqui, há centenas e centenas de anos. Esse é o lugar mais precioso do mundo. Há muito tempo passamos a cuidar das aranhas e das traças e dos pequenos insetos para que eles cuidem dos livros. Eles os recuperam e os levam e trazem para cima e para baixo, organizando-os e reorganizando-os. Aqui, eles ficam cuidados e preservados.

Eu não podia acreditar no que via. Era como se os boticários pudessem pastorear aqueles bichos, enquanto eles simplesmente cuidavam de tudo o que conhecemos. Percebi então a quantidade de teias de aranha por toda parte, menos volumosa apenas nessa região próxima às portas, provavelmente por ser uma constante passagem para os boticários. Vi também, no entanto, que havia um ponto além de onde Agurn estava em que o corrimão se abria para uma ponte em direção ao meio escuro da torre, mas sem chegar perto de seu centro. Era de pedra, estreita para no máximo dois homens e sobre ela estavam cerca de três ou quatro espécies de casulos grandes e brancos, do tamanho de um porco grande. Um deles estava aberto e de dentro dele saíam livros.

— Mais do que isso — continuou Agurn —, nós conseguimos ensiná-las a fazer as pesquisas por nós. As aranhas maiores principalmente, mas todos os insetos e aracnídeos nos ouvem e trazem aqui tudo o que precisamos saber. Elas são nossos olhos. E ainda mais — ele disse isso com inegável satisfação na voz —, elas leem as perguntas mais profundas que queremos saber. Ouvem nossas perguntas, mas percebem nossos anseios. Provavelmente levaríamos anos tentando compreender onde realmente nossas perguntas estão querendo chegar. Nós somos muito mais eficazes com elas em nossas pesquisas. Para isso — ele apontava a parte do corrimão que estava terminando de limpar —, nós colocamos nossa mão aqui. Elas leem nosso suor e, por meio dele, procuram os livros de que precisamos e nós os estudamos e compreendemos. Apenas um boticário tem o treino mental para que seu suor seja devidamente compreendido e trabalhado por uma aranha. Athelenthar, no entanto, queria que Minuit fizesse a pesquisa, que ela utilizasse seu suor.

Eu estava perplexo com tudo aquilo. Aqueles insetos e a escuridão ameaçadora me colocavam em um estado de pânico, de quase imobilização.

— Há algum risco para ela? — perguntei.

— Como eu disse — respondeu Agurn —, apenas um boticário tem o poder mental, o treino para que seu suor funcione. Pode não dar em nada. Não sei o que pode acontecer.

— Você já usou isso?

— Uma vez.

— Uma vez? Por Goldenna! — exasperei, tentando controlar a voz. — Será que Athelenthar...

— Chega! — Minuit falou nos interrompendo com uma voz sem espaço para respostas. — Eu quero fazer isso, a pergunta é minha.

*Esta é a história tal como a ouvi de Astam,
filho de Astlam, a voz.*

── PARTE QUINZE ──

Os poucos dias seguintes dele passaram como uma confusão de lembranças duras.

Novamente, as barras de ferro frias, na enorme tenda. Lá fora, o barulho das pessoas e a passagem do aço se afiando nas pedras.

— O que eu vou fazer com você? Você é meu e vai estar ao meu lado. Você tem um belo pelo marrom. Você estará comigo onde eu for. Você será grande.

O sujeito do manto negro e rosto tatuado em crânio vinha todos os dias. Ele não gostava daquilo. Não viu mais nenhum outro como ele. Nem o Cinzento, nem ela, nem o pequeno de rosto apertado. Não viu mais o camponês. Só via ele, todos os dias, todas as manhãs.

Foi preso logo depois que tentou proteger o ladrão de ser esquartejado. A primeira medida para afastar Manto Negro foi tentar mordê-lo. Mordê-lo para que ele fosse embora e levasse aquele cheiro de morte, sangue e incenso que vinha de seu corpo, e levasse embora aquelas finas garras pontiagudas de sua luva, com que ele teimava em acariciar seu corpo. Passou a mão e ele tentou mordê-la; dias depois, morrendo de fome e chorando quase todo o tempo em que estava sozinho, ele percebeu que cada tentativa de morder Manto Negro tornava-se um momento enorme sem comida.

— Não é esse caminho, menino. Não é.

Parou de morder.

Voltou a comer.

Mas não saiu da jaula, e a solidão também o machucava devagar e fundo, como uma unha sendo arrancada de pouco em pouco, horas após horas, todos os dias. Não havia ele sem os outros olhos. Principalmente os dela. Principalmente nas noites. O frio gelado e a falta de uma carícia trazia embaixo de seus pelos uma vontade de gritar e ele gritava longo, longo, longo, até seu pulmão ficar tão vazio quanto ele. Que falta dos olhos dela.

— Pare com isso! — Vinham homens gritando no meio da noite, às vezes armados, às vezes quase sem roupas, recém-acordados. — Pare com isso! — E ele gritava longo, longo, longo, até o pulmão quase sumir, triste, querendo e querendo sua dona.

— Pare com isso agora! — Foi Manto Negro quem veio à noite. — Seu fedelho, o que você está fazendo? Assim ninguém consegue dormir. Venha comigo.

Foi o dia em que ele saiu da jaula.

Puxado pela nuca, ele não tinha como andar para outro lado senão aquele ditado pelo homem. Ia olhando o acampamento quase silenciado, as luzes parcas de fogueiras na madrugada, até que adentrou uma tenda grande, onde um tapete enorme e muitas caixas e uma grande mesa com cadeiras era iluminada por uma única lamparina. O chão era forrado de peles e, no centro, uma concentração maior delas se mostrava aconchegante para um corpo cansado. Com algum cheiro quente de homem. Manto Negro deu-lhe água e começou a falar apontando para a porta:

— Você é meu, menino. Por aquela porta, você não irá sair. Se você sair, você não ganhará um presente, pelo contrário, vai se ver comigo — ameaçou profundo e sério, depois sentou no chão, fez um olhar manso, os braços fortes empurrando a capa. Mesmo sentado no chão, ficava mais alto que a cabeça dele, mesmo que ele já fosse grande. Apontou novamente a porta.

— Vamos, ouse sair.

Ele parou e sentou. Um cheiro de algo gorduroso e suculento o invadiu. Estava atrás de Manto Negro. Lambeu os lábios, com vontade. Olhou para os lados e para ele nos olhos. Queria sua dona. Em um instante, lhe ocorreu o camponês. Mas deitou, olhando para cima, com o coração apertado e com muita, muita fome. Qual era a esperança de encontrá-la?

— Bom menino.

Há quanto tempo ele não comia algo tão suculento e suave e macio e cheio de sabor como aquele pedaço de porco tenro com um suave gosto da brasa?

O sujeito foi até os tapetes densos e deitou. Ele então achou um canto confortável ali também.

Não muito perto do homem.

Algo fazia com que ele não conseguisse passar pela porta da tenda. Um dia e uma noite passaram e lá ele ficou. Achou que viu o camponês a distância, a orelha levantou para o som encher sua visão da porta de possiblidade, mas as figuras sumiram no meio das outras e do ruído do acampamento. E lá ele ficou. Às vezes sentado, às vezes deitado, olhando para fora.

O sujeito do manto negro vinha de tempos em tempos.

— Parabéns, meu menino, você será grande. — Um afago e algo de comer. Um quase abanar de rabo, mas principalmente o medo no olhar redondo e um sentimento de espera esquisito.

— Senhor, acho que conseguimos montar a proteção de pano que o senhor pediu. — Um sujeito olhava pela porta contra a luz da manhã desse novo dia, segurando dois invólucros compridos feitos de vários panos de lã.

— Muito bom. Vai servir — respondeu Manto Negro. — Vamos, Rocha — falou, olhando para ele, que deu alguns passos temerosos até ser pego na nuca com carinho e firmeza e puxado para fora.

Foram andando pelo labirinto de tendas rumo a uma parte mais densa de arbustos e mais próxima do aclive de uma montanha. Ali, uma área maior se abria, com um gramado batido de tanto ser pisado. A luz ofuscou o olhar dele, mas chegando conseguiu perceber o cheiro do suor primeiro e, depois, o olhar de três crianças que estavam sentadas observando o que aconteceria no espaço aberto. O olhar delas era de carinho e de imediato ele quis estacar, mas a puxada no pelo o fez andar a contragosto. Mesmo assim, manteve o olhar nas crianças que lhe apontavam o dedo com surpresa e uma inclinação no corpo, como se quisessem vir a seu encontro para um contato. Manto Negro levou-o para perto de um outro sujeito alto e forte, com cheiro de cavalo.

— Trouxe seu mais novo desafio, Hunlad. Você sabe o que fazer — disse Manto Negro, entregando o invólucro de lã em suas mãos.

Hunlad os enfiou nos braços, até a altura dos ombros, enquanto Manto Negro se afastava dos dois.

Hunlad deu-lhe um safanão no rosto.

— Venha, moleque, venha me pegar!

Ele recuou, virou de lado e procurou algum apoio, talvez Manto Negro, talvez as crianças, mas todos estavam simplesmente olhando para ele com alguma curva de sobrancelhas. Correr era uma opção? Mas para onde? E Manto Negro? E ela? Onde ela estaria? O coração disparava no mesmo momento de um novo safanão.

— Vamos! — gritava Hunlad, o guerreiro, que fazia menção de apanhá-lo, assustando-o e empurrando-o para trás. Recuou em direção a Manto Negro, que apenas abriu espaço, para ele ganhar mais um safanão de Hunlad. Recuou, em direção às crianças, que pareciam muito distantes agora. Quase tomou um safanão mais forte. — Me ataque! — gritava Hunlad. — Vamos, defenda-se! — Recuou e correu para o lado, girando em volta de Hunlad. Fugir era uma opção? O safanão seguinte chegou a encostar em seu rosto, ele desviou rápido dessa vez e arreganhou os dentes. Manto Negro estava de braços cruzados. Hunlad se movimentava cada vez mais rápido e mais agressivo; então, ele o mordeu no braço, com uma força enorme, para logo soltar.

— Isso! — gritou Hunlad — Isso! — Mais um safanão, agora seguido de uma mordida mais forte ainda no braço. Hunlad o puxou rápido e o canino prendeu nas camadas de lã grossas, ele chacoalhou a cabeça instintivamente. — Isso, garoto! Isso! Mais forte! — E chacoalhou a cabeça e Rocha puxou com força, um tanto por prazer, um tanto para fazer aquilo parar, para mostrar que era suficiente. Percebia muito bem o não gosto de carne, o gosto de tecido, mas fazia força para ameaçar. Gostou da brincadeira, percebeu o sorriso lateral de Hunlad e rosnou.

— Isso, garoto! Ataque! Ataque! Ataque! — balançavam de um lado para outro. Hunlad parou então de puxar. — Agora solte, solte, vamos... muito bem — soltou. Hunlad tirou a proteção de tecido do braço e puxou do cinto um pedaço de carne salgada e o atirou para ele, que pulou para pegá-lo no ar. — Muito bem, menino, muito bem.

Manto Negro foi embora. Ele queria mais carne salgada e fez menção de pular em Hunlad.

— Acho que você gostou da brincadeira.

O resto da manhã e a tarde seguiram nisso. Em alguns momentos, a carne salgada era trocada por um afago carinhoso. Hunlad apontava e gritava sobre seu pescoço, colocando a proteção dos braços naquela região. Rocha pulava cada vez mais com o corpo todo, jogando seu peso cada vez com mais vontade. Hunlad quase caía até uma vez saborear o chão. Depois, mais algumas. Suava tanto quanto ele. Pararam, mais uma refeição parca e mantiveram-se naquilo. Atacar, sentar, descansar, pular, desviar, esperar. Entendido. Até que Hunlad apontou para as crianças.

— Ataque!

Ele olhava. As crianças gritaram e ficaram de pé, agora eram cinco, que se revezaram ao longo das horas assistindo o treinamento e brincando entre si. Gritaram, as menores correram, mas as duas mais velhas ficaram, olhando atônitas.

— Ataque!

Ele olhou e andou em direção as crianças. Veio-lhe o sabor do dia, o impacto da palavra "ataque", o sabor da carne salgada e do afago, veio a lembrança dela e a estranheza de apunhalar com os dentes algo tão mais frágil do que ele.

— Ataque!

Respirou mais fundo, lembrou-se da prisão de barras frias, da fome de dias, da sede. Parou e sentou. Sem querer olhar para Hunlad, olhando apenas para as crianças, que devolviam um olhar incrédulo e assustado.

— Bom menino — recebeu um afago de Hunlad e até um abraço.
— Muito bom. Venha.

Hunlad o levou até as crianças.

— Não precisam ficar assustadas, foi apenas um teste. Ele passou.

Venham, podem passar a mão nele, ele não vai fazer nada. — Ele ficou parado, enquanto as crianças assustadas vinham muito devagar, quase como se fosse a coisa mais perigosa que já fizeram na vida. Uma mão, depois outra, aproximavam muito devagar do pelo farto e brilhante até encostar nele. Há quanto tempo ele não sentia tanto carinho e tanta risada em seu corpo, em sua presença. Era com ela que tinha isso. Era ela com quem ele queria ter isso. Mais mãos vieram, das crianças menores que ficaram olhando à distância, e ele finalmente deitou caído de prazer das risadas e dos carinhos, e virou a barriga para cima, para o sol e para se perder de regozijo, abrindo a boca.

— Vamos, chega, Rocha. Saiam, crianças.

— Ele foi muito bem hoje, senhor. Aprendeu rápido, sabe esperar e pega forte. Acabou com a lã dos dois braços, rasgou-a toda.

— Muito bem, Hunlad. Tome algumas lascas de prata pelo bom serviço.

— Devo continuar treinando-o mais nos próximos dias, senhor?

— Sim, mas antes ele precisará atravessar essa noite. Se ele atravessar, não se assuste com ele amanhã.

Porque os gritos de Rocha foram longos, longos, longos, com muitas lágrimas, muita dor nos ossos e ninguém no acampamento dormiu aquela noite.

Mais pessoas apareciam e sentavam no chão e ao redor dele nos poucos dias seguintes, quando Hunlad chegava para mais uma bateria de ataques e de comandos. Acordava sempre com muito pouca energia, tonto, sem forças, as quais ia recuperando aos poucos com a cabeça nas pernas de Manto Negro, sendo afagado entre o final da noite e o frio do início do dia. Recebia água e comida e conseguia levantar. Hunlad vinha buscá-lo em seguida.

As crianças se multiplicavam. Homens e mulheres vinham do fundo do acampamento e paravam durante um tempo para ver o que estava acontecendo e sobre o que estavam falando:

— Por Goldenna e Titintar, o que é isso? Que monstro é esse? De onde veio algo tão grande?

Naquela manhã, Hunlad, logo chegando e acariciando sua cabeça alertara:

— Senhor, eu não sei se ele vai aguentar mais tempo assim. Ele está ficando cansado mais rápido, estou fazendo mais intervalos. Sua respiração está ficando fina com o esforço. Será que ele está crescendo apenas por fora?

— E treinando-o você não consegue que ele respire melhor?

— Creio que sim, senhor. Ele está parecendo um lobo enorme, mas temo o que está acontecendo com ele. — Desviava o nariz úmido em Hunlad, agachado diante dele.

— Estamos confiando nos boticários, não devíamos confiar nos boticários?

Sentia no alongamento dos ossos uma estranha sensação de distância do chão. Sua cabeça alcançava com facilidade quase o peito de Manto Negro e de Hunlad, seu corpo encompridado demorava a vir junto com ele, seu novo peso fazia com que coisas caíssem, apoios cedessem e pessoas desabassem. Em particular, Hunlad:

— Saia de cima de mim, seu retardado! Sentado! — gritava Hunlad, protegendo-se com o braço de lã depois de ser derrubado por ele. Ao redor, a audiência ria do tombo do mentor.

— Confio nos boticários, senhor — havia respondido Hunlad —, mas...

— Chega, Hunlad — o Sádico respondeu —, teste-o hoje, como nunca o testou antes. Quero ter certeza de como estamos. Caso ele não aguente, ele não merece viver.

Quando Hunlad levantou, pensou o quanto Rocha estava rápido. O quanto conseguia aparentemente até planejar o ataque, desviando dos braços de seu treinador. Cada drible, cada volteio tinha um enorme custo na respiração dele, mas, mesmo assim, sua agilidade era impressionante.

— Olhe esse pelo brilhante, esse olhar de fera... Como o Sádico conseguiu domar um lobo? — diziam as pessoas ao redor deles. Hunlad deu-se até ali satisfeito como o que podia oferecer. Mudou de estratégia.

— Ei, soldado, venha até aqui, venha me ajudar! Lamtamer, traga o Cinzento.

O cheiro novo logo despertou sua atenção. O cheiro de uma pequena lembrança doída dentro do acampamento, que ficara mitigada frente à dor de tantas outras. O cheiro de uma quase mordida que tomara. De trás de um grupo de guerreiros que assistiam ao treinamento, apareceu então o cão cinzento.

Naquele dia que perambulara pela primeira vez no acampamento, ele tinha encontrado diferentes cheiros, alguns diferentes dele, mas parecidos com os dele. Alguns eram pequenos, irritantes e brincalhões, e quiseram fingir ataques com ele, e encontrou uma fêmea, de cheiro inebriante, que ele sentira com vontade de ardor. Ela, no entanto, não estava sozinha, estava com esse, que de pronto e novamente lhe ameaça com rosnados e olhos quase fechados de raiva. Era hora de acertar as contas.

Vinha preso por uma corda no pescoço, trazido por um outro sujeito de roupas simples, sem quaisquer proteções de metal frio. Em algum momento, quando o Cinzento percebeu o real tamanho do inimigo quando o conhecera, fez menção de virar o rosto com medo, mas ignorou isso e seguiu em rosnado. Cinzento também não era pequeno, e começou a gritar, gritar, gritar, rouco, alto e ameaçador. Gritar é um boa forma de assustar e vencer uma briga. Todos ao redor encolheram braços e deram algum passo atrás. Ele, não.

Achava estranho. Olhou para os lados em busca de uma solução diferente. Estava forte. Por que aquilo agora? Estava sentado, levantou-se e simplesmente olhou. Cinzento foi solto de sua corda no pescoço e pulou para cima dele. Rocha desviou e deu com a cabeça afastando o inimigo, que mirara em seu pescoço. Agora sim alguns passos atrás e mais um pulo do Cinzento e mais um desvio por parte dele. Cinzento não desistia e vinha com força novamente tentando uma pata. Ele sentiu os dentes, mas desviou do golpe no último momento. Precisaria machucar para ficar em paz. Mudara de postura e eles competiam em força para alcançar o pescoço um do outro. Rosnavam e mostravam os dentes, girando e se olhando, fazendo menção de atacarem para analisar a postura de defesa e futuro movimento do outro. Rocha notou ouvir muito mais barulho que antes. São os gritos das pessoas em redor, agitando-se e vibrando braços. Mas ninguém vem ajudar. Ninguém vem parar aquilo.

Cinzento acertou um canino longo na parte de baixo de seu pescoço, na saída de um movimento de choque de cabeça contra corpo. Mudou de tática e agora jogava unhas em Rocha, abrindo um pouco mais de pele. Não era brincadeira. Era dor. Era vingança. Era preciso aniquilar o medo. Não fazer nada? Talvez cansá-lo? Ele girava ao redor do Cinzento. Queria saltar das investidas de Cinzento e depois vê-lo arfando. Mas percebeu que estava ficando sem ar. O ar que faltava para continuar pulando para o lado. Ouvia o som fino da própria respiração. Sentiu sua traseira pesando e faz menção de sentar. Jogou a cabeça de Cinzento para longe, mais uma vez. Ia fechar os olhos quando rosnou alto ao ataque de Cinzento e todos ao redor deram mais um passo atrás ao testemunharem a abocanhada de Rocha sobre a jugular de Cinzento, quando ele o levantou e o jogou no chão uma e outra e outra vez. Escutava-se o som oco da traqueia quebrando. Acabou.

Ficou com o gosto de pelo frio na boca, de sem vida. Ao redor, as pessoas se afastavam assustadas. Ele baixou triste o corpo morto pendurado na boca para o chão, com os olhos encurvados, procurando um aconchego, um afago. As crianças que antes eram mãos e risos em sua barriga foram embora, reduziram de tamanho.

— Muito bem, menino, muito bem — disse Hunlad, o treinador, passando a mão em sua cabeça, mas retirando-a logo. Puxou o inimigo morto e, quando estava mais longe dele, colocou-o nas costas e partiu para próximo dos poucos guardas que ali ficaram. Ele não tinha para onde olhar e se perdia em um coração vazio quando ouviu:

— Meu pequeno Redondo... O que fizeram com você?

Era o camponês. Tinha os olhos amargos e líquidos, encurvados como nuvens tristes e pesadas, esticando uma mão ao se aproximar, sem cheiro de tanto medo.

— Redondo, o que fizeram com você?

Redondo conseguiu apenas abanar o corpo e a cauda muito de leve, como se saísse de um colchão de terra muito pesado. Balançou a cabeça de um lado para outro como que entregando tudo e foi bem perto do amigo camponês.

— Você está tão grande. Você não era assim. Seus dentes estão grandes demais, você me dá medo assim, olha o tamanho de sua cabeça. Mas aí dentro, é você, meu pobre Redondo, de olhos redondos, você está aí, não está? — disse o camponês, abraçando sua grande cabeça e mandíbula e acariciando a profundidade do queixo.

Ele desmontava e colocou um som fino na garganta quando rosnou. Rosnou, pois sentiu um cheiro de aço diferente, rosnou porque os guardas abriam passagem para Manto Negro. Gritou, gritou, gritou. Gritou.

— Pare com isso, menino. Pare!

Ele parou.

— Sente!

E ele sentou, olhos vidrados em Manto Negro, esquecendo o camponês.

— Muito bem, menino, estou orgulhoso de você. Muito bem, você me serve bem, você é a ferocidade que fará a humanidade sobreviver. Muito bem. E quanto a você, saia daqui e volte para seus afazeres — falou para o camponês, que saiu a passos rápidos. Ele girou os olhos redondos, sem mover a cabeça, vendo o amigo e seu carinho indo embora.

— Venha, Rocha, venha. Hoje você comerá e descansará. Hoje você não tomará sua poção e não gritará de dor. Por hoje, está bom.

Ele estava quase do tamanho do tapete que dividia com Manto Negro à noite. Qualquer movimento do homem ele recebia com uma batida e se via desviando o corpo para acomodar-se novamente. Não gritou essa noite, mas o grito veio na garganta e o grito foi a lembrança aguda dela. De novo. E o gosto do pelo gelado de Cinzento na língua. O dia veio chegando, mas os olhos tinham fechado muito pouco, abrindo-se constantemente, perscrutando a noite, brilhando sozinhos, até o dia se fazer.

— Senhor, como falei, conseguimos um grande movimento esta noite. Veja quantas coisas trouxemos.

Falava um sujeito grande cheirando a metal e sangue humano, sujo de terra e de pó, tanto pó que cheirava vir de longe. Tinha uma arma cumprida e afiada carregada amarrada no corpo e abria a boca escondida em um hálito sujo.

— Achamos dois agrupamentos de desgarrados de Carlim, pessoas que saíram antes da invasão de Finstla e montaram um acampamento no fundo de uma encosta, na dobra do rio. São aproximadamente umas cinquenta pessoas. Vão chegar em dois dias. Ofereceram essa charrete e essas peças de ouro e prata que conseguiram retirar do templo local antes de fugirem da cidade. — Manto Negro olhava para fora. — No início, tentamos conversar para que viessem conosco, que eles não estavam entendendo que a nova humanidade seremos nós, os Mendigos. Falei de quantos somos e que logo teremos um local totalmente protegido do Vento e que nada nos poderá vencer, exatamente como o senhor orientou.

— E quantos vocês levaram? — perguntou Manto Negro.

— Vinte e cinco homens e cavalos, senhor.

— E depois?

— Exatamente como o senhor falou, mestre Sádico. Afastamo-nos, montamos uma estratégia e atacamos à noite. Esmagamos três homens mais velhos, um deles até conhecia a espada, mas não resistiu. Estão vivos ainda, mas estão domados. Deixei dez homens lá para trazê-los.

— Nosso rebanho aumenta — comentou Manto Negro. — Vamos, entrem todos, precisamos começar nossa reunião.

Rocha levantou e sentou quase amedrontado pelos homens grandes que entravam na tenda. A força dos músculos esticava a pele descoberta, mas alguns usavam mantos cobrindo-os. Olhavam fixo para Rocha e mantinham distância. Um certo medo se acumulou na parte inferior de seu estômago. O espaço ficara apertado.

— Mentores, meus chefes das novas tribos. — começou Manto Negro. — Chegou a hora e me regozijo em saber que cada uma das tribos já tem homens suficientes para empreender e para proteger a humanidade. Para isso, peço palmas!... E faremos um sacrifício aos deuses!... E hoje... — continuou —, hoje, nós temos um novo objetivo, hoje, nós iniciamos uma nova empreitada e nos aproximamos do futuro!... Nós vamos dominar a Congregação!

— O quê? Agora? — perguntaram diferentes mentores, um cheiro de incredulidade e um quase imperceptível movimento de proteção dos corpos.

— Nós temos homens suficientes e tenho informações sobre a Congregação que nos darão uma larga vantagem. O fosso está esvaziado, por algum motivo. Uma das paredes da Congregação caiu diante dos Ventos. É por lá que vamos entrar. A guarda está expandida por um exército de emergência, chamado de Segundo Exército. Sobre ele sabemos pouco, mas provavelmente refere-se ao exército formado por camponeses que vivem dentro das muralhas. Ou seja, são indefesos.

— Mas e os próprios boticários? O que poderiam fazer conosco? Eles têm poderes dentro de seus frascos. Podem nos explodir! — falou um guerreiro magro e alto, de cabelos compridos e lisos até os quadris.

— Nós capturamos três boticários ao todo nos últimos meses — respondeu Sádico —, e todos os três confirmaram que o boticarianato iniciou uma luta, uns contra os outros. Eles se mataram aos bandos e agora estão poucos. Podemos vencer.

— Desculpe, mestre Sádico, mas isso me parece um absurdo. Podemos ir até Finstla, podemos tentar chegar até Fruocssem para escapar do fim do mundo e o senhor propõe invadirmos o lugar mais inóspito e sombrio? A Congregação é o lugar mais perigoso que conhecemos, suas muralhas são intransponíveis há centenas de anos. Falam de um exército secreto e o senhor quer nos levar para lá?

— Arcam... — começou Manto Negro.

— Eu sou obrigado a concordar, senhor, e peço a palavra — falou mais alto e grosso um sujeito de ombros largos —, não há sentido nessa proposta, senhor. Ainda mais se a muralha está derrubada e não nos protegerá dos Ventos no futuro.

— Uma parte dela. O restante, mesmo com os Ventos, está de pé — falou Manto Negro.

— Mesmo assim, senhor. O que há lá dentro? Será que o senhor não nos está levando para a morte? — A tenda agora era um burburinho de alaridos e palavras perambulando de um lado a outro em todas as direções.

— Peço a palavra! — falou mais alto um outro guerreiro, com um longo manto verde de lã, bastante desgastado nas pontas. — Peço a palavra! — e todos diminuíram o ruído. — Qual a vantagem, Sádico, qual a vantagem e quais as reais chances de obtermos algo na Congregação? — Havia uma ponta maior de liderança naquela voz. Manto Negro respirou fundo e olhou para todos enquanto falava:

— Podemos reconstruir as muralhas. Escutem: há quanto tempo estamos enfrentando esses malditos ventos? E quantas cidades e construções caíram diante deles? Mas as muralhas da Congregação estão resistindo, não? Mesmo que uma parte tenha caído, mesmo assim, grande parte dela está lá, não é isso, Hunlad?

— Sim, senhor. Estive lá há uma semana e vi com meus próprios olhos.

— Podemos reconstruir a muralha e podemos usufruir de tudo o que a Congregação sempre foi. Não mataremos todos os boticários, pelo contrário, vamos subjugar tantos quanto pudermos, para que eles usem seu conhecimento para nós, para a sobrevivência da humanidade. Nosso destino está lá!

— E nós somos muitos agora. Ao longe, a Congregação quase me pareceu abandonada — falou Hunlad.

— Isso pode significar o oposto! — vociferou o sujeito magro e alto. — Pode querer dizer que não há nada lá de útil. Vamos para Fruocssem! Vamos para perto das montanhas e longe daqui! — ele levantou novamente o burburinho.

O sujeito de ombros largos afastou-se do barulho e veio para próximo das peles em que Manto Negro e ele dormiam. Ficou de costas enquanto o burburinho aumentava e homens falavam e falavam para outros ao lado e mais longe. O som aumentava e o sujeito esticou a mão para ele cheirar. Ele ficou inebriado com o cheiro de sangue humano, afastou a cabeça e colocou um apoio mais longe da mão de forma a ter algo melhor para respirar. Molhou o lábio e o nariz para apagar a lembrança de carne humana, mas o sujeito grande insistiu esticando a mão e colocando-a muito próximo a seu rosto. Irritado, fez menção de mordê-lo com crueldade com um barulho de grito e rosnado. O burburinho parou assustado e ele levantou andando alto e passivo para trás de Manto Negro, escondendo-se em um lugar mais escuro. Manto Negro sentou-se em uma cadeira de madeira simples, mas com braços, que rangeu sob seu peso, mais o peso de uma enorme lâmina de cortar madeira, quase da altura das pernas de Rocha, presa em uma grossa haste.

— O que é ele, senhor? O que está fazendo? — falava ombros largos afastando-se da ameaça.

— Ele somos nós — ele ficava quase da altura de Manto Negro sentado, olhando para os guerreiros em redor. — Ele é o que podemos ser. Grandes e cada vez maiores. Ele resiste noite após noite a uma poção que tomei dos boticários e vejam como está forte e grande! Vejam como é feroz! E hoje, hoje darei todo o restante da poção para ele, quer queira, quer não. Pode ser que morra, mas caso sobreviva, ele será enorme! Ele somos nós! Vamos votar! A Congregação está enfraquecida, nós estamos a um dia de distância de lá. Nós teremos finalmente alguma paz por trás dos muros e recomeçaremos. Recomeçaremos! — falou em uma voz de comando e com um empuxo que colocou ele de pé, mas sentou novamente, no escuro, olhando em volta atento e com medo.

— Se Hunlad diz que a Congregação parece enfraquecida, talvez tenha sentido tentarmos ver o que existe lá — disse o guerreiro do manto verde.

— Além dos muros, pode haver outras coisas que podem ser boas para nós. As poções, que poções será que podemos conseguir lá? — falou o sujeito de ombros largos, olhando do grupo para Manto Negro e levantando a cabeça apontando para ele.

— Não concordo! Estamos indo para um desconhecido estúpido, a Congregação pode inclusive estar envolvida em produzir esses Ventos que estão destruindo o mundo! — falou aquele que Manto Negro chamou de Arcam.

— Talvez esse seja mais um motivo para irmos lá — respondeu o sujeito de manto verde. — Talvez possamos entender melhor o que está acontecendo e interromper o fim do mundo.

— Vamos votar — falou Manto Negro, grosso e com um soco no braço da cadeira.

A maioria levantou a mão, assentindo.

— Então está votado — continuou. — Nós, Mendigos, somos o futuro da humanidade. Sobreviveremos. Quem não está conosco e não tem o que oferecer, é fraco e não deve continuar. Está na hora da Congregação se curvar. Cada mentor preparará seus guerreiros e seu rebanho de mulheres, crianças e animais. Amanhã partiremos. Vamos invadir as muralhas por sua parte caída, manter nossos grupos de guerreiros de maneira compacta e avançar terreno a terreno dentro da Congregação. Ela será nossa!

Ombros largos passava a mão na barba, olhando para ele escondido nas sombras. As sobrancelhas se curvavam pesadas e grossas, escondendo boa parte dos olhos e então um dedo apontou em sua direção:

— E o sacrifício para os deuses, senhor, será dele?

Esta é a história tal como a ouvi de Altem, filho de Altem, o guerreiro vermelho.

— PARTE DEZESSEIS —

A menina andou em direção ao púlpito esculpido no corrimão. Ao redor, olhávamos atônitos e eu sentia minha boca curva de preocupação. Dentro da torre viva de livros e insetos, ela caminhava como se enxergasse, até Agurn pegar seu braço levemente para direcioná-la no ponto exato onde pretendia. Será que eu deveria deixar que ela fizesse isso? Será que por Athelenthar não estar conosco isso daria errado?

Porém, antes que ela pousasse sua pequena mão na pedra, alguma coisa na sala mudou. Não entendi exatamente o que era. Eu estava olhando sua mão totalmente absorvido. Foi algo como um escurecer, uma sombra à nossa esquerda, gigantesca, como se algo houvesse desaparecido do espaço. Olhei procurando o que havia acontecido, mas não entendia. Tudo parecia no mesmo lugar.

Percebi então oscilações na luz de fora, rápidas, e o som de algo batendo nas paredes lá no alto, pelo lado de fora.

— Acho que o Vento está voltando — falou Burtm, o arqueiro, antes brilhante, mas que, infeliz e acidentalmente, matara Athelenthar.

Talvez fosse mesmo o Vento. As oscilações acima de nós permaneceram, uma rajada espirrou mais alto na parede como um soco.

— As paredes são fortes, mais fortes que em qualquer lugar — comentou Agurn. — Vamos, Minuit. — Ele segurava levemente seu cotovelo, levando a mão adiante.

A menina ruiva finalmente colocou a mão ali. E esperou.

Algumas aranhas e traças vieram devagar por debaixo do corrimão e pelos andares inferiores e algumas por finas teias muito acima de nós e pousaram em sua mão delicadamente, perscrutando a pele clara. Vi quando ela segurou um pequeno reflexo de retirar sua mão, principalmente quando uma aranha do tamanho da palma da minha deu a volta de maneira elegante pela ponta do púlpito e, como se estivesse sendo respeitada pelas outras, ganhou seu próprio espaço. A aranha subiu em sua pele e temi por Minuit ser picada ou envenenada, mas as aranhas e os pequenos insetos andavam ali, apenas batendo antenas e quelíceras, bebendo, pelo que Agurn dissera, a fina camada de suor de seu corpo. Minuit fechou os olhos, encostou a outra mão no peito, como se fizesse uma reverência.

— Elas são muito mais simples do que nós.

Então foram embora.

Minuit tirou sua mão de lá, acariciando-a com a outra e dando um passo atrás.

— E agora, Agurn? — perguntei.

— Agora esperamos.

— Como assim? Quanto?

— Às vezes, pode demorar algumas horas.

— Algumas horas? — indaguei firme.

— Sim, algumas horas. Às vezes, semanas.

— O quê? Isso é estúpido! Nós não podemos ficar aqui esperando! — repliquei.

— Eu não fico aqui de jeito nenhum, capitão — interviu Burtm.

— Nem eu — falou Gomertz.

— Vamos nos esconder em outro lugar então — sugeriu Burtm, alarmado.

— E há os guardas lá fora, logo aparecerão, não podemos simplesmente ficar uma semana aqui! — debochei. Mas, na realidade, eu não ouvia mais nada do lado de fora. O som do fogo diminuíra, nenhuma voz passava para nosso lado. — Não há mais ninguém do lado de fora? — perguntei.

Os rostos me responderam com a mesma dúvida.

— E o que esperamos, Agurn?

— Em condições normais — ele respondeu —, depois que a pesquisa é solicitada, nossos animais nos entregam aqueles casulos de seda e teia — ele apontava os casulos na ponte recortada sobre o abismo escuro — com os livros que contêm nossas respostas.

— Quer dizer que a biblioteca vai nos entregar livros?

— Sim.

— E quer dizer que teremos de estudar esses livros para sabermos o que fazer depois?

— Acho que sim — Agurn respondeu, temerário. Exasperei, me mordendo de indignação.

— Realmente vamos precisar de um outro plano.

O Vento parecia aumentar lá fora. Estava vindo novamente. Já destruíra tudo, já lavara tantos, já levara minha filha, minha Finstla, já levara a humanidade. E vinha novamente. Mais um soco do Vento bateu no alto da torre carregada de pó e terra, formando uma nuvem sobre a densidade interna e as teias. Mais um soco de Vento e o assobio fino do ar rugindo em ângulos da parede externa. Na sala por onde viemos, um estrondo alto também anunciava que o Vento não queria apenas a torre, mas todos os lugares. Era um monstro alado, enorme, que vinha derrubando e mordiscando e destruindo tudo e todos. Veio se enchendo, cada vez mais alto e com o assobio ainda maior, fino e constante. Eu estava preocupado, estava sem plano, estava sem ação. Andava de um lado para outro, inquieto.

O Vento continuava. Diminuía por instantes e depois aumentava como um rugido. Eu permanecia inquieto. Nada acontecia. Nem guardas chegavam nem livros eram entregues, nada.

— Isso é estúpido — falei.

— Acalme-se, capitão — pediu Agurn.

O tempo passava e cada vez mais eu sentia, quando algo de fora batia nas pedras, que tudo viria abaixo. De repente, o Vento aumentou ainda mais e achei que era um dos mais fortes Ventos que já presenciara. Veio e continuou, fiquei perto de Minuit. Segurava a espada como se o quisesse desafiar, mas na realidade era para me sentir corajoso. Então, um enorme estrondo pareceu derrubar uma parede da sala por onde viemos. Pulamos para trás, para o corrimão frente ao escuro. Tudo desabando, caindo, sendo destruído e morto. Fiquei surdo por alguns instantes e com medo de que alguma coisa caísse sobre nós. Olhei para cima. Nada vinha dali, mas poderiam ser as próximas paredes a desabar.

— Agurn, as paredes daqui aguentam mesmo? — perguntei.

— Espero que sim — ele respondeu algo descrente e foi quando um vulto negro veio para cima de Minuit com uma velocidade incontrolável e alucinante. Veio por debaixo e pelo seu lado esquerdo, rápido e mortífero, quando me dei conta do que estava acontecendo: Minuit já estava sendo levantada por uma aranha gigantesca, quase do tamanho de metade de toda a extensão da imensa torre.

A menina gritava de susto e, antes de tomar ar para gritar novamente, outras patas do bicho gigante a reviraram com facilidade e sua parte traseira veio de encontro a seu flanco iniciando uma teia ao redor dela.

— Minuit! Minuit! — gritei. A menina lutava. — Agurn, isso faz parte dessas pesquisas de vocês?!

— Solte, me solte agora! — ela gritava e lutava com as patas enormes da criatura.

— Capitão, ela é daqui, ela é a biblioteca — falou Agurn, atentamente olhando para a aranha e dela para Minuit. — Minuit, renda-se. Renda-se.

— Tenho medo! — ela se agitava mais, caindo de braço em braço daquilo que a segurava.

— Não tenha medo, Minuit. Só você pode fazer isso — falou Agurn.

Ela puxava braços e pernas tentando desvencilhar-se. Fazia força, seus pés batiam, e achei ter visto um fiapo de luz quando os tornozelos se tocaram. Continuou nisso até diminuir o ritmo e, por fim, pareceu se entregar. Soltou seu corpo naqueles braços e vi quando arregalou os olhos porque foi mordida por um ferrão da traseira da aranha.

— Não! Não!

O monstro recuou alguns metros, levando consigo a menina segura por duas patas e as pinças da boca, e percebi que seu corpo poderia dominar boa parte de todo o espaço interno ao corrimão. As quelíceras se moviam como bandeiras presas em um mastro muito alto, tinha um número enorme de olhos que nos refletiam em diversas posições, e começou a mexer em Minuit. Ela estava desmaiada. E ele a revirava. Envergou o corpo, soltando sobre a menina uma grande camada de teia e começando a enrolá-la pela perna. Olhava para nós e para a menina com a enorme cabeça parada, meticuloso em seu trabalho, e percebi que outras aranhas e insetos estavam começando a andar sobre ela, saindo de tocas e livros e escuros, vindo para Minuit.

— Burtm! Dessa vez você não vai errar! Burtm, acerte ela!

— Se aquilo morrer, ela vai cair no abismo, senhor! — ele disse com uma flecha na mão, mas sem tencionar o arco.

Eu andava de um lado para outro, tentando medir por qual volta eu conseguiria me aproximar melhor. Eu não tinha uma lança, não tinha uma corda, não tinha nada. Minuit estava para ser devorada por aquele monstro, de olhar parado e enorme, onipresente. Era uma aranha repugnante e gigantesca, que a enrolava para digeri-la com o conteúdo de sua saliva e de seu veneno. Assistiríamos a sua morte sem poder fazer nada. Iríamos perdê-la como perdemos Athelenthar. Estávamos entregando uma menina nos braços de um monstro. Eu estava perdendo outra menina sob meu cuidado. Fui ao encontro de Agurn:

— Você não tem mais nenhuma poção, nada que possa parar isso? — até mesmo Escram pedia ordens.

— Capitão... — falou, esperando que eu completasse com alguma ação, com algum salvamento.

— Agurn, qualquer poção! Ponha fogo nelas! Agurn! — eu o balançava.

— Capitão, veja, eu não acho que ela esteja machucando Minuit. Olhe bem.

Parei com mais atenção naquilo que acontecia. As aranhas andavam sobre a menina e não continuavam tecendo tantas teias como se quisessem simplesmente envolvê-la. Elas andavam e em cada pedaço de sua pele pareciam perscrutar, pesquisar. Era como se a cheirassem, como se a quisessem, como se estivessem curiosas. Em alguns lugares, nos braços e no pescoço e atrás das coxas e nas costas, vagarosamente, era como se elas tentassem fazer tatuagens com pequenas mordidas, beliscos e marcas. Era como se estivessem trocando com o corpo de Minuit, como se estivessem marcando-a e, ao mesmo tempo, conhecendo-a. Então a enorme aranha começou a descer, junto com todos os animais em volta, vagarosamente, parando por um curto período em alguns dos andares abaixo, em algumas partes, sempre revirando e desenhando na menina desmaiada.

Dobrei-me sobre o corrimão, olhando estupefato os vagalumes iluminarem aquela cena e os olhos e dentes assustadores daquele monstro.

— Agurn, não podemos deixar... — comecei.

— Não temos opção, capitão. Vamos precisar aguardar o que está acontecendo.

E ela sumiu no escuro.

— Vamos acompanhá-la — falei, procurando alguma escada que ligasse os anéis dos andares da torre invertida.

Então a porta destrancou. Olhamos aterrorizados para o que poderia vir dali e eu já não sabia mais o que fazer.

— Capitão — falou Agurn, rápido e baixo, chamando minha atenção e de todos —, escondam-se todos, não deixem que o sangue de vocês caia no chão. O sangue traz aranhas, que os envenenam e transformam em pedra.

— O quê? — perguntei, mas Agurn já corria para as prateleiras à esquerda e eu fui para o outro lado. Não sangrar, pensei. Lutar sem sangrar?

Percebi quando a porta se abriu amplamente. O vento lá fora ensurdecia, mas ajudava que nos movêssemos sem ruídos. Encostei em uma prateleira, escondendo-me da porta. Ao meu lado, vieram Burtm e Gomertz. Pensei em ir atrás de Minuit, mas se Agurn a havia deixado ir, provavelmente isso não seria risco. Ou talvez fosse. Será que eu poderia confiar nele? Mesmo assim, vi de esguelha quando soldados vieram para dentro da sala, com passos ladinos. Armados de escudos e espadas curtas e largas, eles ficaram perdidos quando não encontraram ninguém. Fizeram um gesto para fora e então outro sujeito entrou. Não saiu do batente das portas e, por isso, apenas pude ver sua sombra no chão:

— Agurn, filho de Aturn, filho de Aturn. Falo eu, Unam. Primeiro: considere-se banido da Congregação. Segundo: considere-se sumariamente morto e tenha certeza de que seus órgãos serão arrancados enquanto você ainda estiver vivo e o faremos olhar para eles em meio a sua dor e pensando no arrependimento por nos ter traído. Vocês estão em solo sagrado. Estão violando os limites de um local absolutamente essencial, sagrado e magnânimo para nós boticários. Nossa sentença para quem o faz é a morte. A menina, que insistem em tentar tirar daqui, é posse dos boticários. Caso a entreguem, terão suas penas de morte reduzidas a não sentirem dor, apenas morrerem. Caso contrário, farei questão de deixar todos os seus nervos expostos enquanto estiverem ainda vivos.

O sujeito deu mais alguns passos para dentro da sala. Era calvo, mas usava os cabelos restantes presos em uma longa cauda atrás da cabeça. Olhava para um lado e para outro, procurando por nós. Uma longa barba o acompanhava, mas apenas pelas laterais, sendo cortada no centro do queixo. Carregava uma túnica entre escarlate e púrpura, brilhante e com muitos bolsos. Fez gesto para os inúmeros guardas nos procurarem, de um e outro lado, e seguiu para o púlpito do corrimão.

Mudamos de local, indo mais profundamente no andar da biblioteca, e ordenei que Burtm e Gomertz se espalhassem formando um círculo comigo, escondidos pelas mobílias.

— Sem sangrar — falei nos ouvidos deles. Ainda consegui ver quando Unam limpou o púlpito e falou olhando todo o ambiente:

— *Ics, ics. Eleides fera.*

E saiu.

O primeiro guarda passou por mim devagar e não me viu agachado. Eu dobrei seu braço rapidamente, ainda segurando sua espada e o envurguei até pegar seu pescoço em uma posição que ele não conseguia lutar. Outro sujeito veio por trás de mim e Gomertz não teve muita dúvida em cortar o pescoço dele com sua própria espada. O sujeito jorrou seu sangue nas prateleiras, nos livros e no chão e eu desviei no último instante de ser sujado por seus fluidos. Estava acabando de matar seu companheiro e debruçado sobre seu pescoço quando começaram a passar por mim aranhas e bichos vindo dos mais variados locais, surgindo sobre o sujeito e imediatamente começando a revirar seu corpo e a picá-lo e a envolvê-lo em teias.

    Larguei o corpo, Gomertz se apossou da espada no inimigo, sopesando seu balanço, e nos escondemos novamente pelos corredores e escuros. Do outro lado, eu ouvia a luta entre Escram e os guardas. O escudo do guerreiro era explorado e ele girava e rebatia os inimigos acompanhado de gemidos de esforço de Agurn. Eu não sabia quantos guardas haviam entrado aqui. Optamos por ficar escondidos ainda, mas eu chamei meus companheiros para, devagar, nos aproximarmos de Escram para ajudá-lo, dando a volta lentamente pelo lado do corrimão. Gomertz viu movimento a seu lado e, assustados, nós e eles, Gomertz, o Ceifador de Mãos, foi mais rápido e cortou a mão do inimigo que, com o sangue espirrado no chão, foi imediatamente coberto pelas aranhas e teve os músculos retesados e o grito bloqueado. Inerte como uma pedra, ainda de pé, ele começou a ser envolvido por teias de aranha e em seguida derrubado.

    Viramos uma mesa, tentando não fazer som, protegendo-nos atrás de seu tampo. Vi três guardas passando por nós mais adiante, sem nos ver. E percebi que, do abismo negro, subia a aranha gigante. Ela olhava novamente para tudo e todos e tinha Minuit quase completamente envolvida em teia e seda, como se tivesse iniciado a formação de um casulo, como o dos livros. Sem pensar, me levantei e os guardas atrás de nós me viram e vieram ao ataque. Eu estava sem ação olhando a menina nas patas do monstro vindo devagar, semimorta, em direção à porta. Gomertz me protegeu, primeiro empurrando um guarda corrimão abaixo, que caiu no vazio gritando e depois aparando e golpeando os outros inimigos, ajudado por Burtm, que usava sua faca comprida com agilidade. Desesperado, notei, mesmo quase escondido pelas prateleiras, que Minuit estava sendo entregue de volta pela aranha.

Pulei uma mesa. Corri o quanto pude e a menina já não estava mais na mão da gigantesca aranha que voltava a descer para seu ninho escuro. Dei a curva nos livros para ver Minuit nos braços de um guarda, sendo levada para fora da sala onde estávamos e ver a porta sendo fechada entre nós. Os guardas remanescentes me olhavam, assim como olhavam a chegada de Escram, Agurn, Gomertz e Burtm.

A tranca foi acionada. À nossa frente, deviam haver pelo menos quinze guardas. Eles fizeram duas paredes de escudos que tentaram deixar mais larga que nosso grupo. Escram se posicionou ao meu lado e eu fui atrás de um escudo de um guarda caído. Cortei seu braço fora, puxei um pedaço morto e o encaixei no meu. Fui ao lado de Escram e falei:

— Gomertz, agora, sim, é lutar para partir — ele veio para meu flanco, atrás de nós Burtm preparou o arco, junto com Agurn com sua espada curta.

Não venceríamos, mas iríamos lutar para partir, finalmente. Do lado de fora, o Vento se mantinha, mas consegui distinguir o som alto de gritos. Gritos de homens lutando, de espadas se chocando, de ordens. Ouvi Unam gritar alguma coisa. O que será que estava acontecendo lá fora?

O grupo de guardas falou alguma coisa e começou a se aproximar. Tentava dobrar-se sobre nossos flancos, mas eu tive uma ideia.

— Escram, vou proteger a sua esquerda, lance seu ataque sobre a nossa direita, vamos fazê-los girar!

Escram disparou e fui junto com ele. Demos uma primeira carga e gritei, comandando:

— Sangrem-nos, sangrem-nos!

E foi o que fizemos. Cortei um sujeito na perna, outro no tornozelo e as aranhas não falharam, vindo do teto e dos cantos. Aranhas grandes, do tamanho de cães, que rapidamente dispersaram a linha de guardas gritando de terror. Um sujeito tentou me estocar, mas atingiu apenas a placa do peito, que temi ter furado pela força do impacto. Recuei, com medo de que meu sangue escorresse, mas não tive tempo de me olhar antes de outros dois guardas me atacarem. Aparei um golpe e matei outro guarda, passando minha lâmina em sua barriga. Escram batia com o escudo e limava o inimigo com classe, como uma máquina, a linha inimiga tinha ficado menor e tínhamos agora quase dado a volta neles. Forcei Escram para nossa direita e, terminando a volta, vi Burtm atirando algumas flechas em guardas e Agurn enchendo de sangue o chão e liberando um guarda para uma aranha.

— Escram, vamos jogar esses merdas pelo corrimão!

Escram entendeu minha ideia e, posicionando os escudos lado a lado, imitei seu movimento de carga. Corremos jogando dois sujeitos corrimão abaixo, levantando-os com a velocidade que imprimimos e atropelando mais um. Esse teve uma espada enterrada na barriga por Gomertz. Os últimos guardas fugiam pelos andares. Os sons lá fora estavam mais altos.

Fomos até a porta de saída. Ouvia nitidamente palavrões e homens forçando, amaldiçoando e batendo escudos e espadas, mas também ouvia urros de medo e terror quando alguma coisa pisava duro no chão e varria de gritos a multidão de homens mais perto de nós.

— Vamos! — empurrei a porta, mas ela estava trancada. A fechadura era enorme e complexa. Um pedaço de aço cheio de curvas e encaixes.

— Vamos, Agurn, abra isso.

— "Sangue para entrar, uma pergunta para sair" — ele recitou o que havia falado quando entramos. Encontrou um espaço dentro do mecanismo onde colocou sua mão. — Preciso pensar numa pergunta que nunca tenha sido perguntada por mim mesmo.

— Não consigo imaginar uma pergunta que eu não tenha perguntado para mim mesmo — comentou Burtm instantes depois.

Eu também não sabia. Lá fora, a luta aumentara com mais gritos de terror e morte. Ouvi som de fogo e de destruição.

— Vamos, Agurn, você deve ter alguma pergunta. Precisamos sair daqui — falei.

— Nós sempre nos preparamos para entrar, estudamos muito para vir aqui sem saber.

— E agora?

— Agora eu não sei o que perguntar — respondeu.

Eu ouvia os urros lá fora. Agurn fechou os olhos. O que estaria acontecendo com Minuit? Será que ela ainda estaria ali? Quem estaria em luta lá fora? O Vento começou a diminuir. A mão de Agurn estava coberta de aranhas e traças, com a de Minuit antes disso.

— Vamos, Agurn, vamos! — pressionei.

— Pare com isso, assim não conseguirei pensar!

Um grito de horror de um homem parecendo ter sido esmagado lá fora. Ouvi uma trombeta soando alto, mais distante de nós.

— Vamos! — falei, impaciente.

— Posso tentar pensar em alguma coisa sobre o Vento... — comentou Agurn.

— Sobre o Vento... — Burtm realmente estava tentando arquitetar alguma pergunta.

— Se o Vento fosse vontade, será que ele poderia ser pensamento? — perguntou Agurn.

A porta estalou e se destrancou. No mesmo momento em que a aranha gigante me pegou.

Estava na parede sobre nós e me puxou com a força e a facilidade de uma carroça de mil cavalos. Passei pelos seus olhos e ela me esmagou na parede sem nenhuma delicadeza, enquanto eu urrava e, abaixo de mim, meus companheiros gritavam. Senti aranhas subindo em meu corpo, em meu pescoço, e uma delas me mordeu; gritei de dor e ouvi uma flecha de Burtm passando próximo a mim, acertando a enorme aranha, que me soltou sobre o grupo e desapareceu no escuro abaixo de nós.

— Capitão, você está bem? — perguntou Gomertz, tentando me levantar.

Eu estava zonzo coloquei a mão no pescoço, onde senti uma ferida. Eu não estava bem, era como se estivesse bêbado ou com muito sono.

Mesmo assim, abrimos a porta com força e nos deparamos com o horror. Havia uma multidão de mortos ao redor e toda a sala estava destruída e chamuscada. As paredes à nossa direita haviam caído, pedra, madeira, entulho, tudo estava espalhado e machucado pelo fogo, que ainda resistia em alguns pontos. Mortos estavam espalhados por todo lado. Mortos vestidos de restos de armaduras e coloridos. Homens de diversas partes e lugares, usando farrapos. Eram Mendigos das Estradas, mortos ao lado de guardas da Congregação. Ao fundo da sala, estava Unam olhando para nós por trás de alguma coisa que me fez pensar se eu estaria alucinando.

Era um homem muito grande e muito forte. Deveria ter pelo menos o dobro de meu tamanho e cinco vezes meus músculos e de meus homens juntos. Tinha uma curva considerável nas costas, estava quase nu e tinha duas cabeças. Uma delas, aparentemente, mais velha e mais boba nascia de seu ombro esquerdo. Cada uma delas tinha um olho.

— Unam... — falou Agurn para si mesmo. Aquela devia ser a aparição que Athelenthar comentara que Unam estaria cuidando, tomando-a para si. O gigante tinha Minuit em uma das mãos.

Eu não estava bem. Sentia-me zonzo e sem forças, a respiração me faltava. Levei a mão à ferida atrás do pescoço.

— Vocês ainda? — falou Unam e encostou na perna do gigante, que virou apenas uma de suas cabeças em sua direção, e Unam apontou para nós. — Mate-os. Deixe a menina aqui. — Percebi, no entanto, que Unam tinha sido cortado no outro braço e o segurava junto ao corpo.

O gigante a colocou no chão e veio para cima de nós.

Fomos em direção a ele.

— O que fazemos, capitão? — gritou Gomertz.

Mas eu só havia dado os primeiros passos. Meu corpo ficava duro e caí sobre meus joelhos. Meu corpo se tornava pesado e saía de meu controle e eu apenas conseguia olhar para frente. Parecia que eu estava me tornando pedra. Minha mente estava se abrindo para alguma coisa. O veneno da aranha estava fazendo algo comigo, eu estava preso em meu corpo.

— Capitão! — gritaram Gomertz e Burtm. Eu não poderia ajudar e eles entenderam isso e partiram para o gigante.

Gomertz foi o primeiro. Ele escapou dos primeiros movimentos de socos e chutes e pisões do gigante, mas não conseguia se aproximar o suficiente para cortar o inimigo. Burtm disparou uma de suas últimas flechas sobre o monstro e percebeu que sua pele era muito dura para uma flecha realmente o machucar. Disparou mais, em desespero, mas apenas para ver Gomertz ser golpeado e quase desmaiar. Escram veio então com seu escudo e empurrou a perna no inimigo, que girou ao redor de si e quase lhe acertou um soco. Pareceu cortar um pouco o gigante, que, no entanto, não se abalou. Continuava girando e grunhindo como um boneco infantil, Escram já não conseguia mais se aproximar de suas pernas com o escudo. Ele batia e rebatia uma e outra das investidas e de repente passou a dar mais atenção a Gomertz.

Agurn veio ao meu lado e me chacoalhava, chamando-me. Procurou algo em seus bolsos, mas não lhe restava nenhuma poção. Ele se agachou ao meu lado e com a espada em punho pareceu decidir ficar ali e me proteger caso o gigante se aproximasse.

— Vou curar você, capitão, fique firme. Assim que eles acabarem com esse monstro, vou buscar algo que o cure desse veneno. Fique firme. Fique acordado!

Eu queria gritar que eles cercassem o inimigo, que um aumentasse a velocidade enquanto outro tentasse uma estocada mais firme, mas não tinha controle sobre minha boca. Minha mente estava alterada, meu corpo não estava comigo. Eu não sabia nem como fazer para ficar acordado direito. Estava totalmente preso em mim mesmo, embora acordado.

Vi quando o gigante agarrou Gomertz com toda a força, com uma mão apenas e o levantou e o jogou com violência sobre mim, fazendo com que ele atingisse a torre atrás. Eu queria chamar Gomertz, me virar para ele, mas era impossível. Comecei a me esforçar ainda mais para sentir e soltar meu corpo, num esforço insano, tentando concentrar toda minha energia em meus braços e minhas pernas, toda minha energia em meus músculos e me senti começar a me soltar. Eu não iria virar pedra. Percebia, no entanto, que alguma coisa havia sido mudada em mim por aquele veneno.

Agurn olhou para trás e depois para mim, ficou um pouco mais à minha frente, me protegendo agachado. Escram aumentava de velocidade, com uma ferocidade absurda, tentando achar uma brecha na pele dura e desviando dos movimentos da fortaleza à sua frente. Achou um espaço e acertou a barriga do monstro e pensei que, finalmente, suas tripas se despejariam, mas não. Ele ficou ainda mais terrível. E disparou sobre Escram, que tentava em vão cortar tendões das pernas. Foi quando o gigante acertou Escram com um soco no rosto, que poderia ter arrancado uma pedra de uma parede. Achei que ouvia o que seriam ossos em seu rosto se partindo. Comecei a sentir meu braço direito e a perna, mas ainda estava preso em mim. Agurn levantou.

O gigante envergou o corpo para trás usando o tronco para dar o golpe final em Escram caído tentando voltar à consciência, quando foi atingido por uma enorme pedra na cabeça. Agurn estava de pé. Estava com ambas as mãos espalmadas e estava levantando pedras enormes no ar. Agurn estava usando magia.

Uma das pedras atingira o gigante no rosto, desviando-o do intuito sobre Escram. Outras pedras giravam em torno do guerreiro como se para defendê-lo. Escram levantou e estava agora em meio ao giro das pedras gigantes que dificultavam o gigante de se aproximar. Ele tentava socar Escram, mas logo era desviado ou atingido pelas pedras de Agurn que movimentava cada vez mais suas mãos em círculos e levantava pedras maiores, formando um furacão de pedras ao redor de Escram.

Escram então partiu para o inimigo e atingiu-o nas pernas, uma e outra vez, sempre e rapidamente defendido pelas pedras que assustavam o gigante. Mais uma e outra até acertar uma estocada no joelho do gigante, que finalmente tombou urrando de dor. Agurn percebeu isso. Eu percebi que conseguia movimentar o rosto e o tronco agora, mas não conseguia falar, apenas gemer e balbuciar. Ainda não tinha meus braços e minhas pernas. Gemi alto. Agurn perdia as forças e parecia cambalear. As pedras perderam a coordenação inicial e dispararam em diferentes direções sendo atiradas do movimento em círculo para todos os lados. Ouvi atrás de mim um estrondo e, virando o pouco que conseguia, vi que enormes pedras haviam destruído e se empilhado na entrada na torre atrás de mim. Eu não conseguia ver Gomertz em meio ao pó e à destruição. Gemi novamente, desesperado. Agurn caiu de joelhos à minha frente, sem forças. O rosto nitidamente envelhecido. Anos de vida ele havia deixado ali, naquele momento, por ter usado da magia. Senti então a morte me convidando. Partir, lutar para partir. Fechar os olhos. Filha.

O gigante sofreu os últimos cortes e estocadas de Escram e, finalmente, caiu sobre os dois joelhos. Escram levantou a espada para cortar uma das cabeças do gigante agonizante e vi mais adiante que Unam arrastava Minuit com o braço saudável. Finalmente, consegui cuspir um som.

— Minuit! — falei levantando a cabeça na direção do boticário. Burtm entendeu e correu em sua direção. Eu acredito que decidi viver.

Foram necessários vários golpes de Escram para arrancar aquela cabeça enquanto gritavam. Aquele massacre inundou o chão de sangue enquanto tentava desesperadamente parar Escram dos golpes que dava. Então o gigante conseguiu agarrar o braço do guerreiro, derrubá-lo, jogar um antebraço sobre seu cotovelo e arrancar com as unhas e com uma força descomunal o braço de Escram. Urrou de alívio enquanto o guerreiro caía de lado, desacordado, mas, também sem forças, ainda vertendo sangue pela cabeça arrancada, tombou para o outro.

Unam quando viu o arqueiro correndo em direção a ele, fugiu, abandonando Minuit. Burtm me disse tempos depois que a menina acordou quando ele a tomou nos braços e imediatamente disse:

— Eu sei. Eu sei meu caminho.